DUBACH IM MACHTPOKER –
MORD IM BELLEVUE

NORBERT HOCHREUTENER
HEINZ RAMSTEIN

DUBACH IM MACHT POKER

MORD IM BELLEVUE

Weltbild

Alle in diesem Buch beschriebenen Personen und Vorkommnisse sind frei erfunden. Ähnlichkeiten mit lebenden Personen und Institutionen sind nicht beabsichtigt und wären rein zufälliger Natur.

Weltbild Buchverlag
– Originalausgaben –

Lektorat: Susanne Dieminger
Umschlag: Johannes Frick, Augsburg
Satz: Uhl + Massopust, Aalen
Umschlagabbildungen:
Bild Hotelangestellter: Walter B. McKenzie / Getty Images
Bild Bellevue/Bundeshaus: Glowimages / F1online

Besuchen Sie uns im Internet: www.weltbild.ch

ISBN 978-3-03812-324-8

2012 2011 2010

Die letzte Jahreszahl gibt die aktuelle Ausgabe an.

1

Man soll die Menschen so nehmen, wie sie sind, da es ja keine anderen gibt. Eine Aussage von Adenauer, die beweist, dass auch Politiker zu nachhaltig-weisem Denken befähigt sind. Wenn sie nicht gerade an ihre Wiederwahl denken und ausschliesslich populistische Alltagsbanalitäten von sich geben müssen. An diesem Wahltag im Bundeshaus war wohlwollendes Verständnis für die Akteure besonders gefragt, und sei es auch nur aus der Sicht des Tierfreundes, der vor einem chaotischen Ameisenhaufen steht und versucht, den tieferen Sinn und Zweck des Herumirrens zu erkennen.

Ich war mir bewusst, dass jeder der Eiligen eine Rolle in diesem Polittheater spielen wollte und vielleicht sogar musste. Die meist feierliche Kleidung und die wichtigen Gesichter wiesen auf die Festtagsaufführung hin, die alle in ihren Bann zu ziehen hatte. Medienleute wie ich verdienten ihr Brot an solchen Tagen mit viel Schweiss. Und nicht selten ist Ärger vorprogrammiert. Denn die Vorgaben des Verlegers sind in der Regel nur mit rüdem Verhalten gegenüber Kollegen und Akteuren zu erreichen. Man muss sich vordrängen und schmerzhafte Fragen knapp unter der Gürtellinie stellen, um mit einer poppig aufgemachten Sendung dem gelangweilten Publikum ein müdes Lächeln abringen zu können. Tatsachen und Fakten rücken dabei gezielt in den Hintergrund.

Am heutigen Mittwoch, einem schönen Septembertag, ging es um eine Ersatzwahl im Bundesrat. Der altgediente Markus Stämpfli aus dem Kanton Aargau hatte zunehmend Schwierigkeiten mit den rapid steigenden Anforderungen seines Departements bekundet und schliesslich das Handtuch geworfen. Natürlich nicht wegen der Probleme im Bundeshaus, sondern aus persönlichen Gründen. Die Erklärung Stämpflis wies auf familiäre und gesundheitliche Motive hin und gipfelte in der Behauptung, der Rückzug ins Privatleben sei seit Langem für diesen Zeitpunkt geplant gewesen. Man müsse ein hohes Amt zudem stets im Augenblick des grössten Erfolges verlassen.

Die Nachfolgeregelung gab viel zu reden. Die Partei Stämpflis, die Konservativen, hatte sich auf einen Zweiervorschlag mit Peter Siegrist, einem allzu ehrgeizigen Prominenten, und Ruedi Moser, einem besonders harmlosen Füllkandidaten, geeinigt, »um eine echte Wahl zu ermöglichen«, wie die Parteispitze stolz verkündete. Was bei vielen bürgerlichen Politikern, selbst im Lager der Konservativen, nicht besonders gut ankam und von den Linken nur mitleidig belächelt wurde. Bald wurden weitere Namen genannt und das Kandidatenkarussell begann sich zu drehen. Um ein Debakel abzuwenden, schlugen die bürgerlichen Schwesterparteien schliesslich eine konservative Sprengkandidatin aus Zug vor. Dies nicht zuletzt auch im Interesse der Zauberformel für die Zusammensetzung des Bundesrats, da die Linken und Grünen eigene Kandidaturen in Erwägung zogen. Katrin Bürgi war in Wirtschaftskreisen als erfahrene Finanzexpertin bestens bekannt und hatte sich in der Politik durch eine steile Karriere auf Gemeinde- und Kantonsebene profiliert.

Die heutige Wahl versprach also Spannung. Ich brauchte dringend ein Stimmungsbild im Vorfeld der zu erwartenden harten Ausmarchung und schlich mit meinem Kameramann Hans Steiner durch die Aufenthaltsräume der Parlamentarier, sprach hier und da eine Politprominenz an, ohne aber eine nur im Entferntesten interessante Aussage erwirken zu können. Alle hielten sich mehr oder weniger vornehm mit Prognosen zurück, und auch ein Kommentar zu den Kandidaten war kaum zu erhalten. Viele vertrösteten mich auf eine Stellungnahme nach der Wahl. Politiker fürchten nichts so sehr wie falsche Voraussagen, denn das könnte an ihrem Image als profunde Kenner der Politszene, die sich selten oder nie irren, kratzen.

Im neuen Restaurant in der alten Wandelhalle wurde ich endlich fündig. Nationalrat Gregor Thaler von der liberalen Wirtschaftspartei sass bei seinem Morgenkaffee und blätterte lustlos in einer Zeitung. Ich kannte den jovialen, etwas raubeinigen Innerschweizer Politiker von vielen Anlässen und hatte mit ihm auch schon stundenlang in der Bellevue-Bar gebechert. Er winkte mir zu und zeigte auf den freien Stuhl an seinem Tisch: »Marc, komm her. Auch dein Kameramann ist willkommen.« Steiner grinste dankbar und bestellte sich postwendend ein ausgiebiges Frühstück. Auf meine Rechnung natürlich.

Während Steiner sich schmatzend der kulinarischen Herausforderung widmete, plauderte ich mit Gregor über Gott und die Welt, landete natürlich beim Thema Wahltag und fragte ihn: »Kennst du die Sprengkandidatin Katrin Bürgi persönlich? Ich habe dich schon mehrmals mit ihr im Bellevue gesehen.«

»Katrin ist eine interessante Person. Sie kommt aus gutem Hause, ich glaube aus einer ehemals reichen Fabrikantenfamilie in Zug. Wenn ich etwas jünger wäre, hätte ich es bei ihr vielleicht versucht, aber gegen ihre Verehrer wäre ich sowieso chancenlos«. Er grinste mir zu und sagte mit gesenktem Kopf, sodass Steiner nichts hören konnte: »Sie hat in ihren gut 45 Lebensjahren einiges erlebt und die entsprechende Erfahrung macht die hübsche ledige Frau selbst für verwöhnte Kerle attraktiv.«

Thaler sann vor sich hin und ergänzte: »Manche sagen sogar, sie sei so attraktiv, dass man sich vor ihr in Acht nehmen müsse. Dazu gehört wohl auch ihr Bekanntenkreis aus der Zeit als Bankerin in Deutschland, später in Zürich. Da gibt es offenbar einige wichtige Leute, die der heutigen Wahl mit etwelchen Sorgen entgegensehen.« Er feixte: »Eine Bundesrätin kann auf die Dauer kaum etwas aus ihrem Vorleben verbergen. Und bei Katrin sollte wohl einiges besser in Vergessenheit geraten.«

Mehr sagte er nicht. Er griff wieder zu seiner Zeitung, fügte aber noch bei: »Das ist nicht für deine heutige Sendung bestimmt. Du kommst sicher noch auf anderen Wegen zu Informationen solcher Art.« Er blickte kurz zu Steiner, der immer noch zufrieden an seiner Frühstückssemmel kaute und keine Anstalten traf, seine Kamera in Betrieb zu setzen. Dann widmete er sich endgültig wieder seiner Lektüre.

Ich bedankte mich geziemend bei Gregor, stand auf und telefonierte in einer Ecke in die Redaktion, wo ich meinem Assistenten Josef Schläfli den Auftrag gab, im Archiv unserer Mediengruppe in Zürich nach pikanten Einzelheiten über das Vorleben der Bundesratskandidatin zu suchen und mir möglichst rasch eine Zusammenfassung davon zukommen zu lassen. Als altgedienter Medienmann witterte ich eine tolle Story, die aber nur etwas brachte, wenn ich meiner Konkurrenz einen kleinen Schritt voraus war.

Apropos Konkurrenz: seit etwa einem Jahr war in Bern nur noch ein Regional-Fernsehsender am Werk, nachdem die Limmat-Aare-Medien AG das zweite private Regionalfernsehen, Bern-1, aufgekauft und postwendend liquidiert hatte. Ich musste mich also vor allem gegen die nationalen elektronischen Medien und die Zeitungen behaupten. Das war beim knappen Budget des Regionalsenders Bären-TV und dem entsprechend kleinen Team nicht immer einfach. Wenn ich heute an meine Zeiten bei Bern-1 und das Repräsentationsgehabe des damaligen Redaktionsleiters zurückdenke, komme ich fast ins Schwärmen. Beim Bären-TV muss ich als Chefredaktor jetzt gleichzeitig mindestens drei weitere Funktionen erfüllen, und selbst wenn ich einmal etwas Zeit fürs Herumstolzieren hätte, würde mich niemand beachten.

Mit viel Mühe bastelte ich meinen Bericht über das Umfeld der Bundesratsersatzwahl zusammen, und hoffte sehnlichst, dass die Recherchen von Schläfli im Zürcher Archiv noch etwas Pep in die Geschichte bringen würden. Ich schickte Steiner in die Redaktion zurück mit dem Auftrag, von Hanna Lauterburg, der Cutterin, eine Hintergrundreportage für meinen Kommentar zusammenstellen zu lassen und dann sofort wieder ins Bundeshaus zu kommen.

In der Bundeshauscafeteria setzte ich mich an einen zentralen Tisch und gab mich mit hellwachen Ohren schläfrig. Rund um mich wurde eifrig über die bevorstehende Wahl diskutiert.

Am Nebentisch sass eine illustre Runde. Politische Schwergewichte aus allen möglichen Parteien brachten sich in Stimmung für die bevorstehende Wahl und versuchten, die lebhafte Diskussion mit besonders pointierten Beiträgen zu bereichern. Nur der politische Laie glaubt, dass sich die Vertreter der Parteien oder Fraktionen im Umfeld der parlamentarischen Beratungen in abgeschiedener Isolation auf die Geschäfte vorbereiten und jeden Kontakt zu anderen Meinungsgruppen vermeiden, um jede Verunreinigung des vorgefassten Gedankenguts zu verhindern. Das Gegenteil ist der Fall. Man sucht den politischen Gegner geradezu.

»Katrin ist halt doch die Beste«, nuschelte Nationalrat Willy Zoller von der liberalen Wirtschaftspartei mit wissendem Lächeln. »Was die schon alles bewältigt hat. Und immer mit Erfolg. Ich kenne sie vom Beirat der Privatbank Maurer. Sie hat sich oft für Kontakte zur Verfügung gestellt, wenn wir ein Anliegen an ein hohes Tier in Politik oder Wirtschaft hatten. Katrin kennt den ganzen Schweizer Olymp.«

»Und wie sie den kennt«, sagte Andreas Zinsli von der Linkspartei mit gerümpfter Nase. »Ich möchte sogar sagen, den ganzen europäischen Olymp. Die Herren dort oben sind schon in der Antike als sehr sinnesfreudig bekannt gewesen und da ist die Katrin wohl gerade recht gekommen.« Stolz über diesen Vergleich strich sich Zinsli mit allen zehn Fingern durch seine weissen Haare und setzte sein schelmisches Lächeln auf. Dieses Lächeln zeigte er jeweils auch im Parlament, wenn es ihm gelang, Subventionen für die Bergbauern zu erhaschen.

»Was willst du damit sagen?« Der kleine, gedrungene Fritz Renggli von den Konservativen, ein zäher Bauunternehmer, der stets einen lustigen Spruch schätzte, aber auch für seine Zornesausbrüche bekannt war, lehnte sich interessiert vor und verschüttete fast seinen Kaffee: »Wir wissen alle, dass Frau Bürgi eine lebensfreudige Person ist. Und dass sie ihre Karriere als Bankerin im Ausland begann. Aber dein Hinweis auf den europäischen Olymp. Was soll das?«

Zinsli zierte sich etwas, sah längere Zeit in die Luft und murmelte dann so leise, dass sich die anderen vorbeugen mussten: »Ihr wisst alle, was ich meine. Ihre Zeit als Bankfrau in Deutschland könnte ohne Weiteres mit der ihres Vorbilds, Wiesmann, verglichen werden. Sie hätte dieses Vorbild vielleicht sogar übertroffen, wenn sich nicht einige Vorfälle ereignet hätten, die eine weitere Karriere verunmöglichten. Was es war, weiss ich nicht, und auch ihr wisst wahrscheinlich nichts Konkretes.« Er machte eine Kunstpause. »Gerüchte um Beziehungen von Frau Bürgi zu einflussreichen, aber doch eher dubiosen Wirtschaftskreisen machten eine Zeit lang die Runde. Bis es wieder still wurde.«

Das gab dem Konservativen Renggli Gelegenheit, auf das absolut makellose Vorleben der offiziellen Kandidaten hinzuweisen: »Unsere beiden Anwärter sind dagegen auf Herz und Nieren geprüft. Da hätte man keine Überraschungen zu befürchten. Ihr alle kennt ja die Kollegen. Beide würden sich nahtlos ins Bundesratskollegium einfügen.«

»Ja, ja, wir kennen sie.« Therese Matter von den Grünen mischte sich ein. »Der eine ist ein erklärter Fundi des in tiefster Krise steckenden Wirtschaftssystems und der andere ein Parteigrufti der Konservativen. Beide sind für uns nicht wählbar. Da ziehen wir sogar die Wirtschaftsfrau Bürgi vor, die sich in letzten Zeit vermehrt Anliegen des Umweltschutzes angenommen hat.«

Renggli konterte: »Da sieht man wieder einmal die abstruse Logik der Grünen. Die Bürgi ist wohl einiges mehr mit dem von euch bekämpften Neokapitalismus verbunden als unsere Kandidaten, aber es genügt bei eurer Partei offenbar, dass man sich im Vorfeld von Wahlen einige Male bewusst freundlich zu Umweltfragen äussert, um wählbar zu werden.« Er schnaufte empört auf und fügte bei: »Das sind üble Tricks. Ich frage mich, wie die Bürgi die aufwendige Imagekampagne vor ihrer Nomination zur wilden Kandidatin durch eine Gruppe bürgerlicher Politiker finanziert hat. In mehreren Illustrierten wurde sie als politische Wunderfrau mit grossem Sensorium für die Anliegen der breiten Bevölkerung dargestellt. Das kostet sechsstellige Beträge. Da muss ihr jemand unter die hübschen Arme gegriffen haben.«

Die prominente Runde am Nebentisch schwieg einige Augenblicke. Die Politiker überlegten wahrscheinlich, ob sie sich beim heiklen Thema der heimlichen Finanzierung von Publizitätskampagnen nicht auf zu dünnem Eis bewegten. Man nippte betont unverbindlich an der Kaffeetasse, und mehrere Parlamentarier sehnten sich offensichtlich in die Zeit zurück, in der es in der Cafeteria noch Aschenbecher gab.

Ich hatte genug gehört und machte mich möglichst unauffällig davon, nahm mir vor, in den nächsten Wochen im beruflichen, aber auch im privaten Vorleben der wilden Bundesratskandidatin zu schnüffeln, unabhängig davon, ob sie heute gewählt wurde oder nicht. Und ich wollte die Gerüchteumwitterte wenn immer möglich später für ein Interview vor die Kamera bringen.

Wenn mir jemand gesagt hätte, dass Katrin Bürgi in drei Tagen tot sein würde, wäre meine Planung wohl weniger langfristig ausgefallen.

*

Die Ersatzwahl in den Bundesrat war ein Medienspektakel der Spitzenklasse. Nach dem ersten Wahlgang erhielten Peter Siegrist, der prominente Kandidat der Konservativen, und Katrin Bürgi, die Sprengkandidatin, zwar etwa gleich viel Stimmen, aber beide erreichten das absolute Mehr nicht. Ruedi Moser, der zweite offizielle Kandidat, konnte nur 12 Stimmen holen. Er zog seine Kandidatur sofort zurück. Einige wenige Stimmen entfielen zudem auf Vereinzelte. Damit standen sich im zweiten, entscheidenden Wahlgang nur noch der verbleibende offizielle Anwärter und die Bürgi gegenüber.

Ich hatte in meiner Redaktion angerufen und mich erkundigt, ob die Recherchen im Zürcher Medienarchiv etwas Interessantes über das Vorleben der Bundesratskandidatin Bürgi gebracht hätten. Was vorlag, war kaum verwertbar. Es schien, als ob man alle wichtigen Informationen über das frühere Wirken der Wirtschaftsmanagerin dem Medienzugriff entzogen hätte. Ich musste mich selber der Sache annehmen, also möglichst bald eigene Recherchen anstellen.

Der Fraktionspräsident der Konservativen, Max Rüegg, warnte vor einem Bruch des bewährten Konkordanzsystems. Wenn Peter Siegrist, der offizielle Kandidat, nicht gewählt würde, müssten sich die Konservativen den Gang in die Opposition vorbehalten, und die Sprengkandidatin Bürgi würde nie als Vertreterin der konservativen Partei anerkannt werden. Der Sprecher der Wirtschaftspartei sowie die Vertreter der Linkspartei und der Grünen gaben bekannt, ihre Parteien hätten Stimmfreigabe beschlossen.

Die Stimmung stieg unaufhaltsam. Aus den Zuschauerrängen wurden Zwischenrufe laut und die junge, adrette Vorsitzende der Bundesversammlung, Nationalratspräsidentin Françoise Bichsel, verfügte eine kurze Pause vor dem entscheidenden Wahlgang, um die Gemüter etwas zu beruhigen. Ich bahnte mir in der Wandelhalle mit Kameramann Steiner einen Weg durch die Menschenmassen, versuchte vergeblich, Interviews mit der anwesenden Politprominenz zu machen und setzte mich schliesslich entmutigt auf ein Sofa in einer Foyerecke. Steiner machte ein dringendes Bedürfnis geltend und verschwand im Gewühl. Ich überlegte gerade, ob ich wieder einmal den Beruf wechseln sollte, als sich Thaler neben mich setzte.

»Das wird verdammt knapp«, sagte er. »Ich möchte keine Wette auf den Gewinner oder die Gewinnerin eingehen. Die Bürgi wird viele Stimmen aus dem bürgerlichen Lager und von linken Parteien erhalten, da der verbleibende offizielle Kandidat Siegrist sich mit seiner Profilierungssucht vielerorts unbeliebt gemacht hat und bei den Linken als diskussionsunfähiger Parteimacho kaum wählbar ist. Katrin ist da viel weniger angreifbar und vor allem auch im zwischenmenschlichen Bereich viel begabter.« Er sah mich von der Seite an und grinste verschmitzt: »Wenn die Bürgi gewählt wird, gibt das ein mittleres Erdbeben in der Schweizer Politik. Vielleicht tut das ganz gut.«

Auf meine Frage, wem eine Wahl Bürgis denn besonders wehtun würde, kam Thaler ins Schwärmen: »Katrin müsste geradezu eine Leibgarde einstellen, um sich gegen die Frustrierten und Wütenden zu schützen. Da sind natürlich die Konservativen, die sie als Verräterin lynchen möchten. Ferner gibt es Leute, die durch eine Bundesrätin Bürgi früher oder später als ehemalige Kumpel bei gewissen Geschäften blossgestellt werden könnten.« Er feixte gekonnt: »Oder als Liebhaber. Und das sind vielleicht die Gefährlichsten für die Bürgi.«

Der letzte Hinweis liess bei mir Erinnerungen an meine Zeit in Ascona aufkommen, wo mir ebenfalls Gerüchte über besondere Beziehungen der schönen Katrin mit Promis zu Ohren gekommen waren.

In diesem Augenblick schellte die Glocke und die Parlamentarier begaben sich wieder in den Ratsaal.

Der entscheidende Wahlgang begann mit einem Paukenschlag. Der Fraktionschef der Konservativen, Max Rüegg, verlangte das Wort und setzte sich in einer emotionalen Rede für den offiziellen Kandidaten Siegrist ein. Er qualifizierte die Sprengkandidatin als politisch unerfahrene Quereinsteigerin, als Person mit zu vielen Unbekannten.

Dies hatte zuerst Erstaunen, dann Rufe der Begeisterung oder Empörung und schliesslich erregte Diskussionen im Rat zur Folge. Bis die Ratspräsidentin energisch um Ruhe bat und die Wahlrunde einleitete. Die Wahlzettel wurden verteilt und wieder eingesammelt; dann begaben sich einige Ratsmitglieder während des Auszählens der Stimmen in die Wandelhalle.

Es gelang mir, recht pointierte Kommentare von konservativen und liberalen Parlamentariern zum Votum Rüeggs einzuholen, und ein Linker sagte mir: »Das war wohl der Todesstoss für den Parteimuni der Konservativen. Die Bürgi müsste eigentlich Rüegg selbst zu diesem Votum ermuntert haben. Besser hätte es für sie nicht laufen können.«

Nach etwa einer Viertelstunde läutete die Glocke und die Räte strömten wieder in den Saal. Auf dem TV-Bildschirm im Foyer war zu erkennen, wie Ratspräsidentin Bichsel die Zusammenfassung des Wahlbürovertreters entgegennahm und studierte. Sehr lange, wie mir schien.

Das Resultat der entscheidenden Wahlrunde war sensationell. Der offizielle Kandidat Siegrist hatte 121 Stimmen erhalten, die Bürgi 122. Nach der Verkündung des Wahlausgangs herrschte kurz absolutes Schweigen im Saal, bis die lärmige Reaktion der Räte einsetzte, die gut fünf Minuten dauerte und erst nach mehrmaliger Ermahnung durch Bichsel allmählich abebbte.

Der Rest war Routine. Die neue Bundesrätin Katrin Bürgi erklärte die Annahme der Wahl. Nach der Vereidigung wurde die Sitzung geschlossen, und alle eilten in die Wandelhalle, wo sich die wichtigsten Leute zur üblichen Elefantenrunde des Schweizer Fernsehens drängten und die anderen Parlamentarier den übrigen Medienleuten stellten. Ich drängte mich zu Gregor Thaler durch, und er liess sich von mir ohne grossen Widerstand zu einem kurzen Interview in eine Fensternische ziehen.

»Das war, wie ich vorausgesehen hatte, verdammt knapp.« Thaler zeigte sein gut einstudiertes Lächeln auf der fotogenen linken Gesichtsseite, natürlich nicht für mich, sondern für die Zuschauer vom Bären-TV, und sagte: »Eine unheilige Allianz von vielen verärgerten bürgerlichen Kollegen mit einem guten Teil der Zentrumspartei und den Linken. Es ging bei vielen nicht um politische Überlegungen, sondern um rein persönliche Aspekte. Der arrogante und egozentrische Brummbär hat gegen die politisch weitgehend unbekannte Frau mit ihrer gut organisierten Charmeoffensive verloren. Da kommt noch einiges auf uns zu.«

Mehr wollte er nicht sagen, und mich drängte es ins Studio, um den Bericht rechtzeitig für die Abendnachrichten fertigzustellen. Hanna Lauterburg hatte eine Hintergrundreportage produziert mit Ausschnitten aus der offziellen TV-Übertragung der Wahl, die ich mit dem Interview Thaler und einem eigenen Kommentar ergänzte. Alles in allem ein Beitrag, der sich im Rahmen der finanziellen und damit personellen Möglichkeiten des Regionalsenders hielt. Eine

Pflichtübung ohne jeden Anspruch auf besondere mediale Kreativleistungen.

Nur in meinem Kommentar hatte ich versucht, einige überraschende Punkte der Wahl anzusprechen, um wenigstens im Ansatz etwas zur Befriedigung der Sensationslust meines Publikums zu tun. So wies ich auf die ungewöhnliche Karriere der Bankfrau im benachbarten Ausland hin, setzte Fragezeichen zu ihrer plötzlichen Rückkehr in die Schweiz und gab meinem Erstaunen über ihre ungewöhnlich kostspielige Imagekampagne Ausdruck. Dazu hatte mein Team mehrere Bilder der attraktiven Frau in den Bericht eingebaut, vorzugsweise mit prominenten Männern an VIP-Veranstaltungen.

Da das Zürcher Archiv meiner Mediengruppe nichts hergab zur Person Bürgi, sah ich mich nach einer anderen Informationsquelle um. Ich erinnerte mich an Anton Hofmann, einen ehemaligen Studienkollegen am Medienausbildungszentrum in Luzern, der jetzt als Wirtschaftsredaktor bei der Frankfurter Allgemeinen Zeitung tätig war; die FAZ verfügt über das wohl grösste Archiv der europäischen Medienwelt.

Ich hatte Glück. Anton war noch in der Redaktion. Nach einigen Plauderminuten kam ich auf mein Anliegen zu sprechen.

»Ach, ja, die Bürgi«, meinte Hofmann, »die scheint derzeit in aller Munde zu sein. Auch bei uns ist sie Thema, weniger wegen ihrer Wahl in eure Bundesregierung, sondern vielmehr wegen ihrer Verbindungen zu hohen Tieren bei uns. Da habt ihr euch ja eine echte Finanzakrobatin zur Bundesrätin erkoren. Und erst noch eine äusserst attraktive.«

Ich erkundigte mich, welche Verbindungen er meine. Er gab sich zurückhaltend und sagte: »Ich werde versuchen, ein kleines Dossier aus dem Archiv für dich zu erstellen. Daraus wirst du die wichtigsten Fakten entnehmen können. Eilt es sehr mit den Unterlagen?«

Auf mein Drängen bot mir Anton an: »Ich bin morgen

Vormittag in Zürich zu einem Interview. Das hat nichts mit deiner Angelegenheit zu tun. Um etwa halb elf Uhr werde ich das hinter mir haben. Was meinst du zu einem Treffen um zwölf Uhr im Bahnhofsbuffet? Da gibt's im ersten Stock ein nettes Restaurant. Ich werde dir dort die Kopien aus dem Archiv übergeben.« Nach einer kurzen Pause fügte er hinzu: »Und etwas erläutern. Unter vier Augen.«

Ich sagte natürlich sofort zu.

*

Ein Journalist lebt von unzähligen Kleinerfolgen, die er emsig sammelt und die im Verlaufe der Jahre eine Art Gerüst entstehen lassen, das zwar als Lebenswerk eines medial Kreativen von Kollegen sowie von kundigen Lesern oder Zuschauern anerkannt wird, aber als baufällige Konstruktion jederzeit zusammenstürzen kann, wenn eine grössere journalistische Panne passiert oder der Verleger es so will.

Nach einer Auszeit von etwas mehr als einem Jahr war ich seit einigen Monaten als Redaktionsleiter des Regional-Fernsehsenders Bären-TV tätig. Die Auszeit war nötig geworden, nachdem ich mich mit meinem früheren Arbeitgeber Max Huber, dem Verleger des damaligen zweiten Regionalsenders Bern-1, überworfen hatte und mit knapp 48 Jahren den Beruf des Fernsehreporters endgültig an den Nagel hängen wollte. Ich zog zu meiner Freundin Nina nach Ascona und führte mit ihr ein kleines Hotel an der Strandpromenade. Nina ist eine temperamentvolle schwarzhaarige Tessinerin mit dunklen Augen und energischen Gesichtszügen. Mit ihrer formvollendeten Figur zieht die zierliche 40-Jährige immer alle Blicke auf sich.

Aber wie das Leben eben so spielt: viele Journalisten sind wie Artisten und kaum willens, auf die Dauer ein echt bürgerliches Leben zu führen. Sie brauchen den täglichen Nervenkitzel des Neuen und Unerwarteten und das Publikum.

Und so folgte ich dem Ruf von Georg Wenger, dem CEO der Limmat-Aare-Medien AG, der mir den vakanten Posten des Chefredaktors des einzigen noch verbliebenen Regionalsenders von Bern anbot, ohne allzu grossen innerlichen Widerstand. Und dies, obschon ich den Wenger eigentlich hasste und mir Nina die Hölle heiss machte. Ich verlangte lediglich, dass die seit der Schliessung von Bern-1 Arbeitslosen, Hanna Lauterburg, Josef Stämpfli und Hans Steiner, vom Bären-TV übernommen wurden, was Wenger nach einiger Diskussion widerstrebend akzeptierte.

Ascona war mir zudem zur neuen Heimat geworden. Das idyllische ehemalige Fischerdorf am Lago Maggiore sprüht vor Lebenslust und bietet so ziemlich alles, was sich ein lebenslang pubertierender Erwachsener wie ich eigentlich erhofft. Dazu kommt Nina, die für mich zu einer echten Kameradin und Lebensgefährtin geworden ist. Ich weiss nicht, wieso ich so rasch dem Drängen Wengers nachgab. Vielleicht habe ich eine geheime masochistische Ader, die mir ein Leben in Geborgenheit und Ruhe verbietet.

Wie dem auch sei, die Zeit in Ascona war herrlich gewesen. Ich hatte unzählige Prominente kennengelernt, sowohl solche, die man aus der Regenbogenpresse kennt, als auch einige, die sich eher im Hintergrund halten, dafür aber um einiges interessanter sind als die publizitätssüchtigen. Noch nicht getroffen hatte ich Werner Oberholzer, einen hohen Schweizer Privatbankier, der am Monte Verità eine grosse Villa besass und dort seinen speziellen Hobbies nachging, die er am ordentlichen Wohnsitz an der Zürcher Goldküste vielleicht nicht so offen pflegen konnte – sei es aus Rücksichtnahme auf sein Image als abgehobener Topmanager oder auf seine Familie. Ich erfuhr, dass oft auch prominente Wirtschaftsführer, Künstler und Parlamentarier an seinen Partys teilnahmen. Darunter eine besonders attraktive Frau in den besten Jahren mit einer interessanten Laufbahn. Katrin Bürgi.

Von einigen Gästen der kleinen Taverne, die zu Ninas Hotel gehörte, erfuhr ich, dass die Bürgi vor einigen Jahren nicht nur einzelne Anlässe von Oberholzer besucht, sondern sogar Ferien in der Villa Favorita verbracht hatte. In letzter Zeit war sie nicht mehr in Ascona aufgetaucht. Man munkelte, die Beziehung zu Oberholzer sei wohl ihrer Karriere nicht allzu gut bekommen und sie hätte rechtzeitig die Konsequenzen gezogen. Einige besonders hellhörige Asconeser wussten von einem heftigen Streit zwischen der Bürgi und Oberholzer, der vor etwa zwei Jahren zur abrupten Abreise der schönen Katrin führte.

Und ich vernahm ausserdem, dass die Villa Favorita dem Banker nicht nur als Trainingshalle für seine besondere Sportaktivitäten diente, sondern für ihn auch Begegnungsort mit Gästen aus dem nahen und fernen Ausland war, die ihn mit ihren Anlageproblemen konfrontierten und von dem Topbanker wahrscheinlich steuergünstige Lösungen erwarteten. Es war die Rede von regelmässigen Sitzungen mit deutschen und französischen, aber auch mit amerikanischen Staatsbürgern, die entweder im Luxushotel Del Lago logierten oder eine diskrete Privatwohnung vorzogen. Diese Sitzungen waren gut abgeschirmt, und es sei weder den Nachbarn der Villa Favorita noch gelegentlich auftauchenden Medienleuten gelungen, je einen Blick auf die illustre Gästeschar zu werfen.

Ob die Bürgi je an solchen Events teilgenommen hatte, war nicht zu erfahren. Möglich wäre es schon gewesen. Sie hatte ja als ehemalige deutsche Bankerin nach wie vor sehr gute Beziehungen zur europäischen Finanzwelt und stellte diese wertvollen Verbindungen sicher ihrem Freund Oberholzer zur Verfügung.

*

Am Donnerstag wies ich meine kleine Mannschaft beim Bären-TV auf eine Sondereinschaltung in der abendlichen

Nachrichtensendung hin und reiste voller Erwartungen nach Zürich. In einer diskreten Ecke des Restaurants Au Premier erwartete mich Hofmann bereits.

»Da sieht man sich nach Jahren wieder, und der schöne Marc hat sich keinen Deut verändert«, hänselte er mich. Nach meinem Gegenkompliment und einigen dummen Sprüchen aus unserer gemeinsamen Zeit im Medienausbildungszentrum kehrten wir in die Gegenwart zurück.

»Da hast du einen fetten Brocken erwischt, Marc«, sagte Anton, »die Bürgi ist einiges mehr als eine gewöhnliche Managerin. Sie war in Deutschland als Topbankerin so bekannt wie kaum eine andere Karrierefrau und hätte wohl eurem Wiesmann früher oder später den Rang abgelaufen in punkto Bekanntheitsgrad. Ich habe die Unterlagen in unserem Archiv gestern Abend kurz gesichtet und das Wichtigste kopiert. Die interessantesten Radio- und Fernsehsendungen über Frau Bürgi wurden vom Archivdienst auf zwei DVDs festgehalten. Ein sehr umfangreiches Material, das dich übers nächste Wochenende beschäftigen wird. Sei sorgfältig mit den Unterlagen, denn sie sind gefragt.«

»Wieso gefragt? Hat noch jemand anderes danach gesucht in eurem Archiv?«

»Vor Kurzem kam eine ganze Gruppe aus Berlin zu Besuch, die Informationen über die Bürgi sammelte. Aus dem Bundesfinanzamt. Wahrscheinlich Steuerfahnder.« Hofmann lachte: »Aber sie wurden schon nach ein paar Stunden zurückgepfiffen. Unser Verwaltungsdirektor erkundigte sich in Berlin, was die Beamten bei uns wollten, und offenbar haben höchste Stellen daraufhin kalte Füsse bekommen und die Aktion abgeblasen.«

Anton dachte einen Augenblick nach und ergänzte dann: »Gerüchten zufolge hat sich das Auswärtige Amt eingeschaltet und die Bürgi quasi zur unantastbaren Person erklärt. Vielleicht, um die Beziehungen mit der Schweiz nach den Steinbrück-Querelen nicht zusätzlich zu belasten.« Er grinste dreckig: »Oder, um höchste Persönlichkeiten bei uns nicht blosszustellen.«

»Was meinst du damit?«, fragte ich aufgeregt, die Alarmglocken meines Journalisteninstinkts wahrnehmend. »Was für Persönlichkeiten? Weisst du Näheres?«

»Na, man sagt, dass die schöne Katrin mit mehreren Wirtschaftsbossen und auch Politikern mehr als nur Däumchen gedreht hat. Ihr Erfolg im Bankbusiness soll nicht von ungefähr gekommen sein. Dazu braucht es Beziehungen, Beziehungen und nochmals Beziehungen. Und offenbar hat man Angst, dass diese sehr persönlichen Kontakte nun ans Licht der Öffentlichkeit kommen, nachdem die Bürgi zur höchsten Magistratin der Schweiz gewählt wurde.«

Ich bestellte wie Hofmann das Tagesgericht, eine feine, aber teure kulinarische Spezialität des Hauses, und widmete mich wieder dem Thema: »Du kennst sicher unseren Topbanker Oberholzer, der oft im Zusammenhang mit Banktransaktionen zur Steueroptimierung genannt wird. Hast du im Archiv etwas über eine Liaison der Bürgi mit diesem Mann entdeckt?«

»Ich habe die Unterlagen gestern nur überflogen. Der Name Oberholzer kommt zwar einige Male vor, aber ich weiss nicht mehr, in welchem Zusammenhang.« Anton nippte an seinem Sektglas, knapperte an einem Gebäck und meinte: »Oberholzer selber ist mir ein Begriff. Der ist bei uns ebenso bekannt wie die Bürgi. Vor etwa acht Jahren flog in Deutschland ein etwas dubioses Finanzgeschäft mit der Schweiz beziehungsweise Liechtenstein auf. Auch Oberholzer war in die Geschichte verwickelt, und er müsste wohl heute mit einer Vorladung der Finanzaufsicht rechnen, wenn er deutschen Boden betreten würde. Für ein Auslieferungsgesuch reichen die Fakten aber natürlich bei Weitem nicht aus.« Hofmann fügte bei: »Meines Erachtens war der damalige kleine Finanzskandal ein eigentlicher Auslöser für die späteren virulenten Attacken deutscher Spitzenpolitiker gegen den Schweizer Finanzplatz. Oberholzer und Konsorten müssten von euch Schweizern eigentlich als Miturheber der internationalen Auseinandersetzungen um das Bankgeheimnis an den Pranger gestellt werden.«

Ich nickte und sagte: »Seltsam, Frau Bürgi kam auch vor etwa acht Jahren in die Schweiz zurück, um hier ihre Bankkarriere fortzusetzen. Hatte sie vielleicht etwas mit den problematischen Finanztransaktionen zu tun?« Hofmann schüttelte den Kopf: »Mir ist nichts derartiges bekannt.«

Wir widmeten uns in der Folge den kulinarischen Genüssen und plauderten über Gott und die Welt, bis Anton beim Dessert ein letztes Mal auf die neue Bundesrätin zu sprechen kam. »Was ich dir noch sagen wollte: Nicht nur die Herren aus Berlin haben in unserem Archiv nach Informationen über die Bürgi gesucht.«

Mir blieb das Tiramisu fast im Hals stecken. Ich hustete mehrmals, bis ich endlich fragen konnte: »Nun sag schon. Wer zum Teufel ist denn noch hinter ihr her?«

Anton machte es spannend, sah in die Luft, zog die Brille von der Nase, um längere Zeit an einem Bügel zu kauen, und flüsterte dann: »Eine Delegation der Konservativen Partei der Schweiz tauchte vor ein paar Tagen in Frankfurt auf und liess sich unser Archiv zeigen. Eine Art Studienreise für medienpolitisch Interessierte, hiess es.«

»Und? Was soll das mit der Bürgi zu tun haben?« Ich war enttäuscht und nahe daran, die Rechnung fürs Mittagessen, die gerade auf unserem Tisch deponiert wurde, zu teilen, als er sagte: »Sie baten am Schluss der Führung um ein Dokumentationsbeispiel, um zu Hause über unsere modernen Methoden der Archivierung berichten zu können.« Hofmann lächelte mich vielsagend an: »Es ging um Medienberichte über eine gewisse Katrin Bürgi.«

Ich bezahlte sofort die ganze Rechnung, dankte Anton sehr herzlich für seine wertvolle Hilfe und beeilte mich, den nächsten Zug Richtung Bern zu erreichen.

*

Im Studio wartete meine kleine Crew auf mich. Ich bat Hanna Lauterburg, die begnadete Cutterin mit unerschöpflichem Ideenfundus, eine neutrale Informationszusammenfassung der letzten Ereignisse um Frau Bürgi vorzubereiten. Josef Schläfli, ein liebenswürdiger, stets etwas ungekämmt aussehender kleiner Mann mit unwahrscheinlich hellblauen Augen, hetzte ich auf das Sekretariat der Konservativen mit dem Auftrag, möglichst viel über die Expedition nach Frankfurt zu erfahren. Und Kameramann Hans Steiner erwartete mich um Punkt halb sechs Uhr für die Aufnahme meines Kommentars.

Schläflis Recherchen bei den Konservativen brachten wenig. Die zuständigen höheren Funktionäre glänzten mit Abwesenheit und der zweite Parteisekretär liess klare Anzeichen einer Überforderung durch Joes Fragen erkennen. Er wies darauf hin, die politische Laufbahn der Sprengkandidatin sei halt viel zu wenig bekannt gewesen und man habe sich die entsprechenden Fakten mühsam beschaffen müssen. Fraktionschef Rüegg habe ja im Rat auf die fehlende Transparenz bezüglich des Werdegangs von Frau Bürgi hingewiesen, leider ohne Erfolg.

Eine rasche Durchsicht der Unterlagen von Hofmann liess zwar eine Fülle von Kontakten der Bundesrätin zu VIPs aus ganz Europa erkennen, aber es gab auf den ersten Blick keinen Ansatz für eine kritische Beurteilung dieser Beziehungen. Dazu war wohl ein stundenlanges Studium des Archivmaterials nötig. Ich suchte auch vergeblich nach offiziellen Gründen für Bürgis doch recht abrupte Abreise in die Schweiz.

Mein Beitrag für die Abendnachrichtensendung fiel diesmal sehr positiv für die neu gewählte Bundesrätin aus. Ich gratulierte ihr nochmals herzlich und stellte meinen Kommentar unter den Titel »Trotzdem«. Allen Unkenrufen zum Trotz habe die auf eidgenössischem Politparkett noch ungeübte, für das hohe Amt relativ junge Frau mehrere Hürden gleichzeitig genommen: Sie sei gegen die offiziellen Kandidaten der grössten bürgerlichen Partei angetreten, habe den Kronfavoriten, ein politisches Schwergewicht, besiegt und mithilfe von Stimmen aus allen Parteien auch die Zauberformel bestätigt. Als eigentlichen Knüller des Beitrages wies ich auf die verzweifelten, aber unbeholfenen Bemühungen der Konservativen hin, die Kandidatur Bürgis in letzter Minute zu bekämpfen. Dazu gehörte neben dem unüblichen Auftritt von Fraktionschef Rüegg vor dem letzten Wahlgang auch das Schulreisli hoher Parteifunktionäre nach Frankfurt, die im Archiv der FAZ offenbar erfolglos nach Informationen für eine finale Schmutzkampagne gegen die Sprengkandidatin gesucht hatten. Und als Abschluss des Beitrags wurde die hilflose Reaktion des zweiten Sekretärs auf die telefonische Anfrage Joes wiedergegeben.

Wahrlich keine mediale Glanzleistung. Wahrscheinlich aber doch einigermassen solides Handwerk. Ich war mit mir und der Welt zufrieden und begab mich rasch zum Ausgang, bevor in mir allzu grosse Zweifel an der Qualität meiner heutigen Arbeit aufkeimen konnten.

2

Im Hotel Bellevue Palace herrschte an diesem Abend das bei Sessionen gewohnte Gedränge. Ich verzichtete auf meinen sonst üblichen Schwatz mit Concierge Belorini, den ich aus früheren Einsätzen im Bellevue gut kannte, und begab mich direkt in die Bar.

Wie nicht anders zu erwarten, war sie gerammelt voll. Kein freier Stuhl an den Tischen und an der Theke kaum eine Lücke. Ich entdeckte viele bekannte Gesichter von Parlamentariern und Berner Promis, darunter auch den mir bestens bekannten Polizeikommissär Paul von Gunten, der sich an einem Ecktisch mit einem eleganten älteren Herrn unterhielt. Von Gunten blickte auf, sah mich und brüllte mir mit seiner durchdringenden Stimme durchs halbe Lokal zu: »He, Marc, wir haben noch einen Platz frei.«

In der Tat stand beim kleinen Tisch der beiden Gentlemen ein Hocker für Noteinsätze. Ich dachte kurz an meinen empfindlichen Rücken, seufzte leise und liess mir vom Kommissär die rechte Hand zerquetschen: »Tschau, ich habe dich schon lange nicht mehr gesehen. Wie kommst du ohne Nina aus?« Ich hatte mich schon als Reporter von Bern-1 mit dem stets griesgrämig dreinblickenden, aber eigentlich durchaus umgänglichen Kerl angefreundet und der alternde Junggeselle war mehrmals Gast in unserem Hotel in Ascona gewesen.

»Es geht so. Aber ich reise regelmässig zu Nina, um mich trösten zu lassen.«

Von Gunten stellte mir seinen Tischnachbarn vor: »Das ist Herr von Wartburg. Ehemaliger Direktor des Bundesamtes für Verkehr. Er geniesst seinen Ruhestand in einem schönen Apartment des Bellevue. Beneidenswert.«

Der Nobelrentner lächelte mir zu: »Ja, ich bin hier exzellent aufgehoben. Aber wie es halt im Leben ist: es wird dafür gesorgt, dass es einem nicht zu gut geht. Mein Augenlicht ist trotz mehrerer Operationen am Schwinden und ich sehe die Umgebung kaum mehr.«

Von Gunten nickte mitfühlend: »Herr von Wartburg kann sich nur noch im Hotel, das er gut kennt, frei bewegen. Für alle Aktivitäten ausserhalb des Hauses braucht er seit Kurzem einen Blindenhund.«

Als Paul meinen suchenden Blick sah, lachte er: »Der Hund wartet im Zimmer auf die Rückkehr seines Herrn.« Und fügte bei: »Resi, es ist eine Hundedame, wird vom Hotelboy gepflegt, gefüttert und natürlich regelmässig Gassi geführt. Vielleicht ist sie jetzt gerade unterwegs.«

»Ich habe übrigens deinen heutigen Bericht zur Bundesratswahl gesehen. Ordentlich. Aber deine Anspielungen auf die Mätzchen der Konservativen machten wohl höchstens einigen Parteibonzen Eindruck. Hast du wirklich nichts Handfesteres fürs breite Publikum?« Von Gunten erhob sein Bierglas: »Möge dir die Medienfee bald wieder einmal einen echten Knüller schenken.«

Nach dieser klaren Disqualifikation meiner Tagesarbeit tröstete ich mich mit einem weiteren Bier. Bald darauf empfahl sich von Wartburg, dem der Lärm im Lokal zu viel wurde, und der Kommissär lud mich mit einer Handbewegung ein, auf den frei werdenden Stuhl zu wechseln. Dank einiger Streckübungen erholte sich mein Rücken vom unbequemen Hocker und ich sank erleichtert in den weichen Ledersessel.

»Herr von Wartburg ist der letzte hohe Bundesbeamte, der seinen Ruhestand im Bellevue verbringt. In den Siebzigerjahren war das Hotel ständig unterbesetzt, und die damalige Direktion stellte ein paar Apartments reichen Rentnern zur Verfügung, die gegen eine einmalige Zahlung ein lebenslanges Recht auf Unterkunft und Verpflegung erwarben.« Paul lachte: »Die Zahlung war für damalige Verhältnisse sehr, sehr hoch. Aber die Rechnung ging fürs Bellevue doch nicht auf. Denn die Herren wurden in der noblen Umgebung älter und älter.«

Wir freuten uns eine Weile über den Sieg der Rentner und von Gunten schloss das Thema mit dem Hinweis: »Von Wartburg liess sich vorzeitig pensionieren und ist jetzt weit über 90.« Dann wurde sein Gesicht ernst: »Ich bin eigentlich dienstlich hier. Wie du weisst, logiert ja Frau Bürgi ebenfalls noch hier im Hotel. In einem Apartment auf demselben Stock wie von Wartburg übrigens. Die Stadt Bern wird der gewählten Magistratin bald eine noble Wohnung in bester Lage anbieten. Sie wird also hier ausziehen.«

Der Kommissär sah meine fragende Miene und ergänzte: »Die Verantwortung für die Sicherheitsvorkehrungen trägt die Kantonspolizei. Die neue Bundesrätin wird gut beschützt.« Er stand auf und verabschiedete sich mit einem Brummen: »Eigentlich gegen ihren Willen. Auf bald.«

Ich überlegte gerade, ob ich mir ein weiteres Bier leisten sollte, als mir vom grossen Nebentisch eine bekannte Stimme zurief: »Marc, komm doch an unseren Tisch. Wir diskutieren gerade ein Thema, das dich sicher interessiert.« Es war Gregor Thaler in bester Laune: »Du brauchst dein Bierglas nicht mitzunehmen, wir haben hier genügend Wein.«

Es war eine illustre Stammtischrunde. Parlamentarier unterschiedlichen Alters aus verschiedenen Parteien. Die meisten kannte ich. Gregor stellte mich trotzdem kurz vor und sagte: »Herr Dubach ist zwar ein alter Medienfuchs und lebt von Indiskretionen aller Art. Er wird aber nichts von dem, was hier gesagt wird, in der bei Medien sonst üblichen hinterhältigen Weise gegen einen von uns verwenden. Dafür lege ich meine Hand ins Feuer.«

Damit waren die Schleusen der lebhaften Diskussion wieder geöffnet. Ich kostete den vorzüglichen Wein und hörte interessiert zu. Thema war gerade die Zauberformel.

Max Spieler von den Konservativen, Grossunternehmer in der Zulieferbranche für die Autoindustrie, ein jovialer Kerl mit der Statur eines Rugby-Kämpfers und südländischen Gesichtszügen, fasste die bisherigen Voten zusammen: »Durch die Wahl von Katrin wurde die Zauberformel bestätigt. Auch wenn die offiziellen Kandidaten nicht zum Zuge kamen.« Er grinste frech: »Vielleicht ist das auch ganz gut so, damit sich kein Parteibonze seiner politischen Karriere allzu sicher wähnt. Ob Frau Bürgi die richtige Sprengkandidatin war, steht allerdings auf einem anderen Blatt.«

»Mit Katrin gibt es keine Kräfteverschiebungen.« Elisabeth Hammer doppelte seitens der Wirtschaftspartei nach: »Alles bleibt beim Alten. Wieso dann diese Aufregung bei euch? Geht es euch nur um Personen, nicht um die Sache?«

Bevor Spieler antworten konnte, mischte sich Andreas Zinsli, der kleine, drahtige Mann vom linken Lager ein: »Natürlich geht es den Rechten immer nur um ihre ganz persönliche Macht. Die beiden Kandidaten der Konservativen waren Musterbeispiele dafür. Ein arroganter Ehrgeizling wurde pro forma mit einem Hinterbänkler garniert. Kaschierter Machtanspruch pur also. Es war zum Kotzen. Da haben wir sogar die wenig transparente Bürgi vorgezogen. Ohne grosse Begeisterung natürlich.«

Ständerat Franco Müller von der Zentrumspartei, ein vornehmer Intellektueller, drückte sich um einiges dezenter aus: »Bei einer Bundesratswahl stehen ganz andere Kriterien als die Weiterführung der Zauberformel im Vordergrund. Neben

Parteizugehörigkeit, Vertretung der Regionen und Geschlecht sind es vor allem charakterliche Aspekte, die den Ausschlag geben. Der zu Wählende muss, mit anderen Worten, berechenbar sein, einen sicheren Wert darstellen.«

Das war der Steilpass, auf den Spieler gewartet hatte: »Genau das war diesmal nicht der Fall. Aus lauter Freude, unsere offiziellen Kandidaten mit einem hinterhältigen Coup ausser Gefecht zu setzen, habt ihr es unterlassen, die Biographie der Katrin Bürgi eingehend zu studieren. Ihr habt wohl gedacht, ein bekannter Name aus dem Topmanagement der Wirtschaft genüge. Das könnte jetzt für überaus unangenehme Überraschungen sorgen.«

»Apropos Vertretung der Regionen.« Fritz Renggli, der kernige Konservative, erhob sich halb, um seinem Votum Nachdruck zu verleihen: »Wisst ihr, weshalb die Linken sich so gegen unseren Spitzenkandidaten aus dem Kanton Bern wehrten? Es ging ihnen darum, den Berner Sitz im Bundesrat bei den nächsten Wahlen für ihre Frau Carla Somazzi frei zu halten. Nur deshalb unterstützten sie die Bürgi aus Zug. Das hat überhaupt nichts mit Personenauswahl zu tun, sondern ist nüchternes Parteikalkül.«

»Nicht der Klügste, sondern der Wägste macht halt das Rennen.« Adrien Zufferey, ein impulsiver und deshalb oft unnötig vorprellender, aber immer origineller junger Karrierepolitiker an der Spitze der Zentrumspartei, setzte mit viel Pathos den Schlusspunkt: »Man kann es auf einen Nenner bringen: Diejenigen, die am wenigsten anecken, machen das Rennen.«

Die weiteren Diskussionsthemen entfernten sich immer mehr vom gestrigen Wahltag. Schliesslich ging der Gesprächsstoff ganz aus und es blieb eine Weile still in der Runde. Alle waren mit sich oder dem Weinglas beschäftigt, bis der liberale Nationalrat Friedrich Leuthold, Exjournalist und Kommunikationsexperte, aufsah und mich fixierte: »Wir haben noch nicht über die Rolle der Medien bei den Wahlen gesprochen. Gerade sie können Kandidaten aufbauen und auch wieder versenken.«

Als ich mich zu Wort melden und auf die besondere Mediengeilheit von Parlamentariern verweisen wollte, stand Gregor Thaler auf. Er flüsterte mir ins Ohr: »Ich möchte dich verschonen. Mit Leuthold kann man nicht diskutieren. Er hat immer recht.« Die Runde löste sich nach der Verabschiedung von Thaler rasch auf. Alle waren müde, und für den nächsten Tag standen noch einige wichtige Traktanden auf dem Sessionsprogramm.

Ich versuchte nochmals, an der Hotelrezeption einige Worte mit Belorini zu wechseln. »Tschau, Carlo«, ich lehnte mich an die vornehme Mahagoni-Brüstung, »ich melde mich zurück aus Ascona. Wie geht es dir?«

»Immer gleich, Marc. Während der Session ist bei uns stets Hochbetrieb. Und jetzt kommt noch die überraschende Wahl von Frau Bürgi hinzu. Wie du sicher weisst, wohnt sie noch bei uns.« Belorini blies die Backen auf: »Es gilt, alle Belästigungen von ihr fernzuhalten. Mithilfe eines besonders starken Polizeiaufgebots unter der Leitung unseres lieben Kommissärs.«

Er sah mich forschend an: »Herrn von Gunten scheint die Sicherheit der neuen Bundesrätin grosse Sorgen zu bereiten. Ist sie speziell gefährdet? Weisst du etwas Näheres?« Ich schüttelte den Kopf und grinste: »Ich kann mir nicht vorstellen, dass die vornehmen Herren der Konservativen Partei ein Racheattentat planen.«

In diesem Augenblick ging ein Raunen durch den Empfangsraum. Durch die gläserne Drehtür war zu erkennen, dass eine grosse schwarze Dienstlimousine in der Einfahrt stand und ein livrierter Fahrer einer Dame aussteigen half. Es war Katrin Bürgi, die sich nach einem anstrengenden ersten Tag als gewählte Bundesrätin in ihr Apartment zurückziehen wollte.

Belorini wies den an der Drehtür stehenden Hotelboy an, sich um die beiden Aktenkoffer zu kümmern, die neben dem Wagen standen. Der adrette junge Mann eilte nach draussen, verbeugte sich artig vor der attraktiven Bundesrätin und begleitete sie durch die Eingangshalle zum Lift. Ich bemerkte, dass die Bürgi vom netten Hotelboy sehr angetan war, denn sie tätschelte ihn unterwegs mehrmals auf die Schultern und zog ihn schliesslich energisch zu sich in den Lift. Er sollte ihr offenbar die Koffer bis ins Zimmer tragen.

Der Empfangschef mit den silbernen Schlüsseln am Revers lachte: »Unser Martin kommt bei den Gästen immer gut an. Besonders bei Damen.« Ich erfuhr, dass der junge Mann aus einer Hotelierfamilie stammte und als Schüler einer Hotelfachschule eine mehrmonatige Stage im Bellevue absolvierte. »Leider wird er uns schon in wenigen Tagen verlassen, da seine Ausbildung in unserem Hause abgeschlossen ist.«

Ich plauderte noch mit Belorini, als der Hotelboy mit einem grossen Hund an der Leine aus dem Lift stieg und durch den Nebenausgang verschwand. Wie mir Carlo sagte, führte der Boy jeden Abend um diese Zeit die Schäferhündin von Herrn von Wartburg für etwa zwanzig Minuten auf der Bundesterrasse spazieren.

»Herr von Wartburg ist sehr auf diese Dienstleistung angewiesen«, erklärte der Concierge. »Er wohnt in derselben Etage wie die neue Bundesrätin, die leider nicht sehr viel Freude an Resi hat. Frau Bürgi hat sich schon mehrmals über das Tier beschwert. Offenbar sind ihr Hunde ganz allgemein zuwider.«

*

Am Freitag widmete ich mich den Unterlagen von Hofmann, die ich sorgfältig durchsah. Grössere Aha-Erlebnisse blieben zwar aus, aber ich notierte mir doch einige Namen von deutschen Prominenten, die mit Frau Bürgi in der Öffentlichkeit aufgetreten waren. Hohe Politiker, Wirtschaftsbosse, Personen aus dem Jet-Set, Künstler und einige schräge Vögel.

Damit waren die journalistischen Netze im Zusammenhang mit der deutschen Vergangenheit der neuen Bundesrätin ausgelegt und ich konnte mich der zweiten Schiene meiner Nachforschungen zuwenden. Das tat ich mit besonderem Vergnügen, denn ich hatte, wie viele meiner Mitbürger, eine Antipathie gegen den als Abzocker bekannten Banker Werner Oberholzer entwickelt, und ich hoffte inständig, ihm mit meinen Recherchen früher oder später schaden zu können. Ich bat meinen FAZ-Freund Anton Hofmann, mir alle archivierten Informationen und Gerüchte um das Wirken des Bankers in Deutschland zukommen zu lassen. Und meine liebe Freundin Nina in Ascona, mit der ich fast täglich telefonierte, versprach mir, sich nach Neuigkeiten im Umfeld der Villa Favorita umzuhören.

Die dritte Recherchefront stand eher unten auf meiner Prioritätenliste. Meine Wertschätzung der Konservativen, den von der Bundesratswahl Enttäuschten, war zwar fast unbegrenzt. Aber ich traute ihnen dennoch keine raschen Reaktionen auf ihre Niederlage zu, die journalistisch etwas hergaben. Denkbar waren höchstens verbale Ausrutscher einzelner Hitzköpfe, was vom breiten Publikum nur mit einem Schulterzucken zur Kenntnis genommen würde.

Am Mittag hatte ich die laufenden Pendenzen erledigt und beschloss, den Rest des Tages freizunehmen. Ich hatte genug von der Politik, genug von VIPs und anderen komischen Figuren, genug vom Studio im Nordring und genug von allen anderen Zwängen und Verpflichtungen.

Um diesen depressiven Anflug möglichst rasch und vollständig zu überwinden, begab ich mich zu meinem Coiffeur Werner in der Altstadt. Der Haarkünstler besass die in diesem Beruf recht verbreitete Gabe, die Kunden mit Tratsch und Klatsch binnen Minuten aus ihren individuellen Sorgenkäfigen zu befreien. Wenn man sich aus seinem Stuhl erhob, war nichts mehr so wie vor einer halben Stunde. Beim Psychologen bräuchte man für einen ähnlichen Behandlungserfolg mindestens fünf Sitzungen.

Eine späte Phase der Bearbeitung meiner Haare durch Werner zeichnete sich durch eine wohltuende Gesprächspause aus, und ich fand so Zeit, mich im Spiegel zu betrachten. Was ich sah, stellte zwar den sich abzeichnenden Behandlungserfolg meines Coiffeurs, sowohl bezüglich der Frisur als auch meines seelischen Zustands, nicht direkt infrage, bestätigte mir aber doch einmal mehr, dass einem allfälligen Wiederaufflackern ungezügelter Lebenslust bei mir enge Grenzen gesetzt waren. Der Herr im Spiegel war nicht mehr der junge Liebhaber auf der Lebensbühne, sondern eher für eine Rolle als väterlicher Freund geeignet. Er kam bestenfalls noch als älterer Galan für kurze Liebesszenen zum Einsatz. Die nicht mehr sehr volle Haarpracht mit den grauen Schläfenpartien und die zunehmenden Falten an der Stirn und den Mundwinkeln machten mir weniger Sorgen. Das Problem waren die Augen, die eine gewisse Müdigkeit und vielleicht auch Ratlosigkeit ausstrahlten.

Den Nachmittag verschlief ich in meiner kleinen Wohnung im Schosshaldequartier. Nach einem Imbiss im Quartierrestaurant Obstberg fuhr ich in die Stadt, um an der Freitagsstammrunde im Della Casa teilzunehmen. Das wöchentliche Treffen mit Kollegen aus der Berner Medienzunft war für mich zum Ritual geworden. In diesem Kreise mehr oder weniger Gleichgesinnter konnte ich mich von der Hektik des Alltags lösen und auf ein möglichst geruhsames Wochenende einstimmen. Sofern es der Dienstplan erlaubte. In Anbetracht des kleinen Personalbestands vom Bären-TV musste selbst der Chefredaktor regelmässig Samstags- und Sonntagsdienst leisten.

Am runden Stammtisch im hinteren Stübli des altehrwürdigen Restaurants sassen bereits einige Herren vor ihren Weingläsern. Drei Kollegen blätterten in Tageszeitungen. Ich durfte also annehmen, dass ich keine wichtigen Diskussionen verpasst hatte.

»Tschau, Marc«, nuschelte Arnold Zigerli vom Berner Gratisanzeiger undeutlich zur Begrüssung. Er mampfte an einem übergrossen Sandwich und war daher kaum zu verstehen. »Lässt du heute unsere neue Bundesrätin in Ruhe?«

Ich versicherte ihm, dass mir nichts Neues zur Wahl von Frau Bürgi eingefallen war, und bat ihn inständig, mich heute Abend mit diesem Thema zu verschonen: »Ich kann nichts mehr hören über das ganze Theater im Bundeshaus.«

»Na, ja«, liess sich Hans Indermühle von der Berner Tageszeitung vernehmen, »du hast doch selber einige Hasen aufgescheucht mit deinen Hinweisen auf die Verbindungen der neuen Bundsrätin zu ausländischen Finanzkreisen. Unser Chef kam gestern zu mir mit dem Auftrag, ebenfalls in diese Richtung zu recherchieren.« Er stöhnte gekonnt auf: »Eine Strafaufgabe, die ich nur dir zu verdanken habe. Und jetzt willst du dich drücken. Das ist unfair.«

Ich liess mir von der älteren Serviererin, die schon seit Jahrzehnten im Della Casa arbeitete, die Weinkarte reichen, und studierte das Angebot sorgfältig. Meine Absicht, so Zeit zu gewinnen und einer Diskussion über die Bundesratswahl zu entgehen, wurde sofort durchschaut.

Indermühle doppelte nach: »He Marc, ich will wissen, wo du deine Informationen herhast. In unserem Zürcher Archiv der Mediengruppe gibt es gar nichts darüber und der Mediensprecher der Bürgi hat meinen Interviewwunsch schlichtweg abgelehnt. Seine Chefin stehe den Medien frühestens übernächste Woche zur Verfügung.«

»Das meiste war reine Intuition«, log ich, »aber die kostspieligen verkappten Publizitätskampagnen der Bürgi hast du sicher auch gesehen. Da kommt mir eine Idee: Du hast ja einen guten Draht zum Zeitschriftenkartell in Zürich. Könntest du nicht herausfinden, was das alles so gekostet hat, und vielleicht sogar, wer das Ganze bezahlt hat? Ich würde dich dafür mit Informationen über die deutschen Aktivitäten der Bundesrätin beliefern.« Ich bemerkte den Lapsus und ergänzte rasch: »Die ich mir natürlich noch beschaffen muss.«

»Ich werde sehen, was sich machen lässt.« Begeistert klang das nicht gerade. »Ich gebe dir dann Bescheid.«

Damit war das Thema Bürgi endgültig abgehakt, und wir widmeten uns wichtigeren Sachen, wie beispielsweise dem nächsten Spiel von Young Boys oder neuen Gerüchten über das extravagante Liebesleben eines prominenten Stadtpolitikers.

Gegen halb zwölf Uhr löste sich die Stammrunde auf und ich fühlte mich trotz des Nachmittagsschlafes immer noch sehr müde. Ich fuhr also direkt heim und verzichtete auf den am Freitag sonst üblichen Abschlussdrink in der Bellevue-Bar. Um ungestört in den Samstagmorgen hineinschlafen zu können, stellte ich das Handy ab und legte den Telefonhörer neben die Gabel.

*

Am Morgen wurde ich durch andauerndes Klingeln und ein Gepolter an der Wohnungstür geweckt. Ich schlüpfte in den Morgenmantel und sah nach, wer da so penetrant meine heilige Samstagsruhe störte.

Es war Joe Schläfli, der mit hochrotem Kopf vor der Tür stand. Kaum hatte ich geöffnet, brüllte er mich schon an: »Marc, wieso kann man dich nicht erreichen? Du musst sofort ins Studio kommen. Die Bürgi ist tot.« Der gute Kerl hatte wohl eine halbe Stunde lang versucht, mir die sensationelle Neuigkeit telefonisch mitzuteilen.

Während ich in meine Hose schlüpfte, hörten wir die Acht-Uhr-Nachrichten von Radio DRS. Frau Bürgi war kurz vor

Mitternacht auf dem öffentlichen Durchgang vor dem Hotel Bellevue Palace entdeckt worden. Die Bundesrätin hatte einen Sturz aus ihrem Zimmer im vierten Stock nicht überlebt. Zur Ursache des Unfalles lag noch nichts vor. Um elf Uhr war eine Medienkonferenz der Berner Kantonspolizei vorgesehen.

Joe brachte mich mit einem Dienstwagen der Berner Mediengruppe ins Studio und ich trommelte meine Crew für eine Sondersendung zusammen. Gegen elf Uhr traf ich mit Kameramann Steiner im Rathaus ein, wo mich Kommissär Paul von Gunten am Ärmel packte und kurz durchschüttelte: »Komm nach der Medienkonferenz in mein Büro. Ich habe noch etwas für dich.«

Untersuchungsrichter Robert Weibel und Kommissär Paul von Gunten orientierten in der Folge über die bisher bekannten Umstände des Todes von Frau Bürgi. Viel Neues gab es nicht zu hören. Die Bundesrätin war um Viertel vor zwölf Uhr von Passanten auf dem Gehweg vor dem Bellevue entdeckt worden, unterhalb ihres Zimmers im vierten Stock. Sie lag auf dem Rücken und war nur leicht mit einem Morgenmantel über dem Negligé bekleidet. Die Leiche wurde nach der Spurensicherung ins gerichtsmedizinische Institut überführt. Im Zimmer von Frau Bürgi konnte nichts Aussergewöhnliches festgestellt werden. Es gab keine Unordnung und auch keine Spuren einer Auseinandersetzung. Die Sicherheitsleute der Kantonspolizei, welche die Etage überwachten, meldeten ebenfalls keine besonderen Vorkommnisse.

Meine Kollegen hatten zahlreiche Fragen.

Indermühle von der Berner Tageszeitung wollte wissen, ob es sich um einen Selbstmord handeln könnte.

Von Gunten winkte ab: »Frau Bürgi hatte keinen Grund, sich das Leben zu nehmen. Sie war gerade am Zenit ihrer politischen Karriere angelangt, und im persönlichen Umfeld gibt es nach heutiger Erkenntnis keinen Grund für eine Kurzschlusshandlung. Dazu kommt, dass die Leiche auf dem Rücken lag. Mit den Beinen gegen die Wand. Frau Bürgi musste also rücklings vom Balkon ihres Zimmers gefallen sein. Selbstmörder springen in der Regel kopfvoran und liegen unten dann entweder auf dem Bauch oder mit dem Kopf gegen die Wand.«

Die Anwesenden versuchten, sich diese makabren Details bildlich vorzustellen, was nur wenigen gelang und bei den meisten zu einem in solchen Fällen angebrachten Verdrängungseffekt führte. Sie nahmen einfach an, der Polizist habe recht mit seiner Vermutung, und gingen zur nächsten Frage über.

Peter Blaser vom Lokalradio Bern erkundigte sich nach der Möglichkeit eines Unfalls.

Der Kommissär schüttelte den Kopf: »Frau Bürgi war eine vorsichtige Person. Wir haben das Balkongeländer sorgfältig untersucht und keine lockeren oder brüchigen Teile gefunden. Es handelt sich um eine massive, gusseiserne Konstruktion.«

»Was bleibt dann?« Zigerli vom Gratisanzeiger hatte genug vom Drumherumreden: »Wer ist der Mörder? In welche Richtung ermittelt die Polizei?«

Von Gunten verzog das Gesicht zu einer Schnute und schien nicht gewillt, diese Frage selber zu beantworten. Er sah auffordernd Untersuchungsrichter Weibel an, der einige Zeit nachdachte und dann sagte: »Wir werden in alle Richtungen ermitteln. Heute ist es aber nicht möglich, auch nur andeutungsweise einen Verdacht zu äussern. Ich bitte Sie um Verständnis dafür.« Nach einer weiteren Pause fügte er bei: »Trotz des Votums von Kommissär von Gunten kann auch die Möglichkeit eines Unfalls noch nicht endgültig ausgeschlossen werden. Lassen Sie also Ihre Fantasie bezüglich der Mordthese nicht zu sehr überborden.«

Eine halbe Stunde lang stellten die Medienleute weitere, meist belanglose Fragen.

Weibel wies schliesslich auf eine zweite Orientierung nach

Vorliegen des Obduktionsberichts hin. Wahrscheinlich am nächsten Donnerstag. Damit war die heutige Medienkonferenz abgeschlossen und alle drängten zum Ausgang.

Ich winkte Hans Steiner, der gerade seine Kamera verpackte und sich auf den Weg ins Studio machen wollte, zu mir und bat ihn, mit Hanna Lauterburg für die Abendsendung einen etwa zehnminütigen Bericht über die Medienorientierung bereitzustellen, den ich am Nachmittag noch mit einem Kommentar versehen würde.

Dann bummelte ich gemächlich stadtaufwärts zum Waisenhausplatz, wo mich von Gunten in der Polizeikaserne erwartete.

»So, Marc«, begann der Kommissär auffällig sanft und blickte mich nachdenklich an: »Wer hätte vorgestern Abend gedacht, dass wir uns so bald wiedersehen würden?« Dann fuhr er mich barsch an: »Was weisst du von der Geschichte? Du bist ja am Freitagabend immer im Bellevue für den Wochenenddrink. Hast du dort etwas gesehen?«

Mein Schock über das plötzliche Angebrummtwerden hielt sich in Grenzen, da ich von Gunten mittlerweile zu gut kannte.

»Ausgerechnet gestern Abend verzichtete ich auf meinen Drink«, erklärte ich und zuckte mit den Schultern, »ich war müde und einfach nicht in der Laune.«

Irgendetwas stimmt nicht. Ich musste wissen, wieso mich der Kommissär in sein Büro zitiert hatte. Ich sah von Gunten an und sagte: »Paul, was ist los? Du durchbrichst doch deine strenge Regel, bei einem laufenden Verfahren nie einen Medienvertreter zu bevorzugen, nicht, um mir diese blöde Frage zu stellen.«

Mein Gegenüber schwieg längere Zeit, dann grinste er: »Natürlich nicht, Marc. Wir fanden im Zimmer der Verstorbenen einen Zettel mit ihrer Handschrift. Darauf standen zwei Namen, Werner Oberholzer und Marc Dubach. Wie man allgemein weiss, war der Banker seinerzeit mit ihr liiert gewesen.« Von Gunten verzog sein Gesicht zu einer Grimasse: »Was aber hast du mit der Bürgi? Ein Abenteuer mit der hübschen Katrin wirst du kaum gehabt haben, obschon ich dir in dieser Beziehung einiges zutraue.«

Es musste etwas mit meinem ersten Bericht über die Bundesratswahl zu tun haben. Meine Anspielungen auf ihre Karriere in Deutschland und ihre abrupte Rückkehr in die Schweiz konnten es nicht sein. Das war bekannt. Aber vielleicht der Hinweis auf die kostspieligen Publizitätskampagnen?

»Möglicherweise ging es um die Finanzierungsmethoden der teuren Imagekampagne im Vorfeld der Wahl.« Ich erschrak: »Und ich Idiot habe meinen Kollegen Indermühle von der Berner Tageszeitung gestern noch auf diesen Punkt aufmerksam gemacht.«

»Wie kamst du überhaupt auf das Thema Publizitätskampagne?«

»Soweit ich mich erinnere, hat sich Nationalrat Renggli von den Konservativen über die aufwendige Öffentlichkeitsarbeit für Frau Bürgi empört. Das war in der Bundeshauscafeteria, kurz vor der Wahl.« Nach einer kurzen Pause fügte ich noch hinzu: »Diese Kampagne erfolgte im Vorfeld ihrer Nomination zur wilden Kandidatin. Jemand muss also die Erfolg versprechenden Möglichkeiten der Aussenseiterin frühzeitig erkannt und die nötigen Fäden gezogen haben.«

Der Kommissär runzelte die Stirn, schwieg sich eine Zeit lang aus und meinte dann allzu liebevoll: »Sei vorsichtig. Wenn es jemanden geben sollte, der eine Bundesrätin wegen einer Imagekampagne aus dem Fenster wirft, so würde er wahrscheinlich auch einen kleinen Medienfisch wie dich nicht verschonen.«

Nicht die Unverschämtheit, mich einen kleinen Fisch zu nennen, trieb mich bald aus dem Büro des Kommissärs, sondern der Hunger.

Im Nordring legte ich meine Beine auf den Schreibtisch und suchte nach Eingebungen für meinen Kommentar.

Im Vordergrund stand die menschliche Tragödie. Katrin Bürgi hatte zu ihrem Höhenflug abgehoben und war abgestürzt, bevor sie schwindelerregende Ziele wie Macht und Berühmtheit erreichen konnte. Abgestürzt tönte so selbstverschuldet. Die neue Bundesrätin als Opfer ihrer Verstrickungen in dunkle Geschäfte oder vielleicht sogar von Trieben und geheimen Wünschen?

Ein Unfall war unwahrscheinlich. Ein Verbrechen also? Aber wer stand dahinter? Fragen über Fragen und kaum Antworten. An diesem Todestag waren die üblichen üblen Medientricks mit Gerüchten, indirekten Vorwürfen oder Zitaten persönlicher Gegner fehl am Platz. Ich beschränkte mich daher auf offizielle Fakten, drückte mein Bedauern über den Verlust der hoffnungsvollen Politikerin aus und spekulierte kurz über dessen Folgen für die Bundespolitik, ohne dabei allzu sehr in die Tiefe zu gehen. Ein fader Kommentar, für den ich mich so schämte, dass ich das Studio fast fluchtartig verliess. Ein kleiner Trost war die Gewissheit, dass ich bald auf die Story zurückkommen würde.

Ich bummelte durch die nächtliche Stadt. Ziellos, und vielleicht sogar ein wenig wunschlos. Ich dachte an vieles, meist an Zurückliegendes, an im Alltag Verdrängtes oder einfach Vergessenes. Und fühlte mich leicht dabei, hatte die sonst zur lästigen Gewohnheit gewordenen Begleiter einfach irgendwo liegen lassen: die pflichtgemässen Sorgen und den unbewältigten Kummer. Ich fühlte mich so leicht wie in meinen besten Zeiten, als die Welt für mich nur eine Bühne für unbekümmerte Lausbubenspiele gewesen war. Es gab mehrere Lokale, in denen mich Bekannte oder Fastfreunde freudig aufnehmen würden und mir eine temporäre Geborgenheit in der Gruppe bieten konnten. So lange, bis ich wieder auf der nächtlichen Strasse stehen und den Heimweg alleine antreten würde.

»So, das genügt, Marco-Schatzeli.« Ich streckte meinem schemenhaft vorbeihuschenden Zerrbild im Schaufenster die Zunge raus und dachte an Nina, die mich immer mit diesem gemischt lateinisch-schweizerdeutschen Kosenamen bedachte, wenn sie zärtlich gestimmt war. Und steuerte schnurstracks das Bellevue an.

Am Samstagabend ist die Bellevue-Bar einem speziellen Publikum vorbehalten. Nicht die Geschäftsleute der Arbeitswoche und auch nicht die Politiker in Sessionszeiten bevölkern die Theke und die Tische, sondern eine bunt gemischte Schar von Stadtbürgern und Hotelgästen, Stammkunden und Gelegenheitspassanten jeder Art. Jack, der Barkeeper, kennt die meisten noch nach Jahren mit Namen. Sein phänomenales Gedächtnis für Gesichter ist stadtbekannt.

Ich wurde von einer Gruppe bereits recht angeheiterter Damen und Herren vereinnahmt, die mir sofort auf dem breiten Sofa Platz und bei Jack das nötige Getränk verschafften. Ich sass eng eingeklemmt zwischen einer etwas fülligen jungen Blondine namens Evi und einem mageren, nervösen südländischen Typ unbestimmten Alters, den die meisten Boss nannten. Wieso, war mir so lange nicht klar, bis der Mann neben mir Durst hatte. Er rieb den Daumen und den Mittelfinger der linken Hand so aneinander, dass es kurz knallte. Sofort sprangen zwei Burschen am anderen Tischende auf und brachten dem Dürren einen doppelten Whisky. Wie in einem italienischen Cosa-Nostra-Film, wo Mafia-Bosse auch nur mit dem Finger zu schnipsen brauchen.

Evi bemerkte mein Staunen und flüsterte mir zu: »Das ist Enrico. Nicht aus Neapel, sondern aus Locarno. Er hat ein grosses Handelsunternehmen, ist steinreich und kann sich zwei Bedienstete leisten, die ihn auf allen Geschäftsreisen begleiten.« Dann fügte sie wie entschuldigend hinzu: »Er ist ein guter Kumpel. Immer zu Spässen jeglicher Art aufgelegt.«

Bevor sie mich fragen konnte, ob ich auch ein Spassvogel

sei, winkte mir Hansruedi Müller vom anderen Ende des Tisches zu und zeigte auf den neben ihm gerade frei gewordenen Stuhl. Ich entschuldigte mich in aller Form bei Evi und Enrico und wechselte zu meinem Kollegen vom Radio DRS.

»Hier sitzest du bequemer«, sagte Müller, »obschon Evi jetzt traurig ist. Sie ist für männliche Reize sehr empfänglich und stört sich nicht an Kleinigkeiten.« Ich fragte irritiert, was er damit meinte. Er grinste anzüglich: »Zum Beispiel Herren in etwas vorgerücktem Alter.«

Ich wollte gerade eine freundschaftliche Schlägerei mit Müller beginnen, als Boss Enrico aufstand und einen Hotelgast begrüsste, den ich gut kannte. Es war Nationalrat Ueli Schweiger, eine der Leitfiguren der Konservativen. Ein noch sehr junger Mann mit grenzenlosem Optimismus und der für Spitzenpolitiker unbezahlbaren Gabe äusserster Flexibilität in Denken und Handeln.

Ueli und Enrico setzten sich an die Theke und besprachen ein offenbar schwieriges Thema, denn der hagere Tessiner zappelte mit den Beinen und der Karrierepolitiker schlug mehrmals mit der Faust auf die Messingstange der Bartheke ein. Ich fragte mich, was die beiden verhandelten und erkundigte mich bei Hansruedi Müller: »Was ist das für ein schräger Vogel, dieser Enrico? Evi sagte mir, er sei steinreich und besitze irgendeine Handelsfirma.«

»Bartali heisst er. Was er genau macht, weiss ich auch nicht«, sagte mein Kollege, »gerüchteweise soll er sich mit internationalen Warentransaktionen befassen. Was immer das auch heissen mag.« Hansruedi dachte nach und ergänzte dann: »Er kennt alles, was Rang und Namen hat. Selbst im Finanzsektor verfügt er über beste Beziehungen. Und in diplomatischen Kreisen. Ich sah ihn einmal bei einem Anlass der deutschen Botschaft mit Spitzenleuten reden.« Er lachte: »Man würde es dieser halben Portion eigentlich gar nicht zutrauen.«

Die beiden an der Bar hatten ihr Gespräch beendet: Bartali kletterte vom Hocker, griff nach einem grösseren Couvert auf der Bartheke und setzte sich wieder aufs Sofa neben Evi, die ihn kurz anhimmelte und es mit einigen geschickten Verrenkungen schaffte, mit dem geheimnisvollen Tessiner auf absolute Tuchnähe zu gehen.

Müller nickte anerkennend: »Die kann was. Es würde mich nicht wundern, wenn die üppige Dame und der magere Kerl sich bald in eine obere Etage des Bellevue-Palace zurückziehen würden. Der Bartali ist nämlich Dauergast dieser Nobelherberge.«

Er machte mich mit seinem Tischnachbarn bekannt, einem älteren Herrn mit Bäuchlein und schütterem Haar. »Herr de Laurenti ist Doppelbürger. Schweizer und Italiener. Er war Niederlassungschef der Privatbank Maurer in Mailand. Vor drei Jahren kam er in die Schweiz zurück und wohnt nun in Bern. In der noblen Elfenau.«

De Laurenti begrüsste mich freundlich: »Herr Dubach, es freut mich ausserordentlich, Sie persönlich kennenzulernen. Ich sah noch Ihre Sendungen auf Bern-1 und bedauerte Ihren Weggang damals sehr.« Nach dieser Schmeichelei überraschte er mich mit einer knallharten Frage: »Bleibt das Thema Frau Bürgi beim Bären-TV aktuell oder überlasst ihr das dem nationalen Sender?«

»Der Unfall, oder was es auch immer war, passierte in Bern, also handelt es sich gewissermassen um ein lokales Ereignis. Und da bleiben wir dran.« Ich wollte die Gelegenheit, mit einem Exmitarbeiter von Oberholzer sprechen zu können, nicht ungenutzt verstreichen lassen: »Können Sie mir als intimer Kenner der europäischen Finanzszene einen Tipp geben? Gibt es in dieser Szene irgendwo Kräfte, die mit allen Mitteln verhindern wollen, dass Indiskretionen über risikoreiche Geschäfte an die Öffentlichkeit dringen?«

Der alte Finanzhase überlegte kurz und meinte dann: »Natürlich ist mit Geld alles zu haben. Auch ein handfester Schutz von Aktivitäten, von denen das Publikum nichts wissen darf. Aber«, er sah mich fast mitleidig an, »dieser Schutz würde niemals Mittel einsetzen, die zu einem Fenstersturz à la Bürgi führen. Da gibt es bessere Methoden.«

De Laurenti war nicht bereit, sich zu diesen Methoden zu äussern, und setzte einen Punkt unter das Gesprächsthema: »Suchen Sie anderswo nach einem Täter. Vielleicht gibt es eine Überraschung. Wie seinerzeit beim Mord an Carissimo.«

Wir sprachen noch eine gute halbe Stunde über dies und das. Dann brach ich auf und plauderte noch kurz mit Belorini.

»Auch der beste Schutz nützte Frau Bürgi also nichts.« Ich musste wissen, ob der Korridor vor dem Zimmer der Bundesrätin ständig überwacht war. »Ich nehme an, dass die Kantonspolizei rund um die Uhr aufpasste, damit kein Unbefugter in die Nähe der Magistratin kam.«

»Natürlich, Marc.« Der Concierge lehnte sich über die Empfangstheke und flüsterte mir zu: »Drei Fahnder lösten sich ab. Dazu kam eine Kamera im Flur, die jede Bewegung aufzeichnete.« Und dann sagte er so leise, dass ich es kaum mehr verstand: »Aber ausgerechnet vor dem Todesfall setzte diese Kamera für längere Zeit aus. Das übertragene Bild blieb einfach stehen und zeigte nur einen leeren Gang.«

*

Den Sonntag verschlief ich. Nina teilte mir nach der üblichen telefonischen Turtelrunde mit, dass es um die Villa Favorita derzeit sehr ruhig und vom Hausherrn nichts zu sehen sei.

Als ich am Montag wieder in mein Büro kam, fand ich dort ein umfangreiches Mail von Hofmann mit Dutzenden von Ausschnitten über das Wirken Oberholzers in der deutschen Privatbank und seine Beziehungen zu Promis vor.

In der Cafeteria unseres Medienhauses am Nordring setzte ich mich zu Hans Indermühle von der Berner Tageszeitung.

»Hast du schon ein Feedback aus Zürich in Sachen Publizitätskampagnen der Bürgi?« Ich dachte an das Gespräch mit von Gunten und hoffte, dass die Recherchen meines Kollegen erfolglos geblieben waren.

»Ich habe es versucht. Aber die Leute sperren sich gegen eine Offenlegung von Auftraggebern von Inseraten.« Indermühle seufzte: »Mein Bekannter beim Illustriertenkonzern hat aber doch etwas herausgefunden. Man sagte ihm, die Kampagnen für die Bürgi seien normal bezahlt worden. Nämlich durch die Auftraggeberin. Das würde heissen, dass sie die Rechnungen selber bezahlt hat.«

Die verstorbene Bundesrätin war nach ihrer Rückkehr in die Schweiz zuletzt als Finanzberaterin tätig gewesen, aber ein Vermögen dürfte sie sich dabei nicht erworben haben. Ihre Eltern hatten ihr aber sicher etwas hinterlassen, und auch ihre Bezüge als kommunale und kantonale Politikerin summierten sich wahrscheinlich zu einem stattlichen Betrag. Ausserdem dürfte sie als Direktionsmitglied beim Verlassen der Bank eine beachtliche Abgangsentschädigung kassiert haben.

»Damit ist ja alles in Ordnung«, sagte ich zu Hans, »Recherchen in Richtung dubioser Sponsoren erübrigen sich also.«

Wieder in meinem Büro zurück, lagerte ich die Beine hoch und rief Joe Schläfli an: »Ich muss im Fall Bürgi nachdenken. Bitte halte alle Störungen von mir fern. Wenn mich Wenger sprechen will, sag ihm, ich hätte eine hochansteckende Grippe.«

Eine Auslegeordnung meiner bisherigen Ermittlungsergebnisse gab kaum Anlass zu Optimismus. Alles lag hinter einem dichten Nebel aus Gerüchten und Mutmassungen verborgen. Ich durchstöberte meine Trickkiste aus fast zwanzig Jahren Medienerfahrung, fand wenig Brauchbares, war entsprechend frustriert und wütend und entschloss mich schliesslich zu medialer Brachialgewalt.

Dazu brauchte es möglichst viel Wissen über alle Aspekte des Falles und ich vertiefte mich in die Unterlagen von Hofmann.

Nach zwei Stunden intensiver Lektüre lehnte ich mich in meinem nicht sehr bequemen Bürosessel zurück. Viel hatte die Pflichtübung nicht ergeben, aber einige Details waren nicht uninteressant. So gab es Informationen über Ostkontakte von Oberholzer und Bürgi, die im Auftrag ihrer Banken vor allem in Russland neue Geschäftsbereiche erschlossen hatten. Oder sehr zurückhaltende Berichte über Aktivitäten der Bankenvertreter zur Platzierung deutscher Geldmittel im Ausland. Und ein Hinweis auf eine Teilnahme von Frau Bürgi an einem internationalen Kongress der Gemmologen. Ich musste im Duden nachsehen, was darunter zu verstehen sei, und stellte mit Erstaunen fest, dass die Finanzfachfrau eine Ausbildung in der Edelsteinkunde absolviert hatte. Vielleicht in ihrer Jugendzeit im Hinblick auf einen Einsatz im Unternehmen des Vaters, das auch Uhrenbestandteile fabrizierte. Diamanten sind die wohl bekanntesten Edelsteine. Und darüber hinaus sehr geeignet für diskrete Vermögenstransfers über alle Grenzen hinweg. Schliesslich fand ich noch eine kleine Notiz über eine besondere Affinität der Bürgi zu Spielcasinos. Sie war am Aufbau verschiedener offizieller Spielbanken in Deutschland beteiligt. In einer Meldung stand der ironische Vermerk, sie sei auch inoffiziellen Spielchen nicht abgeneigt gewesen.

Damit hatte ich getan, was ich im Augenblick für die Erweiterung meines Wissensstandes tun konnte, und machte mich an die Vorbereitung der medialen Schandtat.

Ich fasste die Ereignisse um den Tod von Frau Bürgi kurz zusammen und ging dann zu meinem Ausblick über. Unter dem Titel »Wer ist schuld am mysteriösen Tode der jungen Bundesrätin?« vermittelte ich eine Tour d'Horizon aller bisherigen Erkenntnisse und Vermutungen. Natürlich gab ich mich zurückhaltend, damit Bären-TV in den nächsten Monaten nicht unter einer Prozessflut zusammenbrach. Die Konservative Partei zum Beispiel stand als Verliererin da, die den Sitzverlust in der Landesregierung nur schlecht verkraftete. Ich heuchelte Verständnis für die Wut ihrer einflussreichen Führungsfiguren und Sponsoren. Unter den Gönnern war zufälligerweise Werner Oberholzer und seine Privatbank Maurer mit einer beachtlichen Parteispende zu finden. Auch die Finanzwelt kam nicht ungeschoren davon. Ich wies auf internationale Geldflüsse hin, die von mächtigen Gruppierungen dominiert werden. Im Zusammenhang damit nannte ich einige prominente Vertreter dieses geheimen Geldadels, die mit Frau Bürgi in Deutschland seinerzeit in Kontakt standen. Unter anderem musste ich dabei Werner Oberholzer erwähnen. Dann liess ich einige Verehrer der attraktiven Katrin Revue passieren, die von der schönen Frau vielleicht enttäuscht worden waren. Auch hier war Werner Oberholzer dabei, der sich nach seiner Rückkehr in die Schweiz ebenso enthusiastisch wie diskret um die begehrte Dame bemüht haben soll. Ich liess an dieser Stelle die perfide Bemerkung einfliessen, das seien wohl nur haltlose Gerüchte, denn Frau Lydia Oberholzer, die aus reichstem Zürcher Haus stammte und ihrem Werner das Startkapital für seine Schweizer Bankkarriere zur Verfügung gestellt hatte, gelte als sehr eifersüchtig und dulde sicher keine Seitensprünge ihres Mannes. Ich schloss den Kommentar mit ein paar Hinweisen auf Hobbies der Verstorbenen, so auf ihre Tätigkeit als Gemmologieexpertin für Diamanten und ihr besonderes Faible für den Betrieb von Spielbanken. Ob diese Interessen in irgendeiner Weise im Zusammenhang mit ihrem plötzlichen Tod stünden, sei offen. Alles sei derzeit im Fluss und weitere Informationen würden folgen.

Ich zelebrierte diesen inhaltslosen Quatsch mit gespielter Hingabe und hoffte, dass ich die zweifellos bald eintreffenden geharnischten Reaktionen einigermassen unbeschadet überstehen würde. Dabei fühlte ich mich wie der Direktor eines

Luftseilbahnunternehmens im Winter, das seine Pisten durch Sprengungen von gefährlichen Schneemassen befreien muss. Lawinen jeder Art sind unberechenbar. Ich zog den Kopf ein, ging direkt nach Hause, schloss die Fenster meiner Parterrewohnung und legte einmal mehr den Hörer neben das Telefon. Das Handy hatte ich schon am Nordring abgestellt.

3

Am Dienstag war der Teufel los. Obschon ich besonders früh im Studio war, klingelte bereits das Telefon, als ich die Tür zu meinem Büro öffnete. Es war Georg Wenger, mein Verleger, der mich in fast derselben Tonlage anbellte wie mein früherer, ebenso ungeliebter Chefredaktor bei Bern-1: »Da haben Sie ja den Vogel abgeschossen mit Ihrem gestrigen Kommentar. Ich habe noch in der Nacht und heute Morgen fast ein Dutzend Anrufe von guten Freunden und Persönlichkeiten aus Politik und Wirtschaft erhalten, die sich beschwerten.« Er machte eine Pause, um Atem zu holen. Dann ging es weiter: »Was ist in Sie gefahren, Dubach, dass Sie einen derartigen Unsinn erzählten. Sie haben nicht nur wichtige Werbekunden unserer Medien, sondern auch Aktionäre der Limmat-Aare-Medien AG vor den Kopf gestossen. Und vor allem unsere Geldgeber sind verärgert.« Er schnaufte wie ein Walross: »Das wird Konsequenzen haben.«

Nach diesem Eröffnungsgewitter des Tages war es verdächtig ruhig. Es gab sogar wieder einen Lichtblick, als Hanna Lauterburg, Joe Schläfli und Hans Steiner aufkreuzten. Mit Kaffee und Gipfeli. Wir liessen uns am Konferenztisch nieder und tranken und mampften vor uns hin, bis Joe in die Stille hinein sagte: »Das war eine Bombe, Chef. Du wirst sicher bald von Kommissär von Gunten hören, der dir Bodyguards schickt.« Er lachte: »Und halte dich in nächster Zeit von offenen Fenstern fern. Denk an Frau Bürgi.«

Hanna doppelte nach: »Hast du noch Urlaub, Marc? Es wäre jetzt eine gute Zeit für eine Reise nach Fernost.«

Auch Steiner wollte nicht hintan stehen: »Soll ich eine Kamera im Korridor installieren, damit du jederzeit im Bild bist, was für mordlustige Gesellen auf dich zukommen?«

Ich verbat mir energisch weitere Mitleidskundgebungen, ging aber insofern auf die Anliegen meiner Kollegen ein, als ich mich selber für zwei Tage beurlaubte. Ich hatte noch am Vorabend mit Nina telefoniert und sie über meinen Husarenstreich orientiert. Da meine Freundin in Ascona versprach, mich besonders liebevoll zu trösten und vor bösen Menschen zu beschützen, hatte ich mich rasch zu dieser temporären Flucht entschlossen.

Joe vertrat mich bis Donnerstag im Studio. Die für diesen Tag vorgesehene Medienorientierung über den Obduktionsbefund von Frau Bürgi wollte ich natürlich nicht verpassen.

*

Im idyllischen Tessiner Ort herrschte der in dieser Jahreszeit übliche Hochbetrieb. Auch ich genoss die südliche Atmosphäre und die warme Herbstsonne in vollen Zügen und vergass dabei fast den Grund meiner Flucht aus Bern. Nina verwöhnte mich nach Strich und Faden, und ich fragte mich einmal mehr, wieso ich Trottel diesen paradiesischen Ort verlassen hatte.

Die Villa Favorita machte immer noch einen verlassenen Eindruck. Von Oberholzer und Konsorten war nichts zu sehen. Wahrscheinlich hatte er sich in ein anderes Refugium zurückgezogen. Ich erkundigte mich in Ninas Hotel bei Kellner Antonio, der eine der aktivsten Informations- und Gerüchtebörsen der Region unterhält, nach dem möglichen Aufenthaltsort des Bankers.

Antonio sinnierte nur wenige Sekunden, dann meinte er: »Oberholzer hat mehrere Villen in der Schweiz und im nahen Ausland. So ein grösseres Haus am Genfersee bei Montreux und eine Jagdresidenz in Tirol.« Aha. Wahrscheinlich liess der abgehobene Werner, immer auf der Suche nach neuen Herausforderungen, gerade seinem Jagdtrieb freien Lauf. Ausnahmeweise nach Wild und nicht nach Geld, Macht und Frauen.

Der Kellner hatte noch eine weitere Information für mich. Auf meine Frage, ob er einen gewissen Enrico Bartali aus Locarno kenne, blies er die Backen auf und sagte: »Wer kennt den hier nicht? Bartali ist einer der wichtigsten Tessiner Immobilienhändler. Er ist selten hier, meist auf Reisen. Politisch steht er eher rechts, ohne aber entsprechend aktiv zu sein. Wahrscheinlich würde das seine Geschäfte stören.«

Die beiden Tage in Ascona verflogen im Nu. Als sich Nina am Donnerstag frühmorgens von mir mit innigen Küssen verabschiedete, kam ich mir einmal mehr als gemeiner Verräter vor. Oder wie ein Fahnenflüchtling in früheren Jahrhunderten.

Ich vermied den Umweg übers Studio am Nordring, zitierte Hans Steiner direkt ins Rathaus und konnte mir nach meiner Ankunft in Bern in aller Ruhe noch ein Bier zu Gemüte führen.

Der Konferenzraum war bereits gut besetzt. Offenbar stiess die Affäre Bürgi nach wie vor auf ein grosses Interesse der Medien. Als ich kurz vor elf Uhr eintrat, verstummten die Gespräche und viele Augen richteten sich auf mich. Vielleicht bildete ich mir das auch nur ein. Trotzdem, ich fühlte mich irgendwie ausgestossen.

Auch von Gunten war schon da. Er ignorierte mich zwar geflissentlich, aber als sich einmal unsere Blicke trafen, schmunzelte er. Ein schlechtes Zeichen. Wenn der Kommissär Humor zeigt, geht es den Betroffenen bald ziemlich mies.

»Darf ich Sie bitten, Platz zu nehmen.« Der Kommissär blickte grimmig in die Runde, und als endlich Ruhe herrschte, sagte er: »Wir haben nicht viel Zeit für die Orientierung.«

Er erteilte das Wort dem Leiter des gerichtsmedizinischen Instituts, einem hageren kleinen Mann mit Nickelbrille. Professor Janisch kramte in seinen Papieren und fasste den Obduktionsbericht zusammen: »Die Leiche weist keine Spuren von Gewaltanwendung auf. In den zwölf Stunden vor Eintritt des Todes hat die Verstorbene auch keine Medikamente oder Suchtmittel eingenommen, mit Ausnahme von etwa zwei Deziliter Rotwein. Sie schlug rücklings auf. Dabei wurde die hintere Schädeldecke eingeschlagen, was zum Tode führte.« Der Mediziner vermittelte weitere Details, die aber nur wenige Journalisten interessierten. Ganz zum Schluss sagte er: »Bei der Obduktion wurde übrigens festgestellt, dass Frau Bürgi an einer Krebserkrankung litt. Ob ihr das bekannt war, entzieht sich meiner Kenntnis.«

Wusste die Politikerin von ihrer Krankheit? Nahm sie allenfalls bewusst in Kauf, dass ihr die Krankheit nicht viele Amtszeiten erlauben würde? Eines konnte mit Sicherheit angenommen werden: Ihre Gegner waren nicht informiert, sonst hätte es wahrscheinlich keinen Fenstersturz gegeben. Und auch die These eines Selbstmordes war wieder etwas realistischer geworden. Es machte wahrscheinlich wenig Sinn, den Hausarzt der verstorbenen Bundesrätin ausfindig zu machen. Der durfte ohnehin nichts sagen. Und auch ihre engste Umgebung wusste wohl von nichts, sonst wäre etwas durchgesickert.

Die Medienleute stellten nur wenige Fragen und von Gunten konnte die Konferenz um halb zwölf Uhr schliessen. Der Kommissär wies darauf hin, dass die Leiche freigegeben worden sei und die offiziellen Trauerfeierlichkeiten für die Bundesrätin am kommenden Samstag im Münster stattfinden würden. Dann verschwand er eilig durch eine Tür im Saalhintergrund.

Ich instruierte Hans Steiner, was mit den gemachten Aufnahmen zu tun sei, und versuchte den Konferenzraum ebenso rasch wie der Kommissär zu verlassen, um frechen Zurufen und unnötigen Fragen meiner Kollegen zu entgehen. Auf dem Rathausplatz wollte ich gerade erleichtert aufatmen, als mich eine junge Frau ansprach: »Guten Tag, Herr Dubach. Darf ich Ihnen als junge Kollegin eine kurze Frage stellen? Mein Name ist Forster, Doris Forster. Ich arbeite für die Wochen-Illustrierte.«

Bevor ich das Anliegen barsch ablehnen konnte, lächelte sie mich an. Und dieses Lächeln lähmte mich, löschte meine kurzfristigen Vorhaben so vollständig aus dem Gehirn, dass ich wie versteinert vor der hübschen Kollegin stand. Offenbar mit einem hilflosen, gar blöden Grinsen, denn sie sagte: »Vielen Dank, Herr Dubach. Das ist wirklich lieb von Ihnen. Darf ich Sie zu einem Drink ins Rathauscafé einladen?«

Ich folge ihr wie ein Schosshündchen.

Doris Forster verlor keine Zeit. Kaum hatten wir uns gesetzt, nahm sie mich bereits in die Zange: »Ich habe Ihren Kommentar am letzten Samstag analysiert und festgestellt, dass Sie sich auf Werner Oberholzer fokussieren. Was bezwecken Sie damit?«

Ich vermied es, meiner hübschen Tischnachbarin ins Gesicht zu sehen, und stellte tapfer eine Gegenfrage: »Sind Sie etwa der Meinung, dass man Oberholzer schonen sollte?«

Sie lächelte mich schelmisch an: »Natürlich nicht, Herr Dubach. Werner Oberholzer ist ein Banker wie jeder andere.« Sie rümpfte ihr reizendes Näschen: »Vielleicht nur etwas erfolgreicher. Aber Sie müssen doch einen speziellen Grund haben, ihn derart unter die Lupe zu nehmen.«

»Oberholzer steht aufgrund seiner Funktionen, aber auch wegen der Angriffe auf den Schweizer Finanzplatz im Rampenlicht der Öffentlichkeit.« Ich musste mich gegen den stillen Vorwurf der Kollegin wehren: »Er sticht zudem als Persönlichkeit aus der Menge heraus. Insgesamt nicht sehr positiv, wie ich meine.«

Im Lächeln von Doris Forster war eine Spur von Spott zu erkennen: »Ich sehe schon. Sie mögen Oberholzer nicht leiden.« Sie machte eine rhetorische Pause und fügte dann nachdenklich hinzu: »Ist er etwa zu erfolgreich für Sie? Ich lernte ihn kennen, als ich mit einer Reportage über seine Familie beauftragt wurde, und fand ihn eigentlich ganz nett. Auch nicht abgehoben. Ganz im Gegensatz zu seiner Frau, einer absolut herrischen und arroganten Person.«

»Vielleicht hat Frau Oberholzer allen Grund, verschiedene Aktivitäten ihres Mannes mit einem gesunden Misstrauen zu verfolgen.« Ich musste meine Kollegin provozieren: »Dazu gehören wohl auch sogenannte Publireportagen, vorzugsweise durch junge hübsche Journalistinnen.«

Doris Forster schaute mich verblüfft an. »Was meinen Sie mit dieser Anspielung? Es war eine redaktionelle Reportage. Die Privatbank Maurer hat nichts dafür bezahlt.«

Kannte die junge Kollegin die kaschierte Imagepflege für Reiche und Mächtige in Form bezahlter Kampagnen wirklich nicht? Oder gab sie sich einfach nur herrlich naiv? Ich nippte an meinem Prosecco-Glas und meinte beruhigend: »Das freut mich zu hören.« Ich bemühte mich in der Folge, die Wogen zu glätten, lobte die Frisur ihrer kurz geschnittenen hellbraunen Haare und machte ihr weitere unnötige Komplimente. Bald plauderten wir so vertraut wie zwei alte Kollegen über Gott und die Welt.

Nach einer Stunde musste ich aufbrechen. Auf der Fahrt zum Studio hatte ich genügend Zeit, die reizende Kollegin zu vergessen, was mir aber nur teilweise gelang.

Dort hatten Hanna und Hans einen informativen Bericht über die Pressekonferenz des Kommissärs zusammengestellt und ich bemühte mich um einen ebenso sachlichen Kommentar. Ich verwarf jede Selbstmordthese wegen der schweren Krankheit und wies auf die Unwahrscheinlichkeit eines Unfalls hin. Lediglich die sich aufdrängende Schlussfolgerung einer Dritteinwirkung gab mir Gelegenheit zu kleinen Seitenhieben und spekulativ-vagen Vermutungen. Damit hielt ich wenigstens den Topf am Kochen.

Von Georg Wenger hörte ich an diesem Abend nichts mehr. Wahrscheinlich hatte sich der Verleger etwas beruhigt und mein heutiger Kommentar goss zweifellos kein Öl ins Feuer. Joe Schläfli sah mich im Korridor stirnrunzelnd an und meinte im Vorbeigehen spöttisch: »Brav, Marc, brav.«

Am Freitag rief mich Anton Hofmann aus Frankfurt an. Er habe neue Informationen über die Aktivitäten von Oberholzer und Bürgi. Die beiden Bankfachleute seien vor acht Jahren in Deutschland wahrscheinlich zu unrecht beschuldigt worden. Höchste politische Stellen hätten einfach den Schwarzen Peter an die Schweizer weitergereicht. Er könne mir die Geschichte nicht am Telefon erzählen. Dazu sei sie zu heikel und auch zu komplex.

Ich versprach, so bald wie möglich nach Frankfurt zu kommen.

*

Am Samstag nahm ich mit Kameramann Steiner an den Trauerfeierlichkeiten für Frau Bürgi in der Münsterkirche teil.

Wir setzten uns auf die für Medienleute reservierten Bänke und harrten der Dinge, die da kommen mochten.

Ich hasse an sich Trauerfeiern, diese gut eingespielten Zeremonien zur »Würdigung« des Verstorbenen samt tränenproduzierenden Bibelzitaten und herzergreifender Orgelmusik für die paar wenigen wirklich Trauernden. Für den Rest der Teilnehmer ist es meistens nur ein gesellschaftliches Happening. Im Sinne von Sehen und Gesehen-Werden.

Auch heute erschien alles im Münster, was Rang und Namen hatte in Bern und der Schweiz. Dazu kamen Delegationen aus den diplomatischen Vertretungen der Nachbarländer. Die meisten Teilnehmer kannten sich von unzähligen ähnlichen Anlässen her und begrüssten sich entsprechend herzlich. Viele sahen auf die Uhr und überlegten, wie lange die Feierlichkeiten wohl dauern könnten und ob am anschliessenden Bankett im Bellevue Palace für die eingeladenen VIPs noch genügend Zeit für die üblichen Gespräche bleiben würde. Die vom Tod der Bundesrätin direkt Betroffenen kannte ich nicht. Ich nahm an, dass die ersten Bankreihen für die nächsten Verwandten reserviert waren.

In den anderen Reihen erkannte ich viele Prominente aus Politik und Wirtschaft. Ich nahm mir Steiners Kamera, um mit dem speziell für Einsätze in dunklen Räumen geeigneten Teleobjektiv die Köpfe der wichtigen Leute heranzuholen. Der Bundesrat war mit fünf Mitgliedern vertreten und auch die Präsidenten der Räte und der meisten Fraktionen fehlten nicht. Unter den Wirtschaftsbossen erkannte ich Oberholzer. Ohne seine Frau.

Mein Kameraobjektiv schwenkte in die hinteren Sitzreihen und ich sah viele Leute aus dem einfachen Volk, die entweder aus Neugierde am Spektakel oder aus Mitgefühl für die verstorbene junge Politikerin gekommen waren. Einige schienen vom Verlust echt betroffen zu sein. So ein junger Mann in der zweitletzten Bankreihe, der sich mit dem Taschentuch immer wieder Tränen aus den Augen wischte; er kam mir irgendwie bekannt vor.

Die mit viel Musik und Ansprachen untermalte Feier dauerte etwa anderthalb Stunden. Ich wies Steiner an, während der Schlussphase mit einem Schwenk die anwesenden Bundesräte festzuhalten und dann etwa zwei Sekunden auf Oberholzer zu verharren. So konnte ich feststellen, wer von der Landesregierung nicht teilgenommen hatte, und die etwas isolierte Präsenz von Oberholzer darstellen. Mit einem weiteren Schwenk sollte Steiner die Teilnehmer im Hintergrund festhalten.

Für Bären-TV brachte die Feier wenig. Ich liess Hanna Lauterburg und Hans Steiner einen Bericht von nicht ganz zwei Minuten produzieren, den ich kommentierte. Ich wies dabei auf das Fehlen der Bundesräte aus der Konservativen Partei hin und drückte mein Mitgefühl für die vielen Betroffenen aus höchsten Wirtschaftskreisen aus. Als Beispiel nannte ich mit Rührung in der Stimme Werner Oberholzer. Steiner hatte den vornehmen Banker leider gerade in jenem Augenblick erwischt, als er wenig elegant in der Nase bohrte. Und beim Schwenk in den Hintergrund konnte man zufälligerweise den jungen Mann erkennen, der mir durch seine Trauer aufgefallen war. Ich pflückte ihn als Beispiel für die grosse Betroffenheit weiter Bevölkerungskreise heraus.

Das war's dann. Ein Gutes hatte die Abdankungsfeier für die Bundesrätin Bürgi: Auf der Medienbank hatte auch Doris Forster Platz genommen. Die reizende Kollegin raunte mir beim Verlassen der Kirche zu, ich solle sie doch anrufen, sie hätte noch etwas für mich. Die Handynummer war auf der Visitenkarte vermerkt, die sie mir in die Hand drückte.

*

Ich fragte mich, was die Doris für mich hatte. Vor meinem an schönen Samstagnachmittagen üblichen Abstecher in den Casino-Garten meldete ich mich bei der hübschen Kollegin.

»Das ist aber nett, dass Sie mich heute noch anrufen«, sagte sie mit ihrer lieblichen Stimme. »Ich war gestern in der Zürcher Redaktion und habe in unserem Infotank eine Entdeckung gemacht.« In Zürich wird immer alles nach neuestem Schrei benannt, damit man absolut und unwiderruflich »in« ist. So heisst dort das altehrwürdige Archiv jetzt halt Infotank.

Ich wartete auf weitere Informationen zu dieser Entdeckung, als die Forster mich fragte, was ich gerade tue. Als ich ihr erzählte, ich ginge zum Samstag-Bier in den Garten des Kultur-Casinos, wie sich das Restaurant seit ein paar Jahren nennt, stiess sie einen Schrei aus: »Oh, das ist aber eine gute Idee.« Und nach einer Pause fragte sie scheu: »Darf ich auch kommen?«

Natürlich durfte sie.

Doris trank zwar kein Bier, aber mehrere Gläser Prosecco, und schon bald färbten sich ihre zarten Wangen rosig. Sie sah mich mit ihren mandelförmigen grünlichblauen Augen von der Seite an und stellte verschmitzt fest: »Sie sehen eigentlich noch sehr jungendlich aus für Ihr Alter.« Auf meinen ebenso erstaunten wie fragenden Blick sagte sie: »Ich habe mich im Infotank auch nach Ihnen erkundigt. Da steht viel über Sie drin. Wenn alles wahr ist, müssten Sie gegen 70 sein.« Ihr strahlendes Lächeln erinnerte mich an meine Pariser Zeiten, an den umwerfenden Charme der Crazy Horse-Girls: »Ich würde Ihnen nicht mehr als 40 geben. Wie alt sind Sie wirklich?«

Ich sagte es ihr, und nach diesem für mich etwas peinlichen Exkurs in meine Privatsphäre wollte ich rasch wichtigere Dinge besprechen: »Was meinten Sie am Telefon, als Sie von einer Entdeckung sprachen?«

»Ich stiess auf ein Foto, das wir im Jahre 2001 publizierten. Im Rahmen einer Reportage vom Opernball in Wien.« Doris kramte in ihrer grossen Handtasche und zog ein Bild hervor. »Hier, sehen Sie, Marc. Ein Gruppenbild aus der Loge 14. Mit Werner Friedli, damals wie heute der Guru der Konservativen, und Ueli Schweiger, seinem politischen Ziehsohn und heutigen Parteileader. Daneben sind Peter Siegrist, der glücklose offizielle Kandidat der letzten Bundesratswahl, und zwei mir unbekannte Männer zu erkennen, die offenbar aus der Entourage der damaligen Schweizer Delegation stammen. Die Frauen der Promis hatten sich zwar tüchtig herausgeputzt für den noblen Anlass, aber sie bleiben auf dem Foto doch eher im Hintergrund.«

Einen der für Doris unbekannten Männer hatte ich schon getroffen. Es war Enrico Bartali.

Meine Kollegin musste mitbekommen haben, wie ich den Atem anhielt. Sie legte mir ihre Hand auf den Arm und sagte mitfühlend: »Bekommt Ihnen das Bier heute nicht? Oder sitzt eine Freundin von Ihnen in der Nähe, die auf mich eifersüchtig sein könnte?«

Sie strahlte mich so frech an, dass ich auf dem Gartenstuhl hin und her rutschte und nicht wusste, was ich sagen sollte. Diesen Zustand hatte ich seit Langem nicht mehr erlebt. Ich flüchtete mich in die Wahrheit: »Ich habe einen der beiden Männer, die nicht zur Schweizer Delegation gehörten, erkannt. Es ist ein Mann aus der Südschweiz, der überall seine Hände im Spiel hat. Offenbar auch in der Schweizer Politik.«

Doris klatschte in ihre zierlichen Hände: »Da haben wir's. Eine Trouvaille, dieses Foto. Sie können es behalten.« Sie legte ihren sonnengebräunten schlanken Arm über meine Schulter und rief: »Der Spur müssen Sie nachgehen, Marc.« Sie drückte sich an mich, sodass ich ihr feines Parfum roch: »Darf ich mich bei diesen Recherchen anschliessen? Die Sache interessiert mich wahnsinnig und meine Illustrierte ist doch keine Konkurrenz für Ihren Sender.«

Sie durfte. Wir waren bald per Du und schmiedeten Pläne für das weitere Vorgehen. Nach einem Nachtessen im Kornhaus bummelten wir durch die Altstadt, zuerst wie zwei Kollegen, später wie zwei gute alte Freunde und schliesslich wie zwei frisch Verliebte. Doris verzichtete darauf, in ihr Zimmer im Hotel Allegro zurückzukehren, und nahm wie selbstverständlich mein Angebot an, sich in meiner Wohnung aus dem lange unbenutzten Notvorrat an Zahnpflegemitteln und Kosmetika zu bedienen.

Es war eine wunderbare Nacht, die mich um mindestens

20 Jahre jünger fühlen liess. Ich vergass alles. Sogar den Anruf an Nina.

Mein seliger Zustand hielt auch am Sonntag an. Gegen Abend verabschiedete sich Doris. Sie hatte am Montagmorgen eine wichtige Redaktionssitzung in Zürich und musste noch Schlaf nachholen. Wir vereinbarten, uns am kommenden Donnerstagabend wieder zu treffen.

Der Puls normalisierte sich nach und nach und ich begann wieder zu denken. Ich meldete mich sogar bei meiner Freundin in Ascona und entschuldigte mich für den ausgebliebenen Samstagabendanruf mit der Ausrede, ich hätte zu viel Alkohol erwischt. Nina glaubte mir natürlich kein Wort. Den weiteren Abend verbrachte ich im Zustand eines mit zahlreichen Ohrfeigen aus dem Koma geholten Akutpatienten.

Man musste mir meinen verwirrten Geist noch am Montagmorgen angesehen haben, denn Joe blieb im Gang vor mir stehen und sagte: »Wer hat dich am Wochenende durch die Mangel gedreht? Waren es Rächer aus dem Finanzdschungel oder hast du dich selbst von der Brücke gestürzt?« Er grinste mitleidig: »Kann dir noch irgendwie geholfen werden?«

Ich murmelte etwas Unverständliches, eilte in mein Büro, schloss die Tür ab und hoffte, von niemandem mehr belästigt zu werden. Dann versuchte ich es mit Arbeitstherapie.

Zuerst setzte ich mich mit dem Sekretariat der Konservativen in Verbindung, um ein Interview mit Ueli Schweiger oder einem anderen Ausschussmitglied der Partei zu vereinbaren. Nach einer halben Stunde teilte mir der Sekretär mit, Schweiger sei am Dienstagmorgen bei einer Kommissionssitzung in Bern und wolle mich um halb zwei Uhr zu einem rein informellen Gespräch treffen. Ohne Kamera oder Recorder. In einem Sitzungszimmer im Hauptbahnhof.

Nun folgte ein Telefongespräch mit meinem alten Kumpel Anton Hofmann in Frankfurt, den ich über die neuesten Entwicklungen im Fall Bürgi orientierte und bat, mir mehr

Informationen über Boris Svetlow, einen russischen Wirtschaftsmagnaten, zu beschaffen. Im Informationsmaterial der Frankfurter Allgemeinen Zeitung über Oberholzer war dieser Name im Zusammenhang mit früheren Aktivitäten des Schweizer Bankers in Osteuropa mehrmals aufgetaucht und es gab sogar ein Bild der beiden von einem Treffen in Moskau.

Ich hatte es Doris nicht gesagt. Der zweite Unbekannte auf dem Foto der Gruppe schweizerischer Prominenter am Wiener Opernball war Svetlow gewesen.

Was hatten Typen wie Bartali und Svetlow in der Loge der konservativen Spitzenleute zu suchen? Eine Antwort auf diese Frage würde ich vielleicht am Dienstag erhalten. Falls Schweiger gewillt war, mir Auskunft zu geben.

Nach diesem Pensum erledigter Arbeiten sah ich mich gezwungen, eine Kaffeepause einzulegen. Der Schädel brummte und mein geistiger Energiepegel war bereits am Vormittag in den roten Bereich gesunken.

Nach Wochenenden mit Nina hatte ich mich immer erholt gefühlt, trotz leidenschaftlichen Stunden und gelegentlichem Schlafmanko. Was also hatte Doris mit mir angestellt? Die Nachwirkungen der intimen Höhenflüge mit ihr waren in etwa vergleichbar mit den Spätfolgen eines Drogenkonsums.

In der Cafeteria setzte ich mich zu meinem Team, das sich zum Zehnuhrkaffee versammelt hatte. Joe musste über meinen misslichen Zustand gequasselt haben, denn Hanna sah mich nur kurz an, rümpfte ihre Nase und sagte: »Du siehst schlecht aus, Marc. Soll ich Nina anrufen und ihr sagen, sie soll nach Bern kommen und dich pflegen?« Hanna hatte sich früher etwelche Hoffnungen gemacht, mich an Land ziehen zu können, war dann mit meinen Beziehungen zu Nina konfrontiert worden und erwies mir heute nur noch resigniertes Wohlwollen.

Das hätte mir gerade noch gefehlt. Ich wies Hanna gebührend in die Schranken und wechselte das Thema: »Ich treffe morgen Mittag einen Spitzenmann der Konservativen, werde ihm ein paar heikle Fragen stellen und wahrscheinlich ein kurzes Statement für die Abendnachrichten abgeben.« Zu Steiner gewandt fügt ich bei: »Das Treffen ist leider ohne Kamera. Könntest du im Archiv suchen, ob wir ein Gruppenbild des derzeitigen Parteiausschusses der Konservativen haben? Damit könnten wir mein Statement unterlegen.«

Die Kaffeerunde löste sich nach einem harmlosen Geplauder bald auf. Ich zog Joe Schläfli in mein Büro.

»Joe, was ich jetzt sage, ist absolut vertraulich. Könntest du versuchen, mir möglichst ohne jedes Aufsehen Informationen aller Art über Doris Forster von der Wochen-Illustrierten zu beschaffen? Sie muss seit einiger Zeit als fixe oder temporär angestellte Reporterin für diese Zeitschrift arbeiten.« Ich konnte meinem Kollegen nicht in die Augen sehen, blickte also zur Decke und brummte: »Sie ist nicht ganz unschuldig an meinem heutigen lädierten Zustand. Ich möchte einfach wissen, auf was ich mich einlasse.«

Joe erwies sich als guter Kumpel und diskreter Helfer. Er nickte verständnisvoll und verlies das Büro, ohne ein Wort zu sagen. Was ich ihm hoch anrechnete.

4

Am Dienstag traf ich etwas zu früh im Bürohaus des Hauptbahnhofs ein. Schweiger war noch nicht im Sitzungszimmer und so konnte ich mich in aller Ruhe auf das Gespräch vorbereiten.

Was konnte und durfte ich vom Spitzenpolitiker erwarten? Die Nichtwahl des offiziellen Kandidaten der Konservativen Partei in den Bundesrat war bereits kalter Kaffee. Nicht so der Tod der Sprengkandidatin. Hier ergab sich eine völlig neue Ausgangslage. Vor allem für die Konservativen. Würden sie bei der erneuten Ersatzwahl nochmals mit den beiden unterlegenen Kandidaten antreten oder zogen sie die Konsequenzen aus der letzten Wahl? Das war der politische Teil meiner Informationsbedürfnisse. Eigentlich eine Pflichtaufgabe.

Der andere, der kriminalistische Teil war mir um einiges wichtiger. Durfte ich die hohen Herren mit dem Foto aus Wien konfrontieren? Oder wirbelte ich damit zuviel Staub auf? Die Zusammensetzung der Gruppe aus der Loge 14 war ja recht brisant. Wobei ich mir voll bewusst war, dass das Foto für die Schweizer Prominenten kaum eine Gefahr darstellte. Sie würden die Anwesenheit der beiden mysteriösen Figuren zweifellos bagatellisieren. Für mich könnte die Angelegenheit dagegen ein unerfreuliches Nachspiel haben. Denn Werner Friedli, der starke Mann bei den Konservativen, war auch

Vizepräsident des Verwaltungsrates der Limmat-Aare-Medien AG, meiner Arbeitgeberin.

Ich musste also vorsichtig sein.

Ueli Schweiger traf verspätet ein. Entschuldigend sagte er: »Der Lunch dauerte etwas länger als vorgesehen. Es gibt derzeit viel zu besprechen.« Er stellte mir seinen Begleiter vor, den zweiten Sekretär der Konservativen Partei: »Herr Müller ist mit den Medienkontakten beauftragt. Er wird mich korrigieren, wenn ich etwas Dummes sage.«

Auf meine Frage, wie sich die Konservativen bei der nötig werdenden zweiten Ersatzwahl verhalten würden, antwortete er: »Das ist derzeit noch Gegenstand parteiinterner Beratungen.« Der für seine geschliffene Rhetorik bekannte Politiker fügte in vorwurfsvollem Ton bei: »Für eine solche Frage ist es auch zu früh. Frau Bürgi wurde erst vor wenigen Tagen beerdigt, und selbst für Medien dürfte die Ersatzwahl jetzt noch kein Thema sein.«

Ich wies ihn darauf hin, dass von den Medien nicht mehr Rücksichtnahme zu erwarten sei als von den Politikern, die sich offenbar bereits intensiv mit der Nachfolgeregelung befassten.

Der zweite Sekretär mischt sich ein: »Natürlich sind bereits erste Gespräche geführt worden. Aber irgendwelche Entscheidungen stehen noch aus. Sie dürfen von uns heute wirklich nicht erwarten, dass wir Ihnen bereits neue Kandidaten nennen.«

»Nein, das darf ich in der Tat nicht.« Ich sah Müller mit dankbarstem Dackelblick an: »Sie haben mir trotzdem sehr geholfen. Ich weiss jetzt, dass die beiden konservativen Kandidaten von vergangener Woche wahrscheinlich nicht mehr antreten werden und Ihre Partei also mit neuen Leuten ins Rennen gehen wird.«

»Das ist Ihre eigenwillige Interpretation einer unverbindlichen Aussage.« Schweiger legte seine Hand beruhigend auf den Arm des zweiten Sekretärs, der mit roten Ohren dasass und überlegte, ob er einen Lapsus begangen habe. »Wie ich Ihnen bereits sagte, ist absolut nichts entschieden über das weitere Vorgehen unserer Partei.«

Ich musste meinen wahrscheinlich nur sehr kurzfristigen Punktevorsprung im verbalen Schlagabtausch ausnutzen und legte das Gruppenbild vom Wiener Opernball 2001 auf den Tisch.

»Peter Siegrist wird sicher kaum zu ersetzen sein als Kandidat. Dieser langjährige enge Freund von Herrn Friedli.« Ich fixierte meinen Gegenüber: »Und von Ihnen, wie dieses Foto zeigt.«

»Wo haben Sie das Bild her?«, fragte mich Schweiger überrascht. »Das sind doch Jahre her, seit dieses Foto aufgenommen wurde.«

»Wiener Opernball 2001«, präzisierte ich, »eine wirklich fröhliche Runde.« Jetzt setzte ich zum Tiefschlag an: »Vielleicht mit Ausnahme der beiden Gäste. Erinnern Sie sich noch an die beiden?«

Schweiger studierte das Foto. Ewig lange. Dann stand er auf und winkte Müller zu: »Darf ich dich für einen kurzen Moment nach draussen bitten?« Und zu mir gewandt: »Entschuldigen Sie uns für fünf Minuten.«

Die beiden verschwanden im Korridor. Ich hörte eine kurze Debatte und dann telefonierte jemand mehrmals. Nach etwa zehn Minuten kamen Schweiger und Müller wieder ins Sitzungszimmer.

»Herr Dubach. Ich habe mich mit Herrn Friedli in Verbindung gesetzt. Er ist damit einverstanden, dass ich Ihnen sage, wer die beiden Gäste am Opernball 2001 waren.«

»Das weiss ich bereits«, unterbrach ich Schweiger, »der eine ist Enrico Bartali, ein bekannter Finanzier aus dem Tessin. Er soll in viele diskrete Transaktionen verstrickt sein. Und der andere ist ein bekannter Geschäftsmann aus Moskau, der ebenfalls nur ungern an die Öffentlichkeit tritt: Boris Svetlow.«

Ueli Schweiger konnte sein Erstaunen nur schlecht verbergen: »Sie haben offenbar bereits gründlich recherchiert. Damit kann ich Ihnen ja gar nicht mehr viel erzählen.« Er versuchte, meine journalistische Spürnase auf die liebenswürdige Art auszubremsen: »Sie geniessen seit Jahren einen vorzüglichen Ruf als findiger Journalist.«

Ich zeigte mich von diesem Lob jedoch absolut unbeeindruckt: »Das Wichtigste fehlt. Was hatten die beiden Spezialisten in Ihrer Runde zu suchen? Haben Sie und Herr Friedli immer noch Kontakt zu ihnen?«

»Herr Friedli war damals als Delegierter des Verwaltungsrats der Ostschweizer Energiegesellschaft mit Kontakten zu osteuropäischen Erdgaslieferanten beauftragt worden. Herr Svetlow vertrat die staatliche russische Erdgasförderung.«

»Und Herr Bartali?«, fragte ich. »Der hat meines Wissens nichts mit Energielieferungen zu tun. Ging es hier um Ost-West-Geldtransfers?«

Schweiger schwitzte und wischte sich mit dem Taschentuch übers Gesicht. »Herr Bartali war mit der Organisation unseres Wiener Aufenthalts beauftragt. Er war so etwas wie unser Tourmanager. Sie wissen ja gar nicht, wie schwer es ist, beim Wiener Opernball eine zentrale Loge zu erhalten.«

Ich kam auf meine Frage zurück: »Haben Sie und Herr Friedli immer noch Kontakt zu den Herren Svetlow und Bartali?«

Mein Gegenüber überlegte wahrscheinlich, ob er mir sagen durfte, das gehe mich einen Dreck an, oder ob er sich weiterhin kooperativ zeigen sollte. Die Vernunft siegte schliesslich über seinen Unmut, und er zuckte mit den Schultern: »Soviel ich von Herrn Friedli weiss, laufen jetzt alle Kontakte zu Herrn Svetlow über die Direktion der Ostschweizer Energiegesellschaft. Und was Herrn Bartali betrifft, so haben wir seine Dienste seither nie mehr in Anspruch genommen.«

Schweiger stand auf und verabschiedete sich mit den Worten: »Ich glaube nicht, Herr Dubach, dass unser Gespräch viel gebracht hat. Für allfällige weitere Auskünfte würde ich deshalb vorschlagen, dass Ihnen hierzu unser Herr Müller zur Verfügung steht.«

So liess ich ihn nicht gehen. Ich sprach ihn im Gang an und kratzte dabei wie Columbo verlegen am Hinterkopf: »Seltsam, Herr Schweiger. Wahrscheinlich haben mich meine Augen getäuscht, als ich Sie letzte Woche in der Bellevue-Bar mit Herrn Bartali sprechen sah. Denn Sie haben ja, wie Sie mir gerade gesagt haben, seit 2001 keinen Kontakt mehr zu ihm.«

Ich sah den jungen Politiker mit gerunzelter Stirn an und verschwand grinsend in der Herrentoilette.

*

In den Abendnachrichten liess ich verlauten, die Konservative Partei werde bei der nächsten Ersatzwahl in den Bundesrat wahrscheinlich neue Kandidaten präsentieren. Dies, obschon Peter Siegrist, der bei der letzten Wahl für das höchste Regierungsamt nur mit einer Stimme unterlag, ein langjähriger enger Freund von Herrn Friedli sei. Zur Illustration dieser Aussage zeigte ich das Foto vom Opernball 2001 und stellte die Abgelichteten kurz vor. Auch die Herren Svetlow und Bartali. Natürlich nur mit den Namen, ohne jeden Hinweis auf ihre Funktionen.

Die an sich harmlose Nachricht bereitete wahrscheinlich einigen hohen Herren der Konservativen Partei einiges Kopfzerbrechen. Die Angelegenheit war jedoch offenbar zu heikel, als dass unser Verleger offiziell eingeschaltet werden konnte, um mich mit brachialer Vorgesetztengewalt zurückzupfeifen. Wenger erkannte aber wohl von sich aus die unangenehme Situation und zitierte mich an nächsten Tag in sein Büro.

Im Gegensatz zum letzten Anpfiff war Wenger heute höflich, überhöflich. Der elegant gekleidete, aber trotzdem etwas grobschlächtig wirkende mittelgrosse Gentleman mit dem nach hinten gekämmten, gewellten weissen Haar bat mich sogar, auf dem bequemen Besucherstuhl Platz zu nehmen. Letztes Mal hatte ich die Unterredung stehend bewältigen müssen.

»Herr Dubach, wir haben uns ja schon vor einigen Tagen über die Grenzen unserer journalistischen Freiheit unterhalten.« Wenger liess seinen Blick über die gut bestückte Bar schweifen und überlegte offensichtlich, ob er mir ein Getränk anbieten solle. Das war ihm aber wohl doch zu viel des Aufwands und er fuhr stattdessen fort: »Ich nahm an, dass Sie meine Überlegungen nachvollziehen konnten.« Mit eiskaltem Lächeln bedachte er mich mit einem gefährlichen Kompliment: »Meine Hochachtung vor Ihren Fähigkeiten als Medienschaffender ist fast ebenso gross wie meine Anerkennung Ihrer intellektuellen Möglichkeiten.«

Er machte eine Pause und fuhr fort, die kalten Augen lauernd auf mich gerichtet: »Gerade deshalb ist es für mich unverständlich, wieso Sie sich erneut mit unserer stärksten politischen und wirtschaftlichen Macht im Lande, den Konservativen, anlegen. Und das ohne besonderen Grund. Fast wie zum persönlichen Spass.«

Wenger wartete offensichtlich auf eine Reaktion von mir.

Ich nahm mir etwas Zeit und stellte sofort Zeichen von steigender Ungeduld bei dem Verleger fest. Er hatte sich wahrscheinlich vorgenommen, diesmal die Beherrschung nicht zu verlieren und mich auf die vornehme Tour zur Räson zu bringen. Aber er hatte nicht vor, für den unwichtigen Dubach zu viel seiner kostbaren Zeit zu verschwenden.

»Natürlich habe ich Ihre Hinweise beherzigt, Herr Wenger«, antwortete ich und sah meinen Verleger so treuherzig an, wie es mir gerade noch möglich war, »aber die Aktualität des ungeklärten Todes von Bundesrätin Bürgi hat einfach

Vorrang vor der Rücksichtnahme auf wichtige Leute.« Und mit zerknirschtem Gesicht fügte ich bei: »Die Konservativen waren halt besonders betroffen vom Wahlerfolg der Aussenseiterin.«

»Das weiss ich.« Wenger verlor langsam, aber sicher die Geduld. »Sie versuchen von meiner Frage abzulenken: Stochern Sie aus lauter Abenteuerlust in diesem Wespennest oder gibt es handfeste Gründe anzunehmen, die Prominenten hätten etwas mit dem Tode von Frau Bürgi zu tun? Wenn Sie einfach nur Staub aufwirbeln wollen, so tun Sie das bitte anderswo.«

»Es gibt schon Anhaltspunkte, dass die unvorhergesehene Wahl von Frau Bürgi bei einigen hohen Politikern auch unpolitische, also wirtschaftliche Interessen tangierte.« Nach einer Kunstpause ergänzte ich mit gesenktem Blick: »Aber, ich werde in nächster Zeit die Partei der Konservativen schonen. Es gibt andere Personen und Gruppen, die sich noch besser für Recherchen in dieser Richtung eignen.«

Wenger durchschaute mich natürlich. Nur das Telefon rettete mich vor seiner geharnischten Reaktion. Der nächste Besucher stand im Vorraum und ich wurde mit allen Vorbehalten entlassen.

Ich brauchte dringend eine Kaffeepause mit normalen Leuten. In der Cafeteria setzte ich mich zu Joe Schläfli.

»Die Konservativen sind offensichtlich verärgert über meine Recherchen.« Ich feixte in Richtung Verlegerbüro. »Wenger hat mich zurückgebunden. Ich gehe jetzt auf die nächsten Involvierten los. Zum Beispiel auf Oberholzer. Hier nach Ungereimtheiten zu stöbern, macht mir eigentlich noch mehr Spass als bei den Politikern.«

»Pass bloss auf«, meine Joe, »du weisst ja, die Privatbank von Oberholzer figuriert unter den Kreditgebern unserer Mediengruppe. Da könntest du noch mehr Geschirr zerschlagen als bei den Konservativen.«

Ich stimmte zu. »Ich werde in Frankfurt recherchieren, was mit Oberholzer und Frau Bürgi seinerzeit geschah. Vielleicht entlastet das den Topbanker.«

Wir wandten uns den Tagesaktualitäten zu und schliesslich kamen wir auf Doris Forster zu sprechen. Joe hatte sich beim Zeitschriftenkonzern in Zürich umgehört und erfahren, dass die junge Dame erst seit Kurzem als Reporterin für die Wochen-Illustrierte tätig war. »Sie wurde von aussen ins Team eingeschleust. Von wem, weiss ich noch nicht. Aber mein Bekannter beim Konzern geht der Sache nach.« Stämpfli setzte hinzu: »Bei den Kollegen und Kolleginnen ist sie nicht sehr beliebt. Sie scheint eine Vorzugsbehandlung durch die Konzernleitung zu geniessen. So wurde ihr Wunsch, in Bern mit der Recherche zum Tode von Frau Bürgi betraut zu werden, umgehend erfüllt, obschon der Zeitschriftenkonzern in der Bundesstadt eine Aussenredaktion unterhält, die sich eigentlich mit dem Fall hätte befassen müssen.«

Doris verstand sich offenbar durchzusetzen.

*

Ich rief Anton Hofmann in Frankfurt an und kündigte ihm für Anfang nächster Woche meinen Besuch an. Mein alter Studienfreund versprach mir interessante Informationen. Er würde mir einige hochbrisante Sachen übergeben. Als Gegenleistung sicherte ich ihm eine umfassende Orientierung über den Stand der Dinge in Sachen Todesfall Bürgi zu.

Am Donnerstag traf ich Doris. Das Wetter war für die Jahreszeit überaus milde und so dinierten wir auf der Casino-Terrasse unter Laubbäumen in den schönsten Herbstfarben. Meine neue Freundin sprühte nur so vor Lebensfreude und Wissbegierde. Ich musste ihr einen detaillierten Wochenbericht erstatten über alles, was sich im Fall Bürgi ereignet hatte.

Ich kam auf den Verweis meines Verlegers zu sprechen und bemerkte Sorgenfalten auf ihrer hübschen Stirn.

»Aber die Politiker sind doch involviert. Du musst sie weiterhin miteinbeziehen in deine Nachforschungen.«

Als ich sagte, ich würde mich jetzt auch anderen Gruppen und Personen zuwenden, klopfte sie mit ihrer zierlichen Hand zornig auf den Tisch: »Aber die waren ja nur indirekt betroffen von der Wahl der Bürgi. Und kommen damit primär auch nicht als Täter infrage.«

Irgendetwas hinderte mich daran, Doris über meinen Ausflug nach Frankfurt zu orientieren. Aber ich erwähnte den Namen des zweiten Gastes auf dem Foto vom Opernball. Boris Svetlow. Unerwarteterweise versetzte sie diese Mitteilung in euphorische Stimmung: »Siehst du, Marc. Hier musst du ansetzen. Das sind heisse Spuren. Ich werde im Archiv nachschauen, was wir über den Svetlow haben.«

Als ich sie auf ihre journalistische Ausbildung ansprach, wollte sie das Thema wechseln. Ich blieb jedoch hartnäckig und erfuhr, sie habe schon immer grosses Interesse an der Medienarbeit gehabt und eine Stage bei einer Zeitung im Zürcher Oberland absolviert. Ein guter Bekannter sei ihr schliesslich behilflich gewesen, ins Reporterteam der Wochen-Illustrierten aufgenommen zu werden.

Bevor ich mich nach dem Namen ihres guten Bekannten erkundigen konnte, begann meine schöne Begleiterin mit mir zu flirten. Ich hatte nicht die Spur einer Chance, mich dem umwerfenden Charme der reizenden Kollegin zu entziehen, und so kommunizierten wir in der Folge auf dem einfachen Niveau natürlicher Triebe. Es war ein herrlicher Abend, aber die darauffolgende Nacht zeigte mir recht unbarmherzig neue Grenzen meiner 49-jährigen Männlichkeit auf.

Ich war entsprechend schlecht gelaunt, als ich am Freitagmorgen verspätet im Studio eintraf. Joe hatte Neuigkeiten für mich und zog mich in seinen kleinen Arbeitsraum. Als ich auf dem wackligen Besucherstuhl Platz genommen hatte, legte er los: »Mein Bekannter beim Zeitschriftenkonzern hat mich heute früh angerufen. Die Forster sei von einem Wirtschaftsboss gefördert worden. Einem Topbanker.« Mein Kollege strahlte und verneigte sich theatralisch vor mir: »Deine Freundin ist offenbar auch die Freundin von Oberholzer.«

Ich verfügte an diesem Morgen nicht über die nötige psychische Kondition, um einen solchen moralischen Tiefschlag unbeschadet zu überstehen. So stand ich wortlos auf und verzog mich in mein Büro.

Über den Verlauf der nächsten zwei Stunden sei der barmherzige Mantel des Schweigens geworfen. Ich litt fürchterlich, bis sich mein Überlebenswille durchsetzte und ich beschloss, den Fall Doris Forster möglichst sachlich abzuschliessen. Also ohne Einsatz von weiterem Herzblut. Mit dem Kopf und nur im alleräussersten Notfall mithilfe anderer Körperteile.

Das war natürlich leichter gesagt als getan, denn bereits das Wochenende stellte meine Vorsätze auf eine harte Probe. Um die Gefahr des kläglichen, also sofortigen Versagens zu minimalisieren, spielte ich Doris eine leichte Grippeerkrankung vor. Sie sah mich mehrmals nachdenklich an, machte schliesslich mit und betreute mich mit Tee und einem Aspirin, das ich widerwillig schluckte. Das im Plan zwar vorgesehene, aber mit vielen speziellen Risiken behaftete Notfallszenario konnte ich so weitgehend vermeiden.

Am Montag verreiste ich für zwei Tage nach Frankfurt. Der Abschied von Doris war zwar herzlich, aber beiderseits deutlich distanzierter als letztes Mal. Ich schrieb das meinem Grippeansteckungspotential zu.

*

Anton hatte mir in einem Mittelklassehotel im Zentrum Frankfurts ein geräumiges Zimmer reserviert.

Er empfing mich in seinem Büro. »Tschau, Marc, oder wie wir seinerzeit in Luzern sagten: Salü.« Dann begutachtete er mich von oben bis unten und stellte fest: »Du siehst etwas mitgenommen aus.«

Ich erzählte ihm das Wichtigste. Vom Fall Bürgi, aber auch, wenigstens ansatzweise, von der auf mich angesetzten schönen Doris. Er hörte interessiert zu, nickte mehrmals zustimmend und fasste am Schluss die neuen Entwicklungen zusammen: »Deine Ermittlungen führten zwar bisher noch nicht zu Erkenntnissen, die direkt auf die Spur des oder der Täter hinführen. Du hast aber genügend Staub aufgewirbelt, um die Betroffenen auf dich aufmerksam zu machen. Und sie haben ja bereits reagiert. So fürchtet sich dein Verleger vor Interventionen der wichtigen Leute, und man hat dir eine Aufpasserin zur Seite gestellt.« Anton schmunzelte: »Hoffentlich bleibt es bei diesen mehr oder weniger harmlosen Abwehrhandlungen.«

Wir zogen in ein nahe gelegenes Kaffeehaus um, wo Anton zwei grosse Kuchenstücke verzehrte und mich dann von den Ergebnissen seiner Nachforschungen unterrichtete: »Ich fand heraus, dass die beiden von dir unter die Lupe genommenen Schweizer Bankfachleute in Deutschland mit fast denselben Aufgaben betraut worden waren. Sowohl Katrin Bürgi als auch Werner Oberholzer befassten sich zuletzt mit dem Ausbau der Geschäftsbeziehungen ihrer Banken in Oststaaten. Insbesondere in Russland. Sie verrichteten ihre Arbeit mit Erfolg, wie verschiedentlich festgestellt wurde.« Er nippte genüsslich an seinem Darjeeling-Tee, schielte hinüber zu den Kuchenplatten, überlegte einige Zeit, liess es dann aber sein und fuhr fort: »Es ging einerseits um reine Bankgeschäfte, wie grenzüberschreitende Transfers von Spargeldern oder Geschäftserlösen. Anderseits wurden grössere Finanztransaktionen im Zusammenhang mit Energielieferungen an den Westen vorbereitet.«

Hofmann versprach mir, diese Hinweise durch Medienausschnitte zu belegen. Zu diesem Zweck würden wir uns am Dienstagmorgen im zentralen Archiv treffen. Er betonte jedoch, dass viele Informationen nur auf Gerüchten oder mündlichen Berichten basierten.

»Ich habe für heute Nachmittag ein Treffen mit einem ausgewiesenen Finanzexperten organisiert, einem ehemaligen Kollegen deiner beiden Banker. Er weiss vieles, wenn nicht alles über die Finanzszene von damals.« Anton sinnierte kurz und erklärte mir dann nachdrücklich: »Es war nicht leicht, ihn zu einem Gespräch mit dir zu bewegen. Er meinte, einiges, das damals in Gang gesetzt wurde, wirke noch heute nach. Es gäbe einflussreiche Kreise, die nicht möchten, dass die alten Geschichten aufgewärmt würden. Und es gehe dabei um viel Geld. Ich habe ihm versprochen, dass sein Name vertraulich bleibt und in keinem Bericht von dir erwähnt wird.«

Nach einem ausgedehnten Mittagessen in einem Frankfurter Nobelrestaurant fuhren wir mit einem Dienstwagen der FAZ zum Treffen mit dem Finanzfachmann. Es war ein älterer Herr in einer Gärtnerschürze, der uns am Eingang zu einer kleinen Villa in einem Vorort der Grossstadt erwartete.

Der rüstige Rentner begrüsste uns herzlich und lud uns zum Kaffee in sein Gartenhäuschen ein. »Hier sind wir ungestört. Niemand kann zuhören.« Er lächelte in meine Richtung: »Und wir haben keine Zeugen für das, was ich sage.«

»Herr Meierhofer ist ein ehemaliger Topbanker. Er war fast zwanzig Jahre CEO einer mittelgrossen deutschen Bank, wodurch er noch immer fast alle wichtigen Leute im Bankbusiness kennt.« Anton informierte unseren Gastgeber über die neuesten Entwicklungen im Fall Bürgi und meinte: »Der Todessturz der jungen Magistratin kam wohl für viele ihrer ehemaligen Geschäftspartner gerade zur rechten Zeit, nämlich bevor sie ihr Wissen politisch umzusetzen vermochte und vor allem, bevor sich die Medien mit ihrer Vergangenheit befassten.«

»Ich glaube nicht, dass sehr viel Belastendes für Frau Bürgi zum Vorschein käme. Selbst bei intensiven Recherchen.« Meierhofer legte die Beine auf einen freien Gartenstuhl und legte los: »Sie hielt sich immer fern von eindeutig dunklen Bankgeschäften. Wobei man gerade in den internationalen Finanzbeziehungen nicht immer genau weiss, wo das helle Business endet und die Dämmerung einsetzt. Die Grenze ist fliessend und wird eigentlich nur durch Renditelimiten gekennzeichnet.« Der alte Finanzmann ergänzte: »Diese Qualifikation gilt im Übrigen auch für Herrn Oberholzer, der bei einer anderen deutschen Bank eine steile Karriere durchlief.«

»Beide Bankfachleute konnten rasche Erfolge beim Erschliessen der Ostmärkte ausweisen. Vielleicht zu rasche Erfolge. Bei ihren deutschen Kollegen machte sich bald Missgunst und Neid breit. Und man versuchte, die Schweizer auszuhebeln. Dazu brauchte man konkrete Angriffspunkte, die von beiden leider allzu leichtfertig geliefert wurden.« Meierhofer schüttelte bedauernd den Kopf: »Sie wiesen beide fast dieselbe Schwachstelle auf. Nämlich ihren sorglosen Umgang mit dem anderen Geschlecht. Frau Bürgi hatte eine Liebelei nach der anderen und Herr Oberholzer war als Charmeur ohnegleichen bekannt.« Er schmunzelte: »Die beiden Liebeshungrigen hätten eigentlich gut zusammengepasst. Aber es hat offenbar nie geklappt. Wenigstens nicht während ihrer Zeit in Deutschland.«

»Was war dann aber der Grund für die eher abrupte Abreise der beiden in die Schweiz?«, fragte ich. »Da sie ja keine trüben Geschäfte tätigten, muss etwas anderes für den Abbruch ihrer deutschen Karrieren verantwortlich sein.«

»Wie gesagt: Die deutschen Kollegen beobachteten das erfolgreiche Treiben der beiden mit Argwohn. Als Frau Bürgi einmal mit grossen Aufträgen für ihre Bank aus dem Osten zurückkam, nahm die Geschäftsleitung mit den Auftraggebern Kontakt auf und stellte bei einer Inspektion fest, dass weitere hohe Beträge auf Abruf bereitstanden. Frau Bürgi hatte davon nichts gesagt. Es kam zudem ans Tageslicht, dass sie mit einem wichtigen Finanzpartner in Moskau eine engere Beziehung eingegangen war.« Meierhofer schnaufte: »Man nahm an, sie hätte die pendenten Gelder auf Wunsch ihres Moskauer Freundes später an der deutschen Bank vorbei in die Schweiz oder nach Liechtenstein leiten wollen. Eine diskrete Anlage ausländischer Gelder war schon damals in Deutschland nicht mehr möglich.«

»Und, was geschah dann?«

»Die Bank wollte jedes Aufsehen vermeiden und legte Frau Bürgi nahe, von sich aus ihren Job zu kündigen. Die Finanzfachfrau wusste zu viel über interne Geschäftsabläufe und zudem war sie mit mehreren deutschen Topbankern mehr als nur gut bekannt. Sie wurde mit offenen Armen von einer Schweizer Bank aufgenommen und arbeitete mehrere Jahre in leitender Stellung in Zürich, bis sie sich als Finanzberaterin mit einem eigenen speziellen Kundensegment selbständig machte.«

»Und was passierte mit Oberholzer?«

Meierhofer rappelte sich in seinem bequemen Stuhl hoch und trank einen Schluck Kaffee. »Dem anderen Schweizer Banker ging es ähnlich. Er war äusserst begabt im Verhandeln mit Ostleuten und erzielte einen Erfolg nach dem anderen. Sein Spezialgebiet waren Finanztransaktionen im Zusammenhang mit Energielieferungen aus Oststaaten. Da ging es um Milliarden.« Der alte Finanzhase rümpfte die Nase. »Bis zufällig eine Sonderprovision entdeckt wurde, die er im Zusammenhang mit einer Erdgaslieferung ohne Wissen seiner Bank eingesteckt hatte. Er verwendete die zusätzliche Einnahme zur Abzahlung beachtlicher Schulden als Folge seines allzu abgehobenen Lebensstandards im Zusammenhang mit verschiedenen kostspieligen Liebschaften. Oberholzer war zudem als Verbindungsmann zwischen schweizerischen und liechtensteinischen Banken und Geldanlegern in Oststaaten tätig. Ohne Einbezug seiner deutschen Bank. Das hat ihm wahrscheinlich auch einige Euros eingebracht. Damit war seine Karriere in Deutschland natürlich beendet. Die Bank verzichtete zwar ebenfalls auf eine Anzeige, aber die Sache sickerte durch und Oberholzer müsste in Deutschland noch heute mit unangenehmen Fragen der Aufsichtsbehörden rechnen.«

Meierhofer fügte bei: »Oberholzer hatte riesiges Glück. Er verlobte sich mit der Tochter eines der reichsten Schweizer Industriellen, die ihm den Neustart in der Schweiz finanzierte. Aber das wissen Sie ja selber.« Nach einer kurzen Pause fügte er hinzu: »Beide Schweizer Banker sind nicht ganz unschuldig an der heutigen Hetze deutscher Politiker gegen den Schweizer Finanzplatz, insbesondere gegen das Bankgeheimnis. Sie haben den Stein gewissermassen ins Rollen gebracht.«

Der Exbanker schien nicht gewillt, mehr zu erzählen. Wir plauderten noch eine Weile und kehrten dann in die Stadt zurück. Anton liess es sich nicht nehmen, mir Frankfurt-by-night zu zeigen, und ich kam recht spät zur Nachtruhe.

Am Dienstag schleuste mich Anton durch das riesige Archiv der Mediengruppe. Ich erhielt einen Ausweis zum Bezug von vertraulichen redaktionellen Dateien und nach einer kurzen Einführung liess mich mein Kollege alleine.

»Ich wünsche dir vollen Erfolg bei deinen Recherchen, weiterhin gute Gesundheit, einen Job, der dir Freude macht«, meinte Hofmann verschmitzt, »und ein nicht allzu hektisches Liebesleben. Sonst erfüllen sich meine drei anderen Wünsche nicht.«

Ich danke Anton und sprang beherzt in die Datenflut.

Nach zwei oder drei Stunden schaltete ich den Besuchercomputer aus und steckte das ausgedruckte Material ein. Die

Ausbeute meiner Nachforschungen füllte zwei grosse Plastiksäcke.

*

Als ich wieder in Bern zurück war, vermied ich den abendlichen Besuch meiner Arbeitsstätte und verschob die Kenntnisnahme neuer beruflicher Unannehmlichkeiten auf morgen.

Zu Hause warteten zwei Messages im Anrufbeantworter und zahlreiche Rechnungen im Briefkasten auf mich.

Der eine Anruf stammte vom Kommissär, der mich für Mittwochmorgen um zehn Uhr zu einer Unterredung bestellte. Der andere war von Doris, die sich über meine lange Abwesenheit wunderte und mich bat, möglichst bald zurückzurufen. Da sie sich nicht nach meinem Gesundheitszustand erkundigte, ging ich davon aus, dass sie meine Flucht in die krankheitsbedingte Untätigkeit vom vergangenen Wochenende durchschaut hatte. Ich wollte diese selbst verordnete Abstinenz nicht vorzeitig beenden und verzichtete daher auf einen Anruf bei Doris.

Stattdessen setzte ich mich mit einer Bierdose und zwei Sandwiches aus dem Kühlschrank auf den Balkonstuhl und versuchte, eine Standortbestimmung durchzuführen. Wesentlich Neues hatte mein Frankfurter Ausflug nicht gebracht. Aber vieles war klarer geworden. Die schemenhaften Akteure im Todesfall von Frau Bürgi nahmen Konturen an und drei Ermittlungserfolge im FAZ-Archiv würden mich in nächster Zeit auf Trab halten.

Der eine Fund bestand aus einem Reportagebild aus dem Jahre 1998 über eine Wahl von Nachwuchsmissen in Köln. Ein Dutzend kaum dem Schulalter entwachsene Mädchen posierten wie Profis vor der Kamera. Der Anlass war absolut uninteressant. Mit zwei Ausnahmen. Alle Teenager blickten verzückt auf den Sponsor der Misswahl: auf Werner Oberholzer. Und neben ihm stand eine kecke Brünette, die ihre weiblichen Attribute besonders gut zur Schau stellte; sie hiess laut Bildlegende Doris Forster, kam aus der Schweiz und trug den Übernamen Diva.

Der zweite Fund betraf eine Meldung über Katrin Bürgi, die 1996 in Moskau einen Vortrag über Edelsteine hielt und im Auftrag ihrer deutschen Bank Diamantenschätzungen durchführte. Wie die Nachricht festhielt, erfreute sich diese Dienstleistung grösster Nachfrage. In Russland gab es immer wieder Probleme mit dem Rubel und Diamanten waren in gewissen Kreisen zum inoffiziellen Zahlungsmittel geworden.

Beim dritten Fund stand Frau Bürgi ebenfalls im Mittelpunkt. Eine Reportage über die prominente Bankerfrau zeigte Ausschnitte aus ihrem Privatleben. Sie wohnte zusammen mit zwei sehr jungen männlichen Bediensteten in einer Villa am Stadtrand von Köln. Auf dem Foto umarmte Katrin Bürgi die beiden Angestellten in Besitzerpose. Nebenbei wurde bemerkt, die Villa sei zu einem hohen Preis an eine Gruppe von Geschäftsleuten verkauft worden. Es gehe das Gerücht um, Frau Bürgi habe mit dem Erlös Spielschulden bezahlen müssen.

War ich dabei auf etwas gestossen, das mir im Todesfall Bürgi weiterhalf?

Oberholzer kannte Doris also schon seit mehr als zehn Jahren. Wusste seine Frau von dieser Liaison? Die Forster musste ein beinahe unglaubliches Wissen über den Werdegang des Topbankers haben. Samt allen Umwegen. Was verheimlichte sie mir alles? Kannte sie vielleicht sogar die Ursache des Todessturzes von Frau Bürgi?

Die Bundesrätin selber war wie erwartet kein unbeschriebenes Blatt. Gab es etwas in ihrer Karriere, das sich tödlich auswirkte? Welche Geheimnisse verbargen sich hinter ihren Beziehungen zu russischen Finanzkreisen? War die ausgebildete Gemmologin in dunkle Geschäfte mit Diamanten verwickelt? Waren ihr spezielle sexuelle Neigungen zu ganz jungen Männern zum Verhängnis geworden? Oder hatte ihr ihre Spielleidenschaft einen Streich gespielt?

Viele Fragen und wenig Antworten.

5

Am nächsten Tag war ich schon um sieben Uhr im Studio. Einerseits wollte ich einen allfälligen Pendenzenberg vor dem Eintreffen meiner Crew auf ein erträgliches Mass reduzieren, und anderseits war ich zu früher Morgenstunde sicher vor meinem Verleger, der normalerweise nicht vor zehn Uhr auftaucht. Und um zehn Uhr musste ich zum Kommissär.

Eigentlich war gar nicht so viel liegen geblieben während meinem Frankfurt-Aufenthalt. Es gab nicht einmal unangenehme Neuigkeiten und ich begann mich zu entspannen.

Gerade als ich überlegte, ob ich dazu meine Beine hochlagern sollte, kam Joe hereingestürzt.

»Marc, hast du die Morgennachrichten von Radio DRS gehört?« Ich schüttelte den Kopf, und mein Assistent sagte mit weit aufgerissenen Augen: »Frau Oberholzer wurde gestern Abend schwer verletzt vor ihrer Villa am Zürichsee gefunden. Die Polizei klärt ab, ob es sich um ein Verbrechen oder einen Selbstmordversuch handelt. Ihr Mann hat offenbar ein Alibi, denn er wurde nach kurzem Verhör wieder freigelassen.«

Wenn seine Frau ihren Verletzungen erliegen sollte, so könnte Werner Oberholzer nun bereits zwei Todesfälle verzeichnen, die ihm vielleicht durchaus gelegen kämen: Einmal die wahrscheinlich unbequeme Mitwisserin aus der gemeinsamen deutschen Bankerzeit, Frau Bürgi. Und nun die Ehegattin, die seine Topkarriere in der Schweiz finanziert hatte und ihn deswegen an der kurzen Leine halten durfte.

Für unseren Regionalfernsehsender ergab die Neuigkeit nicht viel Verwertbares. Die Oberholzers waren nicht in unserem Sendegebiet zu Hause, und einen Bezug der Verletzungen von Frau Oberholzer zum Todesfall Bürgi zu konstruieren, wagte ich nun doch nicht.

Um zehn Uhr fand ich mich im Büro des Kommissärs ein.

Nach seiner üblichen brummigen Begrüssung fragte mich von Gunten freundlich: »Lässt du die Konservativen jetzt endgültig in Ruhe? Oder hast du dich so an die periodische Abreibung durch deinen Verleger gewöhnt, dass du ohne sie nicht leben kannst?« Er sah mich mitleidig an: »Verwundern würde es mich nicht, denn du scheinst ja derzeit deine masochistische Ader wieder einmal besonders zu pflegen. Sonst würdest du dich nicht so widerspruchslos unter die Fuchtel der Diva begeben.«

Woher kannte der Kerl bloss den Übernamen von Doris? Wusste er überhaupt Bescheid über die langjährige Freundin von Oberholzer?

Von Gunten sah mich grimmig an: »Nina tat dir besser. Du sahst in Ascona nie so hundsmiserabel aus wie jetzt.«

Mein Aussehen war Privatsache und ging den Kommissär nun wirklich nichts an. Ich sagte ihm das und schwieg dann verstimmt, worauf der das Thema wechselte: »Frau Oberholzer ist vor einer Stunde gestorben. Ihr prominenter Mann wird nun zigfacher Millionär und kann sich noch mehr Zerstreuung leisten als bisher.« Nach einer Kunstpause fügte er süffisant hinzu: »Ob das deiner Doris gefällt?«

Der Kommissär wusste also Bescheid. Nun war es an mir, das Gesprächsthema zu wechseln: »War es ein Unfall oder ein Selbstmord?«

»Nach derzeitigem Abklärungsstand kommt ein Selbstmord nicht infrage. Frau Oberholzer hatte gar keinen aktuellen Grund, sich das Leben zu nehmen. Über die Eskapaden ihren Mannes war sie seit einiger Zeit orientiert.« Er zog seine hinterhältigste Grimasse: »Sicher auch über die besondere Rolle von Doris Forster als Dauergeliebte, Chefsekretärin und gelegentliche Privatdetektivin für besondere Recherchen.«

Ich spielte den verstockten Missetäter und legte weiterhin kein Geständnis in Sachen Doris ab. Stattdessen fragte ich: »Es war also ein Unfall? Weisst du Näheres darüber?«

»Ein Sturz auf der Gartentreppe, die mit Herbstlaub bedeckt war. Gestern Abend um etwa elf Uhr. Keine Anzeichen einer Fremdeinwirkung, falls dich das interessiert.« Von Gunten liess nicht locker: »Wann siehst du Doris wieder? Hast du ihr schon etwas von deinen Frankfurter Erkenntnissen gesagt?« Er präzisierte: »Telefonisch, denn getroffen hast du sie gestern Abend ja nicht.«

Der Kerl war mir immer schon unheimlich gewesen. Er wusste stets mehr, als man annahm, und verfügte offensichtlich über alle erdenklichen legalen und wahrscheinlich auch illegalen Mittel zur Informationsbeschaffung.

Der Kommissär legte noch einen Zacken zu: »Du hättest sie auch nicht treffen können. Sie war die ganze Nacht mit Werner Oberholzer im Hotel Allegro. Damit hat er ein hieb- und stichfestes Alibi für die Unfallzeit seiner Frau.«

Diesmal schwieg ich nicht aus Verstocktheit, sondern aus echter Betroffenheit. Von Gunten nahm mit innigem Vergnügen von meinem angeschlagenen seelischen Zustand Kenntnis, rief laut nach dem wachhabenden Polizisten im Korridor und bestellte zwei Kaffees.

Als die beiden dampfenden Becher vor uns standen, nippte ich an der schrecklichen schwarzen Brühe, um Zeit zu gewinnen.

Von Gunten liess mir nach alter Polizistentaktik nicht genügend Zeit, mich vom Schock zu erholen, sondern ging gleich aufs Ganze: »Ich habe einen Plan, wie wir zu weiteren Informationen im Fall Bürgi kommen.« Sein strenger Blick fixierte mich: »Du bist von Oberholzer und Doris nun einige Zeit manipuliert worden und hast mehr oder weniger freiwillig den Clown gespielt. Wieso können wir nicht dasselbe mit dem schlauen Pärchen machen?«

»Ich traue dir genügend schauspielerisches Talent zu, dabei die Hauptrolle zu übernehmen. Du musst weiterhin den atemlosen Liebhaber spielen und Doris für gemeinsame Recherchen einspannen, wie ihr das ja vereinbart habt.« Von Gunten grinste dreckig: »Es wird dir nicht schwerfallen, allfällige Bedenken oder ein Misstrauen der Forster zu zerstreuen. Als naiver Lüstling bist du geradezu unübertroffen.«

Ich zeigte dem Kommissär meine Verstimmung über die ungerechtfertigte Qualifikation, indem ich meinen Pappbecher zufällig so umwarf, dass sich die dunkelbraune Brühe über den ganzen Schreibtisch ausbreitete.

Von Gunten schrie nach seinem Polizisten, der mithilfe einer Putzfrau, die sich gerade im Gebäude befand, das Pult des Vorgesetzten wieder in Ordnung brachte.

Während der Säuberungsaktion versuchte ich mir klar zu werden, ob ich mich am Vorhaben des Kommissärs beteiligen sollte. Meine Gefühle für Doris konnten mir dabei durchaus einen Strich durch die Rechnung machen.

»Na, hast du es dir überlegt?«, fragte mich von Gunten überaus höflich, um mich gleich darauf anzubrüllen: »Dazu hättest du nicht mein ganzes Pult überschwemmen müssen, du Depp!«

Ich war zwar über den Ausbruch erschrocken, aber durchaus willens, meine Position zu verteidigen: »Du hast gut reden, Paul. Von deinem endlich einmal sauberen Schreibtisch aus. Ich aber muss vor Doris stehen und ihr über längere Zeit etwas vorgaukeln, den Liebhaber mimen und gleichzeitig Augen und Ohren weit offen halten, um ja keine Informationen zu verpassen.« Ich versuchte, wie der Kommissär zu brüllen, was mir jedoch völlig misslang. Heraus kam ein etwas klägliches »Das ist unmenschlich.«

»Aber, aber, Marc«, neckte mich mein Gegenüber, »das wäre ja das erste Mal, dass du dich als Liebhaber unmenschlich fühlst.«

Wir stritten uns noch gut fünf Minuten, dann sagte ich zu.

*

Ich traf Doris am Donnerstagabend in der Bellevue-Bar. Meine Kollegin erschien im neuesten Herbstlook, gestylt wie ein Mannequin vor der Präsentation einer Modekollektion. Viele Gäste drehten sich nach ihr um, als sie zu meinem Tisch schwebte.

Sie küsste mich zur Begrüssung auf den Mund, was ich als gutes Zeichen für den Stand unserer zwischenmenschlichen Beziehungen bewertete, und setzte sich neben mich auf die kleine Eckbank. Ich roch ihr dezentes Parfum und spürte ihren attraktiven Körper.

»Lieber, wie geht es dir? Hast du dich ganz erholt von deiner Grippe?« Doris sah mich so zärtlich und fürsorglich an, dass ich den Plan von Guntens innerlich bereits zu verfluchen begann.

Ich stotterte etwas von einem Arztbesuch am letzten Montag und einer lange vorausgeplanten Geschäftsreise am Dienstag. Dann provozierte ich sie und war gespannt auf ihre Reaktion: »Ich versuchte, dich am Dienstagabend telefonisch zu erreichen. Die Dame an der Rezeption sagte, du seiest unterwegs.«

Nun war es an ihr, die neckische Locke an ihrer Stirn zu bändigen und sich beim Kellner einen Prosecco zu bestellen. Sie rückte noch etwas näher heran auf dem Plüschsofa und sah mir tief in die Augen: »Ich ging ins Kino. Nachdem ich vergeblich auf einen Anruf von dir gewartet hatte.«

Aus reiner Nächstenliebe verschonte ich Doris mit der Frage, welchen Film sie gesehen hatte, und turtelte eine ganze Weile mit meiner schönen Begleiterin.

Schliesslich landeten wir dann doch beim Thema Bürgi.

»Gibt es Neuigkeiten, Marc? Ich war mit Aufträgen der Illustrierten so beschäftigt, dass ich mich gar nicht mehr mit unserem Fall befassen konnte.«

Ich erzählte ihr von meinen Kontakten zur Konservativen Partei, dem Anpfiff von Wenger und dem tödlichen Sturz von Frau Oberholzer. Letzteres wusste sie natürlich schon. Aus den Tageszeitungen, wie sie sagte.

»Schrecklich. Für Herrn Oberholzer. Obschon ich von meiner Reportage nicht allzu gute Erinnerungen an die Frau habe, erinnerst du dich?« Doris senkte betrübt den reizenden Kopf, was ihr erlaubte, den Zustand ihrer tadellos lackierten zierlichen Fingernägel zu überprüfen. »Ich hoffe sehr, dass du dich von deinem kleinlichen Verleger nicht allzu sehr unter Druck setzen lässt. Die Konservativen sind doch immer noch eine vielversprechende Zielgruppe für deine Recherchen. Nicht wahr, Liebster?«

Ich stimmte hingerissen zu. Weniger aus Überzeugung in Sachen Konservativer Partei, als vielmehr in blinder Bewunderung von Doris. Beim Vorbeugen zum Prosecco-Glas hatte sich ein Knöpfchen ihrer cremefarbenen Bluse geöffnet, was mir einerseits erlaubte, ihre oberen Idealmasse aus nächster Nähe zu bewundern, anderseits jedoch jede vernünftige Konversation unmöglich machte.

Ich rief mich umgehend zur Räson und gab mich nach mehrmaligem Räuspern sachlich: »Die Konservativen bleiben selbstverständlich als Zielgruppe bestehen. Bei den Herren Friedli und Schweiger gibt es ja einiges zu recherchieren. Dein Foto vom Opernball wirft verschiedene Fragen auf, zum Beispiel bezüglich der Kontakte zu Finanzleuten aus dem Osten und Süden.« Ich schaffte es endlich, kurz an den Plan von

Guntens zu denken und fügte bei: »Die sind fast so interessant wie ähnliche Beziehungen von Bankleuten. Da kommt mir Herr Oberholzer in den Sinn, der im Ost-West-Energiehandel noch heute einen guten Namen hat.«

»Du sagst es.« Doris zeigte mir ihr Revuegirl-Lächeln. »Bei ihm gehören die Finanzbeziehungen zu Oststaaten eben zum Job.«

»Aber Oberholzer bleibt eine Erfolg versprechende Zielperson für mich. Seine Verstrickung mit denselben Finanztransaktionen wie die verstorbene Bundesrätin ruft nach weiteren Abklärungen. Und der Treppensturz seiner Frau weist Parallelen zum Fenstersturz von Frau Bürgi auf. Wir können das alles nicht einfach beiseite schieben.« Ich sah meine Nachbarin auf dem Sofa bewundernd an: »Das weisst du als tüchtige und erfahrene Berufskollegin sicher ebenso gut.«

Sie schluckte das Attribut ›erfahren‹ ohne Wimpernzucken, sinnierte eine Weile und meinte dann: »Ich könnte dir die Recherchierarbeit bei Werner Oberholzer abnehmen. Nach dem Tod seiner Frau drängt sich ein Bericht über den trauernden Ehemann auf. Wie kann er seinen vielfältigen beruflichen und gesellschaftlichen Verpflichtungen trotz der grossen seelischen Belastung jetzt nachkommen? Die nächste Redaktionskonferenz meiner Illustrierten ist schon morgen.«

Ich lobte Doris überschwänglich für die gute Idee und versprach als Gegenleistung, nochmals mit Ueli Schweiger zu sprechen. Falls sich eine Gelegenheit dazu ergeben sollte. Wir vereinbarten einen laufenden Informationsaustausch im Fall Bürgi und wandten uns sofort naheliegenderen zwischenmenschlichen Aktivitäten zu.

Der Kommisssär hatte wieder einmal recht gehabt. Der weitere Abend und die darauffolgende Nacht stellten keine besonders unmenschlichen Anforderungen an mich. Ich vergass einfach den Plan von Guntens und genoss die schönen Stunden mit Doris.

Nach dem ausgedehnten Frühstück, das ich mit frischem Gebäck aus der nahe gelegenen Obstbergbäckerei bereicherte, reiste meine Freundin nach Zürich zur Redaktionskonferenz. Sie verabschiedete sich mit innigen Umarmungen und teilte mir so nebenbei mit, sie habe schon vor zwei Tagen ihr Zimmer im Hotel Allegro aufgegeben. Für künftige Aufenthalte in Bern müsse sie sich eine neue Unterkunft suchen. Am besten ein Privatzimmer. Mit schelmisch-treuherzigem Augenaufschlag verabschiedete sie sich.

*

Ich kam etwas verspätet ins Studio. Gerade recht zum Zehnuhrkaffee in der Cafeteria. Am Tisch meiner Crew debattierte man über einen Artikel, der vor einiger Zeit in der Sonntagspresse publiziert worden war. Es ging um den Handel mit Energiezertifikaten, der anscheinend gigantische Ausmasse angenommen hatte. Die Stromkonzerne förderten den neuen Geschäftszweig nach Kräften, und die Verantwortlichen betonten, die Risiken gut im Griff zu haben.

Joe wandte sich an mich: »Hat nicht dein Oberholzer damals in Deutschland in diesem Bereich besonders gute Erfahrungen sammeln können? Soweit ich mich erinnere, war das vor allem im internationalen Erdgashandel. Der ist bestimmt heute noch in irgendeiner Form an diesem lukrativen Business beteiligt.«

Hanna konnte es sich nicht verkneifen, mir in Sachen Doris auf den Zahn zu fühlen: »Was macht deine neue Freundin? Ist sie immer noch im Hotel Allegro oder logiert sie bereits in deinem Gästezimmer?« Das ging sie nun wirklich nichts an. Ich schwieg verärgert, was von der Runde mit Genugtuung zur Kenntnis genommen wurde. Joe doppelte sogar nach: »Hat die schöne Doris ihr Ziel bereits erreicht und deinen Recherchewillen in Richtung Oberholzer gebrochen? Oder gibt es bei dir noch letzte Zeichen des Widerstands?«

Auch diese impertinenten Fragen überging ich mit Nonchalance, zitierte Joe aber nach der Kaffeepause in mein Büro.

»Was ist los mit euch? Kann man nicht einmal mehr in Ruhe seinen Kaffee trinken, ohne angepöbelt zu werden? Wieso seid ihr so schlecht auf Doris zu sprechen?«

Der dicke Joe holte tief Luft und wollte gerade zu einem entsprechend langen Verteidigungsvotum ansetzen, als ich ihn unterbrach: »Joe, einmal ganz freundschaftlich: mein Privatleben geht euch einen Dreck an.« Ich fühlte, dass ich mich beherrschen musste, und wurde sachlich: »Ich bin nach wie vor auf Kurs Oberholzer. Und dabei spielt die Forster eine wichtige Rolle.«

Ich orientierte meinen Kollegen kurz über den Plan von Guntens und ersuchte ihn um absolute Diskretion. »Ich werde nächste Woche für zwei, drei Tage nach Montreux gehen. Oberholzer besitzt dort eine grosse Villa und ich frage mich, was er an der Waadtländer Riviera treibt.«

Joe nickte, murmelte eine kurze Entschuldigung und verzog sich.

Für den Rest des Tages beschäftigte ich mich mit den unzähligen organisatorischen und administrativen Pendenzen, die einem Redaktionsleiter regelmässig zur Last fallen. Am späteren Nachmittag telefonierte ich mit von Gunten, den ich über mein Vorhaben in Montreux orientierte. Er zeigte sich recht interessiert und versprach, mich bei den örtlichen Polizeistellen in der Waadtländer Stadt anzumelden: »Wenn du etwas brauchst, wende dich an Inspektor Dubois. Das ist ein erfahrener Polizeimann, der sich von unnötigen Vorschriften nicht einschüchtern lässt. Gib mir nach deiner Rückkehr sofort Bescheid.«

Damit war mein Ausflug nach Montreux amtlich abgesegnet und ich konnte mich an die Vorbereitung eines möglichst ruhigen Wochenendes machen. Dazu gehörte der

Freitagstammtisch im Della Casa mit anschliessendem Gutenachtdrink in der Bellevue-Bar.

Im Della Casa unterbrachen meine Kollegen ihre Diskussion nur kurz, um mich zu begrüssen. Sie debattierten über mögliche Nachfolger für die verstorbene Katrin Bürgi im Bundesrat. Die meisten setzten sich für die Aufrechterhaltung der Zauberformel ein und befürworteten eine Kandidatur aus den Reihen der konservativen Parlamentarier. Nur zwei jüngere Zeitungsleute beurteilten die bisherige Zusammensetzung der Landesregierung als antiquiert und kontraproduktiv. Sie wünschten sich einen Bundesrat mit Persönlichkeiten, die nicht primär auf alte parteipolitische Traditionen Rücksicht nehmen, sondern vernunftgeprägte, auf Nachhaltigkeit ausgerichtete Entscheidungen treffen.

Die Diskussion um die Zauberformel interessierte mich wenig. Ich bestellte mir eine Karaffe Rotwein und vertiefte mich genüsslich in die kulinarische Banalität eines Siedfleischsalats mit viel Zwiebeln. Das Della Casa ist in Bern eines der wenigen Restaurants, die noch bodenständige Kost anbieten. Ohne Schnickschnack und Schischi.

Meine Berufskollegen einigten sich schliesslich, ohne Namen zu nennen, auf eine erneute Zweierkandidatur der Konservativen. Natürlich drängten sich einzelne Kandidaten vor, aber die Wahlchancen verhielten sich oft umgekehrt proportional zum persönlichen Ergeiz der Politiker. Auch Tricks und listige Manöver, wie die Vorspiegelung fehlender Ambitionen, wurden rasch durchschaut und halfen in der Regel wenig. Man kennt im Parlament seine Pappenheimer eben zu gut.

Dann kam die Sprache auf den Tod von Frau Oberholzer. Eine gewisse Ähnlichkeit mit dem Fall Bürgi war unbestritten. Niemand unternahm jedoch den kühnen Versuch, eine Verbindung zwischen den beiden Todesfällen zu konstruieren. Ich hätte einiges zur Anregung der Diskussion beitragen können, schwieg aber wohlweislich. Interessant war einzig das Votum meines Kollegen von der Berner Tageszeitung. Hans Indermühle wunderte sich, dass als Unfallursache von Frau Oberholzer Laub auf der Treppe vor dem Haus genannt wurde: Erstens sei der Herbst noch nicht so weit fortgeschritten, dass abgestorbene Blätter zur echten Unfallgefahr werden, und zweitens würden die Gartenwege und -treppen der vornehmen Villa sicher ständig von Angestellten gereinigt.

Als einige Kollegen zu Tageszeitungen griffen und sich die Gespräche am Stammtisch nur noch mit Sportresultaten befassten, brach ich auf.

In der Bellevue-Bar herrschte das übliche Freitagabendgedränge. Alle Tische waren besetzt. Einige Gäste kannte ich, aber nicht so gut, dass ich mich zu ihnen setzen wollte. Nur oben an der Bartheke sah ich noch einen freien Hocker. Ich hasse Barstühle, diese unbequemen Marterinstrumente, die man entweder stehend mit einer Pobacke oder sitzend mit durchgekrümmtem Rücken belegt, beides Körperhaltungen, die einem erwachsenen Menschen nicht zumutbar sind. Aber an diesem Abend blieb mir keine Wahl. Ich kletterte also auf den freien Stuhl und balancierte mich mithilfe des angewinkelten Beines auf der linken Pobacke aus, was mir nach einigen Versuchen leidlich gelang.

Ich bestellte bei Jack, dem langjährigen Barmann, meinen an Freitagabenden obligatorischen Gin Tonic und sah mich um. Die grösseren Tische waren von zwei Gruppen belegt. Die eine kam aus den Vereinigen Staaten, das ging aus den lässig zermalmten Englischlauten eindeutig hervor, und die andere bestand aus japanischen Fotofreaks. Dazu kamen, wie an Freitagen üblich, einige wenige Hotelgäste und viele Passanten.

Jack hatte vor Kurzem einen Aushilfskellner zugeteilt bekommen, der ihm das Gröbste abnahm. Ein junger, sehr hübscher Asiate, der sich wie ein Akrobat durch die engen Tischreihen schlängelte und für seine Gäste immer ein Lächeln übrig hatte. So hatte der Barmann ab und zu Zeit, sich mit seinen Gästen zu unterhalten. Er begrüsste mich freundlich: »Hallo, Marc, bist du heute Abend allein? Wo hast du deine charmante Begleiterin gelassen?« Bevor ich antworten konnte, eilte Jack weg, um am anderen Ende der Bartheke Drinks zu servieren.

Nach einige Minuten kam er zurück und strahlte mich an: »Du bist ja gestern von Frau Forster regelrecht verwöhnt worden. Gratuliere.« Als ich mich bei Jack erkundigte, woher er Doris kenne, sagte er: »Frau Forster war in früheren Jahren oft Gast unseres Hauses. Immer in sehr prominenter Begleitung.« Bevor ich meine Fragen loswerden konnte, war er schon wieder weg.

Im Verlaufe des weiteren Abends erfuhr ich aber trotzdem, dass Doris ein paar Mal mit Promis aus der Finanzszene, meistens aber allein im Bellevue logiert hatte. Seit etwa drei Jahren war sie nicht mehr bei Jack vorbeigekommen.

Als ich auf den jungen Aushilfskellner zu sprechen kam und seine liebenswürdige Art lobte, meinte der Barmann: »Thomy ist oft fast zu liebenwürdig. Besonders zu den Frauen. Wir hatten schon einige Probleme deshalb.« Mehr sagte er dazu nicht.

Ich versuchte, ihn mit einem Scherz aus der Reserve zu locken: »Im Bellevue werden die Damen ja richtiggehend verwöhnt. Mit dem schönen Thomy und dem nicht minder adretten Hotelboy Martin.« Jack schüttelte den Kopf: »Die beiden sind nicht zu vergleichen. Mit dem zurückhaltenden, fast scheuen Martin hatten wir nie Scherereien. Im Gegensatz zu Thomy, dem Draufgänger. Thomys Name ist eigentlich Dong Tschunghui. Das kann man hier jedoch nicht aussprechen, deshalb nennen wir ihn Thomy. Er kommt aus Shanghai und besucht dort die staatliche Hotelfachschule. Er ist Eurasier.

Seine Mutter ist Chinesin, sein Vater Deutscher. Deshalb versteht er recht gut Deutsch.«

Gegen Mitternacht verabschiedete ich mich vom Barmann.

Bis zur Hotelrezeption hatten sich meine vom Barstuhl malträtierten Körperteile, das linke Bein und die entsprechende Pobacke, einigermassen erholt. Concierge Belorini nahm sich Zeit für einen Schwatz und gab einige neue Hotelwitze zum Besten. Dazwischen betreute er zwei Gästeankünfte und gab dem livrierten Hotelboy Anweisungen für den Gepäcktransport. Der Boy war neu, ein überschlanker, rothaariger Junge mit ernstem Gesicht. Belorini sah meinen fragenden Blick und sagte: »Leider hat uns Martin verlassen. Seine Stage bei uns ging zu Ende und er arbeitet nun für einige Zeit bei seinen Eltern in Iseltwald. Im Hotel Adler, falls du dich einmal an den Brienzersee verirrst.«

Der Concierge lachte: »Viele vermissen den charmanten jungen Mann. Auch Resi, der Blindenhund von Herrn von Wartburg. Die Hundedame kann sich nur schwer an den neuen Boy gewöhnen.«

*

Das Wochenende verlief wie gewünscht ruhig. Doris rief mich am Samstag an und teilte mir mit, die Reportage mit Oberholzer sei von der Illustrierten genehmigt worden. Sie habe bereits für Dienstag ein Rendez-vous mit dem Topbanker vereinbart. Dass sich Doris nicht nach meinen Plänen fürs Wochenende erkundigte, nahm ich mit gemischten Gefühlen auf. Einerseits war ich froh über die unangetastete Erholungsphase, anderseits fühlte ich mich etwas enttäuscht, vielleicht sogar beleidigt.

Wie dem auch sei, ich erholte mich glänzend und war am Montag bereit fürs nächste Abenteuer.

In Montreux bezog ich ein hübsches, kleines Zimmer im Hotel Golf, einem Mittelklassehotel am Quai des fleurs mit schönster Aussicht auf See und Berge. Ich kannte das Haus aus meinen Jugendzeiten, als ich regelmässig das Jazz Festival frequentierte.

Anschliessend besuchte ich die Gendarmerie vaudoise und meldete mich bei Inspektor Dubois an. Er empfing mich sofort und sagte in recht gutem Schweizerdeutsch: »Mein alter Kollege von Gunten hat mich gebeten, Ihnen wenn möglich zur Hand zu gehen. Was ich gerne tue. Natürlich im Rahmen von gesetzlichen Vorschriften und internen Regeln.« Er zwinkerte mir beruhigend zu und fügte bei: »Ich hörte von Paul, dass Sie sich für die Villa Oberholzer in Territet interessieren. Ein schönes grosses Haus. Meines Wissens wird es kaum mehr für Erholungsaufenthalte des bekannten Bankers oder dessen Familie genutzt. Eigentlich schade, denn die Villa liegt in bester Lage in einem ruhigen Quartier. Direkt am See. Sie dient in erster Linie als Geschäftsliegenschaft.«

Ich dankte dem freundlichen Polizisten und beschloss, mir die Villa Oberholzer etwas näher anzusehen. Das Wetter war eher unbeständig, von Genf her zogen schwarze Wolken über den See, und ein böiger Wind kündete Regen an.

Die Seepromenade von Montreux ist ein wahres Schmuckstück. Sie wird von zahlreichen Gärtnern liebevoll gepflegt und beglückt den Spaziergänger von Frühjahr bis Spätherbst mit einer üppigen Blumenpracht. Ich bewunderte die bunten Herbstblumen und machte im Hafen von Territet eine Kaffeepause im kleinen Gartenbistro. Noch war die Saison voll im Gange und viele Touristen, vor allem aus asiatischen Ländern, bevölkerten die Promenaden. Von den nahe gelegenen Tennisplätzen hörte man regelmässige Schläge und kurze Rufe der Spieler. Ab und zu legte ein grosses Schiff am Landesteg an und auf der Quartierstrasse zirkulierten immer wieder Autos der Anwohner.

Diese Quartierstrasse zog sich bis zum kleinen Flüsschen mit der Fussgängerbrücke dem See entlang in Richtung

Schloss Chillon. Mehrere Prachtvillen säumten die letzten hundert Meter der Promenade. Bereits von Weitem war das dreistöckige Haus von Oberholzer in einer riesigen Parkanlage zu sehen. Gegen die Quartierstrasse war es durch massive Eisenzäune mit dahinterliegenden hohen Büschen abgegrenzt.

Am Portal der Zufahrt las ich auf einem Messingschild »SET (Suisse)«. Das sagte mir nichts. Ich musste mir nähere Informationen im Telefonbuch und Internet beschaffen. Soweit ich durch die dicken Gitterstäbe und die Gebüschkulisse erkennen konnte, herrschte in der Villa reger Betrieb. Durch offene Fenster sah man Leute hin und her gehen und auf der Veranda sassen mehrere Gruppen unter breiten Sonnenschirmen. Vor dem Haus gab es einen grossen Parkplatz, der mit dunkelfarbigen Geschäftswagen besetzt war.

Ich verspürte erste Regentropfen und machte mich auf den Weg ins Ortszentrum von Territet, dem östlichen Vorort von Montreux. Die kantonale Durchgangsstrasse wie auch die Bahnlinie Lausanne-Brig zerschneiden den Vorort von Montreux in mehrere Segmente, die sich aber dank vieler Bäume und Grünanlagen gut ins Landschaftsbild fügen. Es gelang mir knapp, das nächste Bistro an der Hauptstrasse zu erreichen, bevor der Regen richtig einsetzte. Die Kneipe war gut besetzt, vor allem durch einheimische Handwerker und Rentner. Da es keinen freien Tisch mehr gab, setzte ich mich zu einigen älteren Herren, die ihre lebhafte Diskussion kurz unterbrachen und mich mit einem Handzeichen willkommen hiessen. Ich verstand zuerst wenig von dem, was sie sagten. Sie unterhielten sich in waadtländischem Dialekt mit vielen mir unbekannten Ausdrücken. Nach und nach konnte ich dann aber doch einige Gesprächsfetzen aufschnappen. Es ging zumeist um die regionale Politik, die mich nicht interessierte. Erst als sie auf die Auswirkungen der Krise auf die lokale Wirtschaft zu sprechen kamen, hörte ich wieder genauer hin.

Einer der Rentner bedauerte den Einbruch im Tourismus,

der viele Arbeitsplätze infrage stelle. Glücklicherweise hätten sich in den letzten Jahren mehrere Dienstleistungsunternehmen in der Region niedergelassen, die weniger konjunkturanfällig seien. Als Beispiel nannte er die, wie er sich ausdrückte, »gigantische Energiehandelsbörse in Territet«. Das sei gut für die Hotellerie, gut für die Steuereinnahmen der Gemeinde, einfach ganz generell gut. Die anderen Pensionäre stimmten wortreich zu. Einer merkte lobend an, die an der Börse Beteiligten gingen äusserst diskret vor und man sehe sie kaum. Es gebe vielleicht etwas mehr Autoverkehr auf der Quartierstrasse am Quai, aber das störe nun wirklich nicht.

Ich erinnerte mich meiner Französischkenntnisse und meinte zu meinem Nachbarn, ich hätte noch nie von einer grossen Energiebörse in dieser Gegend gehört. Der nette ältere Herr lächelte mich an. Die Börse sei vor drei, vier Jahren in der grossen Villa eines Topbankers unten am See mit neuesten technischen Installationen eingerichtet worden. Soweit er wisse, werde fast täglich gehandelt. Mit sogenannten Energiezertifikaten. Er habe keine Ahnung, was das sei, aber es gehe sicher um viel Geld. Die Firma heisse Swiss Energy Trading Company und gehöre einer Privatbank. Mehr könne er mir nicht sagen.

Ich dankte herzlich für die Auskunft und fragte, wo die Börsianer denn logierten. Die Angestellten, so erfuhr ich, seien in Privatwohnungen untergebracht, und besonders wichtige Gäste würden sicher im Hotel Montreux Palace absteigen.

Der Regen hatte nachgelassen, und ich bummelte den See entlang nach Montreux zurück, nahm im Boulevardcafé beim Hotel Eden einen kleinen Imbiss zu mir und meldete mich am Nachmittag wieder bei Inspektor Dubois.

Ich erzählte ihm, was ich am Morgen herausgefunden hatte, und er nickte anerkennend: »Da haben Sie schon einiges ermittelt. Die SET-Börse läuft unter der Konzession einer international tätigen Privatbank. Das ist alles in Ordnung. Was die Händler und Besucher betrifft, so hatten wir bisher keinen Anlass einzugreifen. Es sind in der Regel professionelle Energiehändler aus allen europäischen Ländern. Viele natürlich aus dem Ostblock.« Er überlegte eine Weile. »Auch aus Russland. Wir haben gelegentlich abgeklärt, ob irgendwelche illegalen Finanztransaktionen im Spiel sind, aber nie etwas entdeckt. Keine Geldwäscherei also. Obschon ...« Hier machte er eine neue Pause. »Ein- oder zweimal tauchten Personen auf, die zwar nicht mehr auf internationalen Fahndungslisten standen, deren Namen uns aber aus früheren Ermittlungen noch bekannt waren. Mehr kann ich Ihnen nicht sagen.«

Wir plauderten eine gute Stunde über dies und das. Auch meine früheren Erlebnisse mit dem Berner Kommissär kamen zur Sprache und Dubois erzählte aus der gemeinsamen Ausbildungszeit mit von Gunten.

Ich nahm mir vor, am nächsten Tag mit den Verantwortlichen der SET-Börse Kontakt aufzunehmen. Vielleicht konnte ich über die Rolle, die Werner Oberholzer in der ganzen Sache spielte, etwas herausfinden.

Am Abend genoss ich die gepflegte gutbürgerliche Küche meines Hotels. Nach einem Verdauungsbummel über die Seepromenade betrat ich gegen halb elf Uhr die Bar im Hotel Montreux Palace.

In der weiten Lounge der Bar waren die meisten Tische besetzt. Im Gegensatz zur Berner Bellevue-Bar sah ich kaum Passanten. Die meisten der noblen Besucher hatten wohl im Hause diniert und sich nun zum Nachtdrink in der Bar eingefunden. Ein Pianist sorgte für diskrete Hintergrundmusik, und die herumflitzenden Kellner bemühten sich, jeden Wunsch der vornehmen Herrschaften zu erfüllen. Zwei, drei nachlässig gekleidete Typen wurden besonders aufmerksam bedient. Ich nahm an, dass es sich um bekannte Exzentriker oder Künstler handelte.

Mein Gin Tonic wurde mit einer grossen Auswahl an

Kleingebäck und Nüssen auf einem Silbertablett serviert. Ich genoss die gediegene Stimmung und sah mich um. Nicht weit weg sass eine Gruppe Geschäftsleute vor einer Champagnerflasche. Ihr Tisch in einer Nische war zwar schlecht beleuchtet, aber einen der Männer erkannte ich trotzdem. Es war Boris Svetlow, der russische Erdgashändler.

Man begoss wahrscheinlich einen guten Geschäftsabschluss. Der Keller brachte bald eine zweite Flasche Champagner und eine grosse Portion Kaviar auf kunstvoll drapierten Eiswürfeln. Die Herren bedienten sich fleissig an der Delikatesse und soffen wie russische Bergarbeiter nach einem Schichtwechsel. Bevor sie zu grölen begannen, wurden sie vom Oberkellner höflich, aber bestimmt in einen Nebenraum verlegt.

Als die Gruppe aufstand, um ihr neues Zechquartier zu beziehen, wandte mir der Nachbar von Svetlow, der mir bisher den Rücken zugekehrt hatte, sein Gesicht zu. Es war Enrico Bartali, der internationale Alleshändler aus dem Tessin.

Ich liess einen kleinen Löffel auf den Boden fallen und bückte mich, um ihn aufzuheben. Bartali kannte mich wahrscheinlich noch aus der Plüschsofaszene mit Evi in der Bellevue-Bar, und ich wollte nicht, dass er mich sah.

Das waren ja Zustände. Die Anwesenheit von Svetlow in Montreux konnte mit der SET-Börse zusammenhängen. Aber was hatte Bartali in diesem Kreis zu suchen? Ich erinnerte mich an das Foto der Konservativen beim Wiener Opernball. Die beiden Typen kannten sich offenbar seit Langem. Eine mysteriöse Angelegenheit.

Ich bezahlte meinen Gin Tonic, war erstaunt über den unerwartet vernünftigen Preis des nobel servierten Drinks und verweilte noch einen Moment in der luxuriösen Hotelhalle. Ich liebe Hotelhallen über alles. Man sieht viele interessante Leute, spürt den Hauch der grossen weiten Welt und glaubt vielleicht sogar für einen Moment, selbst zur internationalen Gesellschaft zu gehören.

Ein Plakat bei der Rezeption stach mir ins Auge: Internationaler Kongress der Gemmologen. Heute und morgen im Kongresszentrum von Montreux. Auf der Referentenliste stand auch Enrico Bartali, dessen Thema der internationale Handel mit Edelsteinen, insbesondere mit Diamanten, war.

Das erklärte die Anwesenheit von Bartali.

*

Am Dienstagmorgen rief ich bei der Swiss Energy Trading Company an und verlangte ein Mitglied der Börsenleitung. Ich wurde mit einem Mister Baker verbunden, der mich auf Englisch fragte, was ich wolle. Mein Englisch ist nicht besonders gut, und so stotterte ich eine Weile vor mich hin, bis er mich unterbrach und in gebrochenem Deutsch erklärte, die Börse sei für Medienleute nicht zugänglich. Er wolle sich aber bei seinen Kollegen noch erkundigen und in etwa zehn Minuten zurückrufen.

Es dauerte fast eine halbe Stunde, bis mein Handy summte.

Es war nicht Mr. Baker, sondern ein Herr David Kesselring, der mir mitteilte, nach Rücksprache mit dem CEO der Börse sei man ausnahmsweise bereit, mich in der Villa Oberholzer zu empfangen. Ich würde um elf Uhr beim Eingang erwartet.

Das war eine gute Nachricht und ich gönnte mir zur Feier des Tages ein zweites Frühstück im Hafenbeizli von Territet.

Um elf Uhr stand ich vor dem schmiedeeisernen Tor der Oberholzer Liegenschaft. Vom Haus her näherte sich eine dunkel gekleidete Gestalt. Eine Art Butler. Der Mann begrüsste mich freundlich und öffnete mit einem Handfunkgerät das Tor. Nur einen Spalt, sodass ich gerade durchschlüpfen konnte. Ich folgte dem Butler über die kiesbestreute Anfahrt zum Villeneingang.

Ein mittelgrosser, schlanker älterer Herr mit Brille trat aus dem Haus und schüttelte mir die Hand: »Guten Tag, Herr Dubach. Mein Name ist Kesselring. Ich bin der Geschäftsleiter der Firma und heisse Sie bei uns willkommen.« Er sah mich von oben bis unten an, als ob er noch nie ein solches Subjekt begrüsst hätte. »Ich möchte vorschlagen, dass wir zuerst einen Rundgang durch die Arbeitsräume machen. Dann stehe ich für Fragen zur Verfügung. Ist das OK?«

Er wartete meine Zustimmung gar nicht ab, sondern verschwand in der Villa, wohin ich ihm wie ein Hündchen folgte. Viel gab es eigentlich nicht zu sehen bei diesem Rundgang: Zahlreiche Büros und einen zentralen, grossen runden Raum mit Dutzenden von Computern und Leuchttafeln an den Wänden. Das Ambiente glich dem von Wertschriften- oder Devisenbörsen bei Banken. Die Arbeitsplätze waren nicht besetzt. Wahrscheinlich hatte gerade die Mittagspause begonnen.

Nach diesem belanglosen Rundgang stellte Kesselring die ebenso belanglose rhetorische Frage: »Darf ich Sie bitten, mir auf die Terrasse zu folgen?« Wir setzten uns unter einen Sonnenschirm und der Butler rollte einen Servicetrolley mit Getränken und kleinen Snacks an unseren Tisch.

»Ich darf Sie einleitend kurz über unser Geschäft orientieren. Wir betreiben im Auftrag der international tätigen Privatbank eine Handelsbörse für Energiezertifikate. Vornehmlich im Sektor Erdgas. Der Handel ist nicht sehr verschieden von dem mit Aktien oder Obligationen. Mit Ausnahme der Handelspartner. Die Nachfrage kommt nicht aus dem breiten Publikum und das Angebot beschränkt sich weitestgehend auf staatliche Lieferanten aus Europa und Nahost.« Mein Gastgeber überreichte mir eine Dokumentationsmappe. »Hier finden Sie die wichtigsten Angaben über den Energiezertifikatehandel und unsere Firma.«

Auf meine Frage, wer denn die Kunden seien, antwortete

Kesselring: »Fast ausschliesslich Energiekonzerne aus der Schweiz und den Nachbarländern. Die meisten von ihnen haben zwar eigene Energiebörsen, aber im Erdgassektor herrschen besondere Bedingungen. Die Kunden sind froh, wenn wir ihnen hier helfen, die Risiken zu vermindern.«

Mein Interesse an den Details des Zertifikatehandels hielt sich in engen Grenzen, was meinem Gesprächspartner nicht entging. Er sah mich nachdenklich an und meinte: »Ich nehme nicht an, dass eine Sendung über Energiebörsen in Ihrem Lokalsender besonders gefragt wäre. Was möchten Sie eigentlich von uns wissen?«

Ich war einen kurzen Moment überrumpelt von dieser Frage, nippte an meinem Glas mit vorzüglichem Weisswein aus der Region, sah auf den im Sonnenlicht glitzernden Genfersee hinaus und entschied mich schliesslich, offen mit meinem Gesprächspartner zu reden: »Ich recherchiere über die Hintergründe von zwei Todesfällen, die sich in letzter Zeit ereignet haben. Es geht um prominente Personen. Bei diesen Nachforschungen bin ich immer wieder auf den Namen Werner Oberholzer gestossen. Der bekannte Topbanker besitzt Liegenschaften in der ganzen Schweiz. So auch in Montreux.« Ich nahm einen weiteren Schluck. »Als ich hier erfuhr, dass seine Villa als Energiebörse dient, wollte ich mehr darüber wissen.«

Kesselring lachte: »Das weiss ich alles bereits. Als Sie Ihren Besuch ankündigten, erkundigte ich mich natürlich über Ihre Person.« Er wurde wieder ernst: »Herr Oberholzer selber hat mich ermächtigt, Ihnen alles zu zeigen und Ihre Fragen zu beantworten. Er ist der CEO unserer Firma.«

Damit war mir aller Wind aus den Segeln genommen. Weitere Erkundigungen erübrigten sich. Ich dankte dem Geschäftsführer und verabschiedete mich mit einer letzten Frage: »Ich bin im Zuge meiner Ermittlungen mehrmals auf den Namen Boris Svetlow gestossen. Gestern Abend sah ich ihn in der Bar vom Palace Hotel. Ist der Russe auch ein Geschäftspartner von Ihnen?«

»Ja, Svetlow ist der offizielle Vertreter von Erdgaslieferanten aus zwei früheren Ostblockländern. Wir verhandelten gestern über den Abschluss von neuen Lieferabkommen.« Kesselring ergänzte von sich aus: »Ich kenne Boris seit Langem, kann Ihnen aber beim besten Willen nichts Näheres über seine Person sagen. Er verhält sich stets korrekt. Ein überaus distanzierter Mensch, der nicht über sein Privatleben spricht. Man sagt, er trinke ab und zu ein Glas zu viel und sei dann etwas zugänglicher. Da es im Rahmen unserer Geschäftsbeziehungen kaum je zu Alkoholexzessen kommt, habe ich ihn nie in redseligem Zustand erlebt.«

Das schwere Eingangstor der Oberholzer Villa schloss sich hinter mir. Ich war mit meinem Besuch bei der SET-Börse nicht viel weiter gekommen. Bevor sich der Frust über die erfolglose Recherche meiner bemächtigte, beschloss ich, es heute noch mit der zweiten geheimnisvollen Figur zu versuchen, die im Hintergrund des Falles Bürgi herumtanzte. Mit Enrico Bartali.

Ich schlenderte die Uferpromenade entlang zum Kongresszentrum. Dort studierte ich das Programm der Gemmologen. Das Referat Bartali war für drei Uhr vorgesehen. Also in etwa anderthalb Stunden.

Nach den Snacks in der Villa Oberholzer hatte ich nicht mehr grossen Hunger. Ich verpflegte mich an einem Imbissstand und machte Siesta in der Parkanlage beim Hafen von Montreux. Um halb drei Uhr erkundigte ich mich beim Empfang des Kongresshauses, ob die Referate öffentlich zugänglich seien, was man freudig bejahte. Wieso man mir so nett Auskunft gab, wurde mir klar, als ich den unverschämten Eintrittspreis für Gasthörer bezahlte und feststellte, wie wenig Fachleute an diesem schönen Herbstnachmittag teilnahmen.

Der Vortrag von Bartali war weder eine Quelle vieler Aha-

Erlebnisse noch eine rhetorische Meisterleistung. Dem Referenten konnte man vom fast leeren Zuhörerraum ansehen, dass er eine Pflichtübung absolvierte und wahrscheinlich lieber einen Ausflug auf Rochers de Naye gemacht hätte.

Das mangelhafte Engagement des Referenten hatte den Vorteil, dass die zur Verfügung stehende Referatszeit nicht überzogen wurde. Pünktlich um vier Uhr schloss Bartali seine Vorlesungsmappe und hastete nach draussen. Ich folgte ihm in sicherer Distanz.

Vor dem Kongresszentrum wurde Bartali von seinen beiden Bediensteten, die ich schon in der Bellevue-Bar gesehen hatte, in Empfang genommen. Die drei eilten in Richtung Schiffssteg, wo gerade die Vevey, ein alter Raddampfer der Compagnie de Navigation anlegte. Ich sah, wie sich einer der Adlaten des Tessiners Fahrkarten am Schalter besorgte, und schloss aus der kreisenden Bewegung seiner Hand, dass sich das Trio auf eine Rundfahrt begab. Auch ich verschaffte mir ein Billet für eine Tour du Haut-Lac und schloss mich den ins Schiff drängenden Massen an.

Bartali stieg hinauf aufs Oberdeck, während seine beiden Helfer unten blieben, sich mit Getränken eindeckten und im Gedränge der zweiten Klasse verschwanden. Ich folgte dem Diamantenhändler nach oben und nahm zwei Tische hinter ihm Platz. Als er sich nach dem Kellner umsah, entdeckte er mich. Er runzelte die Stirn, überlegte wohl, woher er mich kannte, und winkte dann in meine Richtung. Ich grüsste zurück.

Eine gute Stunde geschah nichts. Wir kamen am Schloss Chillion vorbei, legten auch in Villeneuve und Bouveret an und gelangten schliesslich nach St. Gingolph, dem kleinen Grenzort am Ende der Walliser Riviera. Hier gab es eine halbstündige Fahrtunterbrechung. Die meisten Passagiere des Rundkurses stiegen aus. Man setzte sich entweder in eines der Seerestaurants auf der Schweizer Seite des Dorfes oder machte einen Bummel in den französischen Ortsteil. Eine Grenzkontrolle gab es nicht.

Bartali eilte mit seinen beiden Gorillas zur Fussgängerbrücke über den kleinen Grenzfluss. Auf der französischen Seite schwenkte er nach rechts zum Quai ab und verschwand in einer Seitenstrasse. Ich war dem Trio natürlich auf den Fersen geblieben, wollte aber nicht als Verfolger bemerkt werden und musste daher einen grösseren Abstand einhalten. Als sich die Gruppe auf einmal in Luft auflöste, war ich einige Zeit ratlos, rannte dann hinauf zur Hauptstrasse, wo sich die meisten Läden und Bistros befinden. Ich sah gerade noch, wie einer der beiden Begleiter Bartalis aus einem Tabakgeschäft kam und in ein Restaurant ging.

Nach zehn Minuten kamen die drei Männer aus dem Bistro, gefolgt von zwei Unbekannten. Die beiden trugen Hüte, sodass ich ihre Gesichter nicht erkennen konnte. Man gab sich kurz die Hand und der Tessiner Alleshändler schlenderte mit seinen Burschen in den Schweizer Ortsteil zurück. Einer der Helfer Bartalis hielt eine schwere Mappe in der Hand.

Das Rundfahrtschiff hupte zweimal. Zeit für die Weiterfahrt.

Während der nun folgenden Seeüberquerung nach Vevey machte ich ein kleines Nickerchen, wurde aber jäh aus der Traumwelt geholt, als sich unvermittelt Bartali neben mich setzte und sagte: »Entschuldigen Sie, Herr Dubach, wenn ich Sie beim Dösen störe.« Er rutschte nervös hin und her. »Aber ich möchte die Gelegenheit ergreifen, mit Ihnen einige Worte zu wechseln. Es geht um Missverständnisse.«

Ich war sofort hellwach.

»Herr Schweiger, den Sie ja kürzlich trafen, hat mich angerufen und über ein Foto vom Wiener Opernball 2001 informiert, auf dem Herr Svetlow und ich zu sehen sind. Sie haben sich offenbar gewundert, was wir in der Runde der Schweizer Konservativen zu suchen hatten.« Er wischte sich mit einem blütenweissen Taschentuch über die Stirn. »Und dann wiesen Sie auf einen Kontakt von mir mit Herrn Schweiger in der Bellevue-Bar hin und fragten, ob ich mit dem Politiker immer noch in Verbindung stehe.«

Ich nickte und schwieg, um den Redefluss des interessanten Herrn nicht unnötig zu unterbrechen.

»Wie Ihnen Herr Schweiger bereits sagte, managte ich seinerzeit den Wiener Aufenthalt der Schweizer Politikergruppe. Ich bin in vielen Bereichen tätig gewesen, damals auch in der Reisevorbereitung und –begleitung prominenter Gruppen. In den letzten Jahren habe ich mich im Handel mit Edelsteinen spezialisiert und betreue daneben vor allem Versicherungsgesellschaften bei der Erledigung komplexer Schäden.« Bartali überlegte, ob er mir Letzteres näher erläutern sollte, liess es dann aber sein. Er fügte aber noch bei: »Wir haben soeben in St. Gingolph einen komplexen Versicherungsschaden erledigen können. Eine solche Schadensbegrenzung im Interesse aller Beteiligten war uns auch bei Herrn Schweiger möglich, dem vor Kurzem in Italien sein teurer Mercedes gestohlen wurde. Die Versicherung wollte den Schaden nur teilweise übernehmen, da der Politiker elementare Vorsichtsmassnahmen unterlassen, es den Dieben also zu leicht gemacht hatte. Ich fand den Mercedes und vereinbarte mit den professionellen Kriminellen eine Rückgabe des Autos. Natürlich nach Bezahlung einer Ablösesumme, die aber kleiner war als der Verlust, den Schweiger bei einer Versicherungsleistung tragen müsste.«

Damit waren einige meiner Fragen beantwortet. Nicht alle.

Ich dankte Bartali für seine offenen Worte. Wir redeten über das schöne Wetter, die herrliche Landschaft am Genfersee und kamen schliesslich auf den Gemmologen-Kongress in Montreux zu sprechen. Der Diamantenexperte bestätigte meinen Eindruck, sein Auftritt sei eine Art Pflichtübung gewesen: »Der Handel mit Edelsteinen ist sehr komplex. Wahrscheinlich hatten die Veranstalter zuerst einen Referenten aus den grossen Handelshäusern aufbieten wollen.« Er lachte auf: »Die sind aber nicht sehr erpicht auf Publizität und haben wohl abgesagt. So kam man auf mich.«

Ich ergriff die Gelegenheit und liess einen Versuchsballon steigen: »Ich hörte, dass Diamanten lange Zeit für heimliche Geldtransfers über internationale Grenzen verwendet wurden. Ist das auch heute noch so?«

Bartali verzog sein Gesicht: »Die politische Diskussion über die Steuerhinterziehung hat den grenzüberschreitenden Transfer von Schwarzgeld zwar nicht gerade gefördert. Aber sicher nicht ganz unterbunden.«

»Und die Diamanten?« Ich durfte ihn nicht vom Thema abweichen lassen. »In diesen früheren Jahren war ja offenbar alles möglich. Ich habe mich mit bekannten Bankern befasst, die seinerzeit in Deutschland tätig waren. Mit Werner Oberholzer und der leider vor Kurzem verstorbenen Katrin Bürgi. Welche Rolle spielten die Diamanten bei den Ost-West-Finanztransaktionen?«

Mein Banknachbar begann wieder unruhig zu werden. »Diamanten waren immer und sind heute noch ein wichtiges Instrument bei privaten Vermögensverschiebungen. Mit Oberholzer selber hatte ich nie etwas zu tun.« Bartali fügte mit leiser Stimme hinzu: »Ich hörte lediglich, dass seine engste Mitarbeiterin ab und zu im Diamantengeschäft tätig ist. Ob mit oder ohne Wissen von Oberholzer, weiss ich nicht.«

Ich hielt die Luft an und sah ihn fragend an, worauf er präzisierte: »Eine gewisse Doris Forster. Ich habe sie noch nie gesehen.«

Es dauerte einige Zeit, bis ich mich von dieser Neuigkeit erholt hatte und eine nächste Frage stellen konnte: »Wie stand es mit Frau Bürgi? Sie war als Gemmologin ja geradezu prädestiniert für den Diamantenhandel, und als sie in Moskau für die deutsche Bank arbeitete, führte sie sogar Edelsteinexpertisen durch.«

»Katrin Bürgi stand stets über der Sache. Sie war nie in irgendwelche fragwürdigen Geschäfte verwickelt und genoss einen ausgezeichneten Ruf. Ich glaube nicht, dass sie je in irgendeiner Weise mit illegalen Diamantentransfers zu tun hatte.«

Der kleine Mann neben mir zappelte nun richtiggehend und machte Anstalten, sich zu erheben. »Man wunderte sich schon, wieso die attraktive Frau noch ledig war. Dies hing aber wohl mit ihrer Schwachstelle zusammen.«

Die Schiffanlegestelle von Vevey kam in Sicht. Bartali stand auf und verabschiedete sich. Bevor er sich auf den Weg machte, sagte er noch schnell: »Ich meinte damit ihre Vorliebe für sehr junge Männer. Aber das sind ja jetzt alles alte Geschichten.«

Der geheimnisvolle Mann aus dem Tessin verliess mit seinen Bediensteten das Schiff in Vevey und ich genoss den Rest der Rückfahrt nach Montreux in vollen Zügen.

6

Am Mittwochmorgen war ich im Studio so mit der Erledigung der angehäuften Pendenzen beschäftigt, dass ich kaum Zeit fand, mich mit dem Fall Bürgi zu befassen.

Am Nachmittag meldete ich mich bei Kommissär von Gunten und erzählte ihm, was ich in Montreux erlebt hatte. Er nahm meinen Bericht mit unbewegtem Gesicht zur Kenntnis, als ob ich ihm nichts Neues sagen würde. Einzig beim Hinweis Bartalis auf Aktivitäten von Doris Forster im Diamantenhandel blitzte es in seinen Augen kurz auf.

»So, und wie geht es bei dir nun weiter?«, fragte mich von Gunten. »Hast du etwas von Frau Forster gehört, die ja bei Oberholzer recherchieren will?« Er grinste unverschämt. Ich wusste nicht, ob dieses Grinsen meiner Beziehung zu Doris oder ihrem Auftrag galt, nahm an, es sei letzteres und erkundigte mich: »Zweifelst du an einem Erfolg dieser Recherche?«

»Überhaupt nicht. Deine Doris wird zurückkommen und natürlich alles wissen. Ob sie dir auch alles sagt, steht auf einem anderen Blatt.« Der Kommissär wurde ernst: »Ich schenke dir einen kleinen Informationsvorsprung. Nicht zur Veröffentlichung.« Er holte Luft und wiederholte gleich darauf brüllend: »Hast du gehört: nicht zur Veröffentlichung.«

Ich blieb gelassen und wartete auf den Vorsprung. Von Gunten zierte sich natürlich etwas und verkündete schliesslich: »Die private Bewachungsfirma, die das Anwesen Oberholzer Tag und Nacht vor unerwünschten Besuchern schützt, hat der Zürcher Kantonspolizei gemeldet, dass ihre Patrouille nach acht Uhr eine Gesamtbegehung des Grundstücks durchführte. Die drei Männer sahen kein Laub auf der Verbindungstreppe zur privaten Grossgarage. Die nassen Blätter, die um elf Uhr zum Sturz von Frau Oberholzer führten, sind also nachträglich auf der Treppe platziert worden.«

Und diese Sensation durfte ich nicht bringen. Das war unfair und ich sagte dem Kommissär gründlich meine Meinung. Er liess meine hilflosen Beschwerden regungslos über sich ergehen.

»Sag auch deiner Doris nichts.« Von Gunten nagte an seiner Unterlippe, was ich bei ihm bisher noch nie gesehen hatte, und meinte dann nachdenklich: »Du würdest ihr damit auch keine Freude machen.«

Der Kommissär bestellte diesmal keinen Kaffee, weniger aus Angst, ich würde wieder seinen Schreibtisch beschmutzen, sondern wegen eines Termins. Ich wurde barsch mit den Worten entlassen: »Geniesse die nächsten Treffen mit deiner schönen Freundin. Und denk ab und zu an Nina. Die vermisst dich. Wieso, weiss keiner.«

*

Eine mediale Auswertung meiner Reise an den Lac Léman schien im Augenblick kaum möglich. So lieferte ich die Ausgabenbelege mit schlechtem Gewissen ab und hoffte, dass Wenger diese Woche keine Stichproben in der Spesenbuchhaltung machte.

Doris liess nichts von sich hören. Erst am Freitag rief sie mich im Büro an und sagte, sie würde übers Wochenende in Bern sein: »Soll ich im Hotel Allegro etwas reservieren oder weisst du eine bessere Lösung?«

Natürlich wusste ich eine bessere Lösung. Sie traf schon

am Freitagabend in meiner Wohnung ein, sodass meine üblichen Freitagsbesuche am Journalistenstammtisch und in der Bellevue-Bar ins Wasser fielen. Ich hatte etwas eingekauft und servierte Doris mehr oder weniger leckere Dinge. Sie ertrug meine Amateurkochkünste mit Fassung und wir tafelten zufrieden.

Dass es nicht beim Tafeln bleiben würde, war vorprogrammiert. So blieb wenig Zeit für den Austausch von Informationen über unsere Recherchen. Ich erzählte meiner Freundin beim Dessert einige Erlebnisse in Montreux, natürlich ohne auf Aussagen Bartalis einzugehen, die sie betrafen.

Doris hörte interessiert zu und stellte belanglose Fragen.

Als ich auf ihre Kontakte zu Oberholzer zu sprechen kam, schmiegte sie sich an mich und sah mir tief in die Augen: »Werner Oberholzer tut mir leid. Er war so freundlich zu mir, obschon er leidet.« Sie seufzte bühnenreif. »Wirklich leidet. Ich hatte richtiggehend Mühe mit der Reportage.«

»Dieser fürchterliche Sturz seiner Frau. Auf der Verbindungstreppe zwischen der Grossgarage unten an der Strasse und dem Nebeneingang der Villa.« Doris zauberte zwei Kummerfalten auf ihr hübsches Gesicht. Eine Meisterleistung. »Offenbar wehte der Herbstwind Laub auf die Treppe. Feuchtes Laub, das so schrecklich glitschig ist. Und dazu kam, dass eine Lampe der Treppenbeleuchtung defekt war. Frau Oberholzer sah wohl die Blätter auf den Stufen gar nicht richtig.«

»Ein Unfall also.« Ich strich ihr die künstlichen Falten aus dem Gesicht und fragte: »Ist das auch die Meinung der Polizei? Oder bestehen irgendwelche Zweifel an der Unfallthese?«

Doris sah mich erstaunt an: »Wie kommst du auf eine solche Idee?«

Ich versuchte es mit der Schocktherapie: »Werner Oberholzer steht jetzt als Alleinerbe da. Es geht wahrscheinlich um viele Millionen. Dafür würde es sich schon lohnen, einen Unfall zu inszenieren.« Nach einer Pause fügte ich an: »Die tiefe Trauer nehme ich ihm auch nicht ohne Weiteres ab. Du selber hast seine Frau vor Kurzem als herrisch und arrogant bezeichnet. Vielleicht überdeckt das Trauergehabe nur seine Erleichterung. Und Oberholzer hat zweifellos eine heimliche Geliebte, die ihn rasch wieder aufmuntern wird.«

Meine schöne Freundin rückte etwas ab von mir und griff nach ihrer Handtasche. Es vergingen einige Augenblicke, bis sie ein Papiertaschentuch herauszog und damit längere Zeit ihr Näschen verdeckte.

Als ich mich wieder des Anblicks der reizenden Stupsnase erfreuen durfte, bemerkte ich für einen kurzen Moment etwas in Doris' Augen, das mich erschreckte: Ein Flimmern von absoluter Kälte, verbunden mit dem unbeugsamen Willen, alle persönlichen Ziele möglichst rasch zu erreichen. Dann überzog wieder ein strahlendes Lächeln ihr reizendes Gesicht.

Am Schluss ihres Berichts über die Oberholzer-Reportage liess meine Freundin doch noch eine interessante Information durchsickern. Sie wies darauf hin, dass der Topbanker nach dem Tod seiner Frau ein umfassendes Sicherheitskonzept für die Villa in Auftrag gegeben hatte. Mit allen erdenklichen modernen Schutzmassnahmen, wie Lichtschranken, Kameras, Alarmanlagen und sogar einem Starkstromzaun um das gesamte Anwesen.

Wieso dieses panikartige Schutzbedürfnis nach dem Unfalltod seiner Frau? Wusste er bereits von den Feststellungen der privaten Sicherheitsfirma? Durfte ich dieses Thema bei Doris überhaupt anschneiden? Ich beschloss, mich den schöneren Dingen des Lebens zuzuwenden, und machte Doris einige Komplimente, die sie mit gebührender Zurückhaltung, aber sichtbarer Freude zur Kenntnis nahm. Den Rest des Samstags verbrachten wir mit Erwachsenenspielen, die wir nur für Zwischenverpflegungen und Schlafpausen unterbrachen.

Am Sonntag kündete die immer noch kräftige Sonne einen herrlichen Herbsttag an. Wir entschieden uns, frische Luft zu schnuppern, und fuhren ins Berner Oberland. Mit dem Auto von Doris, einem kleinen, aber feinen BMW. Kurz vor Interlaken erinnerte ich mich an Martin, den früheren Hotelboy im Bellevue, der jetzt bei seinen Eltern in Iseltwald arbeitete.

Da Doris das hübsche Dorf am Brienzersee noch nicht kannte, beschlossen wir kurzerhand, Martin einen Besuch abzustatten.

Kurz vor Mittag erreichten wir das kleine Hotel Adler an der Seepromenade von Iseltwald. Das Gartenrestaurant war schon gut besetzt, aber wir fanden doch noch einen Tisch direkt am Wasser.

Es gab vor allem Fischgerichte. Ein netter Kellner ging ohne Wimpernzucken auf die Sonderwünsche von Doris ein, die anstelle von frittierten Eglis solche ›à-la-meunière‹, Reis statt Salzkartoffeln, Sauce Tartare statt Mayonnaise und ein amerikanisches Salatdressing wünschte.

Nach gut zwei Stunden lehnten wir uns satt und zufrieden in unseren Korbstühlen zurück. Ich spürte das Alter oder die besonderen Strapazen des Spielsamstags und war im Begriff einzudösen, als eine frische Stimme neben mir sagte: »Grüezi, ist alles in Ordnung? Ich hoffe, es hat Ihnen geschmeckt.«

Es war Martin, der Hoteliersohn. Ohne die Livree vom Bellevue sah er noch besser aus. Ein wirklich attraktiver junger Mann. Doris stellte das natürlich ebenfalls fest. Sie lobte das Essen über Gebühr und fragte sogar nach einem Hotelprospekt.

Ich blieb sachlicher: »Ich kenne Sie vom Bellevue-Palace her. Concierge Belorini sagte mir, Sie seien derzeit bei Ihren Eltern in Iseltwald.« Ich lobte das Essen ebenfalls und sagte: »Viele Gäste vermissen Sie in Bern. Auch Resi lässt Sie herzlich grüssen.«

Martin schmunzelte und meinte: »Mit Resi habe ich mich besonders gut verstanden. Es war eine gute Zeit im Bellevue.« Er dachte kurz nach und meinte dann leise: »Und zum Schluss auch eine hektische.«

»Ja, die Frau Bürgi. Tragisch. Sie haben die Bundesrätin sicher oft gesehen.« Ich erinnerte mich: »Einmal sah ich Sie beim abendlichen Gepäcktransport für die hohe Dame. Und Belorini sagte mir, Frau Bürgi habe sich über Resi beschwert. Hatte sich die Hündin unartig benommen?«

»Nein. Frau Bürgi hatte generell Angst vor Hunden.« Der Hoteliersohn winkte jemandem und verabschiedete sich recht hastig.

Ich sah, wie der junge Mann die Treppe zum Hotel hinaufeilte, oben anhielt und sich umsah. Er schien etwas zu überlegen. Schliesslich wandte er sich abrupt ab und verschwand im Haus.

*

Da Doris am Sonntagabend zeitig nach Zürich zurückfuhr, verbrachte ich eine ruhige Nacht und traf am Montagmorgen entsprechend erholt im Studio ein. In der Tagesvorschau der Nachrichtenagentur wurde angekündigt, dass die Fraktion der Konservativen Partei am Dienstag und Mittwoch eine ersten Aussprache über die Nachfolge von Frau Bürgi durchführte. Am späteren Dienstagnachmittag war eine Medienorientierung durch Ueli Schweiger vorgesehen. Ich beschloss teilzunehmen.

Die Konferenz fand im Bellevue statt. So hatte ich Gelegenheit, noch ein paar Worte mit Concierge Belorini zu wechseln. Er sagte mir, Herr von Wartburg sei seit einigen Tagen unpässlich und auch sein Hund Resi verhalte sich in letzter Zeit seltsam. Die Spaziergänge mit dem neuen Hotelboy seien schwierig geworden, da die Hündin kaum mehr auf Befehle reagiere.

Dass Belorini die eigentliche Informationszentrale des Hotels war, zeigte sein Hinweis auf neue Entwicklungen im Fall Bürgi. Das Zimmer der Verstorbenen sei immer noch nicht freigegeben worden für eine Totalrenovierung und die Polizei habe den Raum erneut minutiös durchsucht und Spuren gesichert. Dabei sei offenbar etwas gefunden worden, denn die Polizeitruppe habe nach Aussagen eine Etagenkellners eine geradezu hektische Aktivität entwickelt. Genaueres wusste Belorini leider nicht.

Die Orientierung der Konservativen über ihre Intentionen für die Bundesratsersatzwahl war gut besucht. Die Medienleute erwarteten einen möglichst fulminanten Start des Wahltheaters und hofften auf spektakuläre Nominationen.

Parteichef Ueli Schweiger eröffnete die Medienkonferenz mit einem etwas langatmigen Rückblick auf den tragischen Todesfall von Frau Bürgi, bekräftigte dann den absoluten Anspruch der Konservativen am erneut freigewordenen Bundesratssitz und vermittelte einen Überblick über die strategische Ausgangslage der Parteinomination.

Kurz zusammengefasst gab es keine grundlegende Änderung in der Strategie der Konservativen seit der Wahl von Katrin Bürgi. Man begnügte sich diesmal aber mit einer Einerkandidatur, um die Chancen des Nominierten zu erhöhen, wie Schweiger bemerkte. Bei einer wilden oder einer Sprengkandidatur einer anderen Partei behielten sich die Konservativen wiederum vor, in die Opposition zu gehen.

Als Kandidat wurde Nationalrat Max Spieler nominiert, dessen Name schon bei der letzten Wahl oft gehandelt worden war. Spieler hatte sich als erfolgreicher Unternehmer auch beim breiten Publikum durch seine Fernsehauftritte und die gelegentlich kritische Haltung gegenüber der Parteileitung einen Namen geschaffen.

Die Diskussion dreht sich im Folgenden vor allem darum, was die Konservativen unter einer Opposition verstanden.

Parteichef Schweiger erinnerte an das 19. Jahrhundert, als die damalige konservative Bürgerpartei in ihrer Oppositionsrolle gegen die Liberalen regelmässig Referenden ergriff und auch durchbrachte: »Wir waren wirksame Spielverderber und sind dabei oft sogar mit scheinbaren Lappalien durchgekommen.«

Auf die Frage, ob es heute nicht zu umständlich und zu teuer sei, mit Referenden zu arbeiten, antwortete Schweiger: »Auch im Parlament ist Opposition möglich. Wenn beispielsweise die Linke mitmacht, kann man ein Geschäft blockieren. Das ist uns vor Kurzem beim Rüstungsprogramm gelungen.«

Diese Aussage veranlasste einen besonders pfiffigen Medienvertreter zu der Behauptung, durch eine Opposition der Konservativen würde ein sukzessiver Wandel von der Konkordanz zum Konkurrenzmodell in die Wege geleitet. Schweiger reagierte mit »So können Sie es sehen«.

Die Medienorientierung war gegen halb sieben Uhr beendet und ich entschied mich für einen kleinen Imbiss in der Bellevue-Bar. Ein Statement von mir für die Abendsendung von Bären-TV zur Nominierung der Konservativen erübrigte sich; die Agenturmeldung würde vollkommen genügen. Befriedigt stellte ich fest, dass mein seinerzeitiger Beitrag zu den Plänen der Konservativen für die nächste Wahl richtig gewesen war. Ob sich Peter Siegrist mit dem Entscheid seines Parteivorstands abfinden konnte?

Barmann Jack brachte mir den adrett angerichteten Teller mit einer Auswahl besonderer Appetithäppchen und die Nachricht, er hätte am letzten Sonntagabend die Ehre gehabt, Herrn Oberholzer in der Bar begrüssen zu dürfen. Der Topbanker habe sich nach mir erkundigt: »Er fragte mich, ob ich einen bekannten Berner Medienmann namens Dubach kenne, der seines Wissens oft in der Bellevue-Bar verkehre.«

Jack versicherte, nur das Beste über mich erzählt zu haben: »Ich habe dich wahrscheinlich zu sehr gelobt, denn Herr

Oberholzer blickte mich am Schluss ganz verwundert an. Seine Überraschung drückte sich auch im Trinkgeld aus.« Die begeisterte Miene des Barmanns spiegelte noch heute die ungefähre Höhe des Trinkgelds wieder.

So, so, der Oberholzer hatte vermutlich von Doris von meinen Recherchen erfahren und wissen wollen, wer ihm auf den Fersen war. Ich bezahlte und bummelte nach Hause. Unterwegs ordnete ich meine Gedanken und unternahm sogar den Versuch einer kleinen Standortbestimmung im Fall Bürgi.

Einmal angenommen, es war kein Unfall, sondern wirklich eine Dritteinwirkung, die zum Tod der Bundesrätin führte. Was angesichts des unverminderten Einsatzes der Polizei und der bisherigen Erkenntnisse anzunehmen war. Wer käme dann für eine solche Tat infrage?

Die unterlegenen Politiker der Konservativen Partei waren zwar direkt betroffen und entsprechend wütend und enttäuscht über den Ausgang der Wahl. Es wäre jedoch absolut lächerlich gewesen, hieraus eine Bereitschaft zu irgendeinem Racheakt zu konstruieren. Ich erwarte von politischen Karrieristen jeglicher Couleur weder Idealismus noch Altruismus und traue ihnen eigentlich allerhand zu, wie beispielsweise fiese Tricks und üble Machenschaften hinter den Kulissen oder sogar einen Austausch verbaler Kraftausdrücke, wenn gerade kein Medienvertreter in der Nähe ist. Aber eine direkte oder indirekte Gewalttätigkeit liegt bei ihnen auch bei grösster Frustration einfach nicht drin.

In diesem Sinne sprach ich die Politiker von jedem Verdacht frei. Blieben die involvierten Wirtschaftsbosse, allen voran Werner Oberholzer. Auch hier hatte sich bisher kein Anhaltspunkt für eine Beteiligung am tödlichen Sturz von Frau Bürgi ergeben. Der Topbanker verfolgte seine wirtschaftlichen Ziele, die eng mit ganz persönlichen Interessen verbunden waren, mit absoluter Härte, vielleicht sogar gewissenlos. Verstrickungen mit kriminellen Kräften hatte ich dabei aber nicht feststellen können. Und den Tod einer Bundesrätin hätte der mit allen Wassern gewaschene Globalplayer bei seiner Erfolgsplanung sicher nie in Betracht gezogen. Auch eine Affekthandlung im Zusammenhang mit einer allzu engen Beziehung zu Frau Bürgi fiel ausser Betracht, da die beiden nach Aussage des Frankfurter Exbankers ja nie eine Liebesbeziehung hatten. Was aber war mit dem mysteriösen Unfalltod seiner Frau? Hier ging es um Millionen, um die Alleinherrschaft in einem wirtschaftlichen Machtimperium. Hatte Oberholzer in diesem Fall die Grenzen der Legalität überschritten? Kaum. Bei einer Gewalttat musste der Verdacht ja primär auf ihn als Hauptnutzniesser fallen.

Wer blieb im Fall Bürgi verdächtig? Mir fielen keine konkreten Namen mehr ein. Nur nebulöse Gestalten aus der näheren oder ferneren Vergangenheit der Bundesrätin tauchten in meinen Gedanken auf.

Damit war ich mit meinen Recherchen wieder am Anfang. Wo sollte ich noch nach dem geheimnisvollen unbekannten Täter suchen? Bevor mich der Kummer über ein sich abzeichnendes Fiasko überwältigen konnte, machte ich in der unteren Altstadt in einer gemütlichen Kneipe Halt und liess mich vom Wein trösten.

*

Am Mittwoch kam ich natürlich zu spät ins Studio

Auf meinem Pult lag eine ausgedruckte E-Mail-Nachricht von Anton Hofmann, meinem Studienfreund bei der Frankfurter Allgemeinen Zeitung. Er sei am Donnerstag wieder einmal in Zürich und schlage ein gemeinsames Nachtessen im Bahnhofsbuffet vor. Diesmal nicht im Restaurant Au Premier, sondern in der Alfred-Escher-Stube. Er habe ein paar interessante Neuigkeiten für mich.

Ich überschlug im Kopf den Stand meines monatlichen Spesenkontos. Für das noble Nachtessen würde es gerade noch reichen. Nach der Zusage an Hofmann kam mir Doris in den Sinn. Ich hatte seit Sonntag nichts mehr von meiner schönen Freundin gehört.

Sie war in der Redaktion der Wochen-Illustrierten und begrüsste mich mit einem durchs Telefon gehauchten Kuss: »Lieber Marc, kann ich dich in fünf Minuten zurückrufen?«

Das konnte sie natürlich. Es wurde ein langes Telefonat. Als ich auf meinen Zürcher Termin zu sprechen kam, schrie sie entzückt auf: »Wie herrlich. Wir müssen uns sehen. Willst du bei mir übernachten?«

Ich wollte, und wir vereinbarten, dass ich nach dem Nachtessen mit Anton in ihre Wohnung im Seefeldquartier kommen würde.

Damit war meine Woche ausgeplant und ich beschäftigte mich mit den üblichen Pflichtaufgaben. Dabei kamen mir natürlich auch die in letzter Zeit arg vernachlässigten Kontakte mit Nina in Ascona in den Sinn. Und die Vereinbarung mit von Gunten, ihn ständig über alles zu orientieren, was Doris betraf. Ich schüttelte mich wie ein Pudel nach dem Flussbad und beschloss, mich nicht von den Pendenzen jagen zu lassen, legte meine Beine aufs Pult und dachte nach.

Ich döste friedlich vor mich hin, als jemand ohne zu klopfen in mein Büro stürmte. Es war Georg Wenger, mein Verleger, der sich die hierarchische Freiheit herausnimmt, mich jederzeit erschrecken zu dürfen.

»Herr Dubach«, sagte er, ohne mir die Hand zu reichen, wie dies unter zivilisierten Menschen morgens üblich ist, »haben Sie das Morgenjournal von Radio DRS gehört?« Er sah mich mit seinem Kobrablick an und lächelte sogar kurz, was mich schaudern liess. »In der Affäre Bürgi tut sich offenbar etwas. Wie die Kantonspolizei in einem Communiqué bekannt gab, lässt sich ein Unfall nun definitiv ausschliessen. Sind wir am Ball?«

Ich hatte weder das Morgenjournal gehört noch mit Joe,

der mich sonst über derartige Sachen auf dem Laufenden hält, sprechen können. Am Ball waren wir also nicht. Aber das brauchte Wenger nicht zu wissen.

»Natürlich, Herr Wenger.« Ich war aufgestanden und um meinen Chef herumspaziert, was ihn nervös machte. Er deutete mit dem rechten Zeigefinger auf meinen Bürostuhl. Ich setzte mich also wieder brav hin und fuhr fort: »Die Polizei hat offenbar das Zimmer von Frau Bürgi nochmals gründlich durchsucht und dabei neue Spuren entdeckt. Ich treffe nächstens Kommissär von Gunten.«

Wenger schluckte den Bluff widerstandslos, besann sich dann auf seine vornehme Herkunft und sagte verhältnismässig höflich: »Danke, Herr Dubach.« Er verschwand, wie er gekommen war, im Gang, natürlich ohne mir die Hand zu reichen oder die Tür zu schliessen.

Ich legte erneut die Beine aufs Pult und versuchte wieder einzudösen, was mir jedoch nicht gelang. Der Besuch meines Chefs hatte wahrscheinlich zu viel Adrenalin in meine Adern gepumpt.

So blätterte ich lustlos in den Papieren auf dem Pult und überlegte, wie ich meinen langjährigen psychischen Feinden, dem Frust und der Langeweile, am besten entkommen konnte. Ich griff zum Telefon und rief Nina an.

Sie begrüsste mich nicht mit dem früher üblichen lateinisch-schweizerdeutschen Kosenamen Marco-Schatzeli, sondern liess es bei Marc bewenden. Womit sie klar machte, dass sie sich von mir, absolut zu Recht, vernachlässigt fühlte.

Ich versuchte es auf meine übliche Tour mit Ausreden und halbherzigen Entschuldigungen. Was bei Nina natürlich nicht ankam. Dazu war sie viel zu intelligent und erfahren. Bevor ich aus lauter Verlegenheit zu stottern begann, lachte sie mich durchs Telefon aus: »Ach, hör doch auf mit deinem Theater, Marco-Schatzeli. Wir besprechen das dann bei deinem nächsten Besuch in Ascona.« Sie sagte energisch: »Das sollte bald sein.«

Ich war bereit, ihr alles zu versprechen, als sie noch hinzufügte: »Bei uns gibt es einige interessante Entwicklungen in der Villa Favorita. Offenbar hat die Liegenschaft den Besitzer gewechselt.« Während ich noch überlegte, wann ich ins Tessin fahren könnte, meinte das kleine schwarzhaarige Energiebündel namens Nina: »Ich habe für Samstag ein Treffen mit Giacomo, meinem Cousin, organisiert. Du weisst ja, er führt das Grundbuch der Gemeinde und ist immer über alles im Bild, was sich bei uns so tut.«

Damit war auch mein nächstes Wochenende verplant, und ich hoffte sehnlichst, dass sich aufgrund meines Treffens mit Doris keine Terminkonflikte ergeben würden. Dann seufzte ich wehleidig im Bewusstsein, mich wieder einmal selber tüchtig unter Druck gesetzt zu haben.

Joe erlöste mich aus meinen selbstkritischen Grübeleien. Er kam mit einem Tablett ins Büro, wischte einige überflüssige Blätter vom Pult und stellte mir einen Kaffee vor die Nase.

»Du hast wahrscheinlich von Wenger schon das Neueste gehört«, sagte mein Kollege, »ich wollte dich vorwarnen, aber du kamst zu spät ins Studio.« Er grinste: »War das eine Spätfolge des letzten Weekends mit deiner Schönen oder handelt es sich um einen normalen periodischen Ausrutscher?« Das ging den frechen Kerl gar nichts an und ich sagte ihm gehörig meine Meinung, was ihn wie immer unbeeindruckt liess.

»Marc, du solltest noch heute mit von Gunten Kontakt aufnehmen. Das vom Morgenjournal zitierte Communiqué der Polizei sagt absolut nichts aus, hat aber das Publikum empfänglich gemacht für jede Neuigkeit im Fall Bürgi.«

Ich nickte und wir tranken in aller Ruhe unseren Kaffee. Dabei informierte ich Joe über meine Wochenplanung, was ihn zu der bösartigen Feststellung veranlasste: »Du gehst offenbar wieder einmal an deine psychischen und physischen Grenzen, Marc. Darf ich dich in aller Freundschaft an dein vorgerücktes Alter erinnern?«

Er durfte nicht und ich brach den Kaffeetalk brüsk ab. Dann telefonierte ich mit dem Kommissär und vereinbarte ein Treffen um drei Uhr nachmittags.

*

Von Gunten empfing mich gut gelaunt. Was bei ihm immer ein schlechtes Zeichen ist.

»Schön, dich zu sehen, Marc.« Der Kommissär warf mir seinen durchdringenden Polizistenblick zu. »Du siehst nicht schlecht aus. Erstaunlich. Bei deinem überlasteten Programm.«

Von Guntens geheuchelte Anteilnahme hatte mir gerade noch gefehlt. Ich verzog das Gesicht zu einer Grimasse.

Er lachte: »Überempfindlich? Das würde auf eine Strapazierung deiner Psyche hindeuten, Marc. Aber lassen wir das. Was hast du auf dem Herzen? Hat dich die Meldung des Morgenjournals aus deinen Träumen gerissen?«

Ich brummte etwas in den nicht vorhandenen Bart und wartete. In der Regel wurde der Kommissär nach solchen Exkursen in ihm fremde Emotionswelten rasch wieder normal.

Tatsächlich. Von Gunten wurde übersachlich: »Zuerst will ich deinen Bericht über das letzte Weekend hören. Wenn du nichts liefern kannst, darfst du von mir auch nichts erwarten. Ich bin keine Informationszapfsäule für müde Journalisten.«

Ich wiederholte, was mir Doris über ihre Reportage bei Oberholzer erzählt hatte. Der Kommissär nahm alles mit gelangweilter Miene zur Kenntnis. Nur bei zwei Stellen blitzte für einen Moment berufliches Interesse in seinen Augen auf: Bei der Erwähnung der neuen Sicherheitsvorkehrungen für die Villa Oberholzer und der Episode in Iseltwald, als Doris ein natürliches Interesse am adretten Hoteliersohn Martin bekundete. Von Gunten fragte nach: »Hattest du den Eindruck, dass deine Schöne den ehemaligen Hotelboy von früher her kannte? Oder war sie einfach nur angetan vom hübschen Jüngling?«

»Keine Ahnung. Warum fragst du?«

»Nur so. Die Forster ist doch früher mehrmals im Bellevue-Palace abgestiegen. Da muss sie Martin gesehen haben.« Nach einer Pause: »Eine Beziehung der beiden hätte mir recht gut in den Kram gepasst.«

»Ich glaube, Martin ist kein Frauenheld. Mir scheint fast, als hätte er Angst vor dem weiblichen Geschlecht. Aber vielleicht täusche ich mich.«

Der Kommissär war keineswegs zufrieden mit meinem Bericht, was ich seiner Spontanreaktion entnahm: »Du hättest besser etwas mehr geredet mit Doris am letzten Wochenende. Aber man kann ja nicht alles gleichzeitig tun.«

Ich überging auch diese unfeine Anspielung und informierte von Gunten über die für Donnerstag vorgesehenen Treffen in Zürich. Das interessierte ihn offenbar sehr, denn er richtete sich auf und sagte in barschem Ton: »Ich will wissen, was dein Kollege Hofmann über die Forster herausgefunden hat. Und zwar sofort, also spätestens am Freitagmorgen. Vielleicht erfährst sogar du einmal etwas Neues von deiner Geliebten. Kriech also zeitig aus dem Bett von Doris und rufe mich an. Aber ohne dass sie etwas merkt.«

Ich fühlte mich durchaus nicht wohl in dieser Rolle eines verdeckten Ermittlers, was von Gunten nicht entging: »Du kannst ja eine erkältete Blase vorschieben und dann wieder unter die warme Bettdecke schlüpfen. Aber sei vorsichtig.«

Wieso vorsichtig? Ich sah den Kommissär fragend an.

»Jeder Fakir weiss, dass beim Spiel mit der Kobra ein Restrisiko bleibt, selbst wenn ihn das Tier gut kennt. Und du bist ja weiss Gott kein besonders geübter Schlangenbändiger.« Er grinste unverschämt.

Dann wurde er ernst: »Marc, ich sage dir im Vertrauen, dass deine Doris kein unbeschriebenes Blatt ist. Ich kann dir nichts Näheres sagen, aber sie steht im Verdacht, in einige dubiose Affären verwickelt zu sein. Früher oder später ist mit einem Eklat zu rechnen.«

Endlich kam von Gunten auf die neuen Ergebnisse der Spurensuche im Fall Bürgi zu sprechen: »Wie wir im Communiqué mitteilten, haben sich klare Indizien für eine Dritteinwirkung ergeben. Die Unfall- wie auch die Selbstmordthesen sind endgültig ad acta gelegt worden.« Als ich mich nach den Indizien erkundigte, meinte der Kommissär: »Es geht uns darum, den oder die Täter aus dem Busch zu klopfen. Dazu gehört eine gute Portion Ungewissheit bei ihnen über die Ergebnisse unserer Abklärungen. Wir sagen also nichts. Und das gilt auch für dich.« Ich wollte gerade zu einer enttäuschten Erwiderung ansetzen, als er mich tröstete: »Wir überwachen einige Verdächtige. Sobald wir zuschlagen können, werde ich dich orientieren.«

Auf dem Rückweg ins Studio zerbrach ich mir den Kopf, was von Gunten mit seinem Hinweis auf dubiose Affären wohl gemeint hatte. Wo machte sich Doris ihre hübschen Händchen dreckig? Vielleicht konnte mir Anton am Donnerstag mehr darüber sagen.

Das Treffen mit Doris nach dem Gespräch mit Hofmann verlor zwar immer mehr den Reiz eines harmlosen Schäferstündchens. Aber Marc Dubach hätte nie zugegeben, dass er sich vor seiner schönen Gespielin zu fürchten begann.

*

Am Donnerstagabend empfing mich Anton in der Alfred-Escher-Stube mit einem herzlichen Salü. Er studierte bereits die grosse Speisekarte und freute sich offensichtlich auf das von mir spendierte Nachtessen.

»Was ist mir dir, Marc? Du siehst heute nicht so entspannt aus wie letztes Mal. Hast du Liebeskummer?«

Ich lenkte ab und sagte: »In Bern läuft viel. Und der Verleger ist auch nicht gerade mein Wunschvorgesetzter.«

Anton nahm meine Antwort zur Kenntnis und widmete sich der Bestellzeremonie beim Oberkellner mit einer Hingabe, die mich um den noch zur Verfügung stehenden Saldo im Spesenkonto bangen liess. Die nächsten anderthalb Stunden verbrachten wir schmatzend und schlürfend. Endlich wischte sich Anton den Mund und lehnte sich in seinem bequemen Stuhl zurück.

»Das war gut.« Hofmann blickte mich listig an: »Die Ausrede mit dem Verleger hättest du dir sparen können. Die Medienmogule sind doch alle gleich und daran haben wir uns längst gewöhnt.« Er runzelte die Stirn: »Bei dir geht es anscheinend um mehr.«

Ich sagte nichts und versuchte, mit der Zunge eine Rindsfiletfaser aus einem Zahnzwischenraum zu entfernen.

Anton konnte mir bei diesen Bemühungen nach einer Weile nicht mehr zusehen. »Nun gut, ich sage dir, was ich weiss. Du hast bei deinem Besuch im FAZ-Archiv auch Informationen zu einer gewissen Doris Forster abgefragt. Du kennst die Dame anscheinend gut.« Er lächelte mich harmlos an: »Vielleicht allzu gut.«

Er liess diese Andeutung auf mich einwirken und fuhr fort: »Du hast vergessen, bei der Abfrage der Forster-Daten den Redaktionscode einzusetzen, und daher nur die dem Publikum zugänglichen Informationen erhalten. Ich habe das bemerkt und liefere dir heute die redaktionsinternen Fakten über die Forster nach.«

Hofmann legte ein gelbes Couvert vor mich hin.

»Ich habe die Unterlagen durchgesehen. Deine Doris scheint ja ein nettes Früchtchen zu sein.« Er lachte. »Kein Wunder, dass du mitgenommen aussiehst. Die Forster stammt aus einer armen Familie in St. Gallen. Ihre Eltern trennten sich, als sie noch ein Kleinkind war. Sie kam zu Pflegeeltern, die sie offenbar nicht sehr gut behandelten. Sie riss mehrmals aus, schaffte aber trotzdem einen Schulabschluss.« Anton dachte nach und sagte dann: »Sie war schon als Teenager eine Schönheit und wurde von einer Modelagentur entdeckt, die sie ausbildete und an verschiedenen Misswahlen teilnehmen liess.«

»Die Verehrer liessen natürlich auch nicht lange auf sich warten. Einer der ersten war Werner Oberholzer, der Doris an einer von ihm gesponserten Misswahl kennenlernte. Obschon die Forster bald ihren eigenen Weg ging, haben sich die beiden nie aus den Augen verloren.« Hofmann schmunzelte. »Zum Vorteil von Doris und zum Nachteil von Oberholzer. Denn die Schöne konnte stets mit Oberholzers Unterstützung rechnen und setzte ihre persönliche Beziehung zum Banker skrupellos ein. Auch bei dubiosen Geschäften. Beispielsweise war sie einige Zeit im Diamantenhandel tätig. Im illegalen Transfer der hübschen Steinchen über Staatsgrenzen. Und so weiter und so fort. Zuletzt soll sie in einer internationalen Organisation mitgewirkt haben, die illegale Spielcasinos betreibt. Oberholzer war nie in solche Transaktionen verwickelt. Er wurde sicher über ihre kriminellen Aktivitäten informiert, aber es gelang ihm nicht, die Forster aus dem Sumpf zu ziehen. Vor einiger Zeit hat offenbar Frau Oberholzer Wind von der langjährigen Affäre ihres Mannes bekommen und verlangt, dass er alle Kontakte zur Forster abbricht. Der Banker entsprach dieser Forderung sofort.« Anton sagte mit neidischer Stimme: »Mit einer Bombenabfindung der Diva. Man spricht von hohen Summen und einer Liegenschaft, die er der Forster überschrieb.«

Hofmann kratzte sich am Kopf. »Wie die Situation jetzt nach dem Tode von Frau Oberholzer ist, weiss ich nicht. Es ist aber anzunehmen, dass Doris mit allen Mitteln versucht, zu ihrem Banker zurückzukehren.«

Wir plauderten noch über eine Stunde über dies und das. Ich verlängerte das Zusammensein bewusst, denn über mir schwebte das Damoklesschwert einer Nacht mit Doris. Nach elf Uhr verabschiedete sich Hofmann, um mit dem Nachtzug nach Frankfurt zurückzukehren. Und ich machte mich mit Herzklopfen auf den Weg zu meiner Geliebten.

*

Gegen Mitternacht stand ich mit meinem Reiseköfferchen vor der Tür des noblen Apartmenthauses im Seefeldquartier.

Ich läutete und wartete auf das Summen des Türöffners.

Nichts summte. Ein livrierter Pförtner öffnete die Tür, und als ich mich vorstellte, sagte er: »Frau Forster erwartet Sie bereits, Herr Dubach. Darf ich Sie bitten, mir zu folgen.«

Doris residierte im Attikageschoss. Sie stand an der Tür ihres Apartments und hiess mich mit einem Kuss willkommen. Dann hob sie die linke Hand in Richtung Pförtner, wahrscheinlich um ihm zu zeigen, alles sei in Ordnung, und zog mich in ihre Wohnung.

»Du bist spät, Liebster. Hattet ihr so viel zu besprechen?«

Ich überging ihre Frage, indem ich sie bewundernd ansah. Sie sah wirklich bildschön aus in ihrem eleganten Hausdress. Wie das lebendig gewordene Titelbild eines noblen Modejournals. Ich sagte ihr das, und sie strahlte mich mit ihrem Crazy-Horse-Girl-Lächeln an: »Ich habe mich ja so auf unser Wiedersehen gefreut.«

Sie zeigte mir stolz die Wohnung. Ich enthielt mich der Frage, wie sie das luxuriöse 5-Zimmer-Dachapartment mit ihrem Reporterinnenlohn bezahlen konnte, rühmte die gediegene Einrichtung und gähnte mehrmals. Im Verstohlenen zwar, aber doch so, dass sie es bemerken musste.

»Du bist sicher müde, Liebster.« Sie lehnte sich zärtlich an mich und flüsterte mir ins Ohr: »Nehmen wir doch noch einen Schlummertrunk.«

Auf dem Salontisch stand ein silberner Eiskübel mit einer Flasche Champagner. Wir tranken zwei, drei Gläser und kamen uns auf dem Stilsofa immer näher.

Als ich so weit war, den Hinweis von Guntens auf das Restrisiko bei gezähmten Kobras zu vergessen, holte mich Doris in die Wirklichkeit zurück: »Was hat dein Kollege aus Frankfurt herausgefunden?«

Ich war noch nicht ganz aus dem erotischen Narkosezustand erwacht und suchte mühsam nach einer passenden Antwort. »Anton hat im Archiv der Frankfurter Allgemeinen nach Informationen über einige wichtige Personen im Fall Bürgi gesucht. Unter anderem über Werner Oberholzer.«

»Und, was fand er heraus?«

In diesem Augenblick stieg ein sonderbares Gefühl in mir auf, etwas, das mich veränderte. Ich wurde für kurze Zeit vom müden Möchtegernplayboy mit grauen Schläfen zurückverwandelt in den energiegeladenen Medienmann voller Selbstbewusstsein von früher.

»Dass Oberholzer dich seit gut einem Jahrzehnt kennt. Dass er dir immer wieder aus der Patsche geholfen hat. Und dass er natürlich auch auf die Hilfe seiner Diva zählen konnte. Wie beispielsweise beim Ausspionieren des aufsässigen Journalisten Marc Dubach.«

Doris reagierte nicht. Sie sah mich nur nachdenklich an. Vielleicht auch leicht verwundert. Über meinen Mut, ihr das alles offen ins Gesicht zu sagen. Dann zuckte sie mit ihren Schultern: »Es ging eigentlich recht lange, bis du das herausfandest. Bei deinen Informationsquellen.«

»Ich musste immer damit rechnen, dass meine Beziehungen zu Werner offengelegt werden. Wir waren zu lange und zu oft zusammen. Es konnte einfach nicht geheim bleiben«. Meine Gastgeberin legte ihre zierliche, kleine Hand auf meinen Arm und blickte mir zärtlich in die Augen: »Ich habe versucht, den Schock bei dir zu mildern. War deine Freundin, deine Geliebte. Wollte dir zeigen, dass meine Affäre mit Oberholzer längst vorbei ist und mich heute nur noch geschäftliche Dinge mit ihm verbinden.«

»Über die man am besten nachts im Doppelzimmer sprechen kann. Wie im Hotel Allegro, als du Oberholzer in der Unfallnacht seiner Frau ein Alibi verschafftest.« Ich versuchte zu lächeln. »Ein paar Tage später hast du dann mir, wohl in seinem Auftrag, das Leben versüsst. Und anschliessend die neuesten Informationen an deinen Werner weitergeleitet.«

»Ich mag nicht mit dir streiten,« sagte Doris, »vieles, was du mir vorwirfst, stimmt nicht. Und beim Rest bräuchte es viel Einfühlungsvermögen. Nur ein erfahrener und weltoffener Mensch könnte mein Handeln verstehen.« Sie fügte enttäuscht mit leiser Stimme hinzu: »Und das kannst du offensichtlich nicht. Also hat es gar keinen Sinn, dir etwas zu erklären.«

Ich fühlte mich in die Enge getrieben und wehrte mich: »Du verlangst zu viel. Wie weltoffen und erfahren müsste wohl jemand sein, um deine Beteiligung an diversen dubiosen Geschäften und deine Beziehungen zu kriminellen Kreisen übersehen zu können?«

Doris stand auf und ging im Salon hin und her. Dann setzte sie sich nicht mehr neben mich, sondern auf einen der rosa Ledersessel gegenüber. Sie drapierte geschickt ihren weissen Hausdress, nippte am Champagner und sagte mit unbeteiligter Stimme: »Was weisst du über diese, wie du meinst, dubiosen oder kriminellen Geschäfte und Beziehungen?«

Jetzt brauchte ich eine kleine Pause. Also griff ich ebenfalls zum Champagnerglas.

Nach einer Weile wies ich auf ihre Aktivitäten im illegalen grenzüberschreitenden Geldtransfer hin: »Du hast vor allem im Osten mit Diamanten zu tun gehabt und in diesem Business noch heute einen guten Namen als Ansprechperson für Investitionswillige.« Konkreter konnte ich nicht werden, da mir dazu alle Informationen fehlten. Also spielte ich ihr den Ball zu: »Weiss Werner Oberholzer etwas von deinen Aktivitäten?« Mutig ging ich gleich noch einen Schritt weiter: »Ich meine damit nicht nur das Diamantengeschäft, sondern auch die Organisation illegaler Spielbanken.«

»Werner weiss ebenso viel davon wie du. Also gar nichts.« Doris sah mich jetzt direkt an und ich bemerkte in ihren Augen erneut einen Schimmer absoluter Kälte und Rücksichtslosigkeit. Ich fragte mich erstmals, ob ich mit meiner Offenheit nicht zu weit gegangen war.

»Wenn du solche Anschuldigungen vor Zeugen äussern würdest, so müsste ich dich wahrscheinlich verklagen, mein lieber Marc«, säuselte die Diva, »aber wahrscheinlich wird es gar nie so weit kommen.«

Sie fuhr mit ihrer kleinen rosaroten Zunge über die blendend weissen Zähne, fixierte mich und sagte in liebenswürdigem Ton: »Denn wenn deine Vermutungen auch nur zu einem kleinen Teil richtig wären, so dürfte dich dein natürlicher Selbsterhaltungstrieb daran hindern, sie in irgendeiner Form an die Öffentlichkeit zu tragen.«

Ich schluckte zweimal leer, was ihr nicht entging.

Sie lächelte zärtlich, stand auf und nahm wieder ihren alten Platz neben mir auf dem Sofa ein, öffnete den Reisverschluss des Hausdressoberteils, sodass ich ihre Brustansätze sah, und meinte mit einem treuherzigen Augenaufschlag: »Ist dir nicht auch warm, Marc? Vielleicht haben die schon etwas geheizt, nachdem die Temperatur letzte Nacht auf acht Grad fiel.«

Mein Selbsterhaltungswille kämpfte mit anderen natürlichen Trieben, verlor eine Zeit lang an Terrain, um dann wieder aufzuholen, und wie bei einem Fussballmatch ging es lange hin und her, ohne dass eine Partei zum Erfolg kam. Schliesslich war ich nahe daran, mich geschlagen zu geben, als Doris den entscheidenden Fehler machte.

Ich war bereits im Pyjama und hatte mir ein letztes Glas Champagner eingeschenkt, als sich die Diva in einem luftigen Negligé auf meinen Schoss setzte und triumphierend sagte: »Siehst du, Liebster, man lernt immer dazu.« Sie liebkoste mich mit ihren Händen und flüsterte: »Entspann dich, Marc, sei ganz ruhig und ohne Angst. Denk nicht an gestern und nicht an morgen.« Und dann lachte sie beschwipst auf und trällerte: »Auch nicht an Nina in Ascona.«

Auf einmal war ich hellwach. Ich richtete mich auf und schob Doris weg.

»Was weisst du über Nina?«, fragte ich erschrocken.

»Wir haben uns vor der Kontaktaufnahme in Bern natürlich über dich erkundigt. Es war nicht schwierig, Auskunft über deinen Werdegang und deine nähere Umgebung zu erhalten. Nur wenige Informationen waren von Interesse. So deine persönlichen Beziehungen zu Kommissär von Gunten und dein Engagement in Ascona.« Die Diva neben mir kuschelte sich wieder an mich und konzentrierte ihre Liebkosungen auf kritische Stellen.

Das lenkte mich für eine Weile ab, bis mir Nina wieder einfiel: »Wieso ist das mit Ascona für euch wichtig? Du wirst kaum eifersüchtig auf meine Tessiner Freundin sein. Dazu bist du zu beschäftigt.« Ich fühlte mich bedrängt und sagte: »Apropos beschäftigt. Könntest du mich eine Weile in Ruhe lassen, bis wir die Sache mit Ascona besprochen haben?«

Sie unterbrach ihre Bemühungen um mein Wohlbefinden und setzte sich gerade hin. »Was willst du noch wissen? Ich habe dir alles gesagt, was dich betrifft.« Ihr einstudiertes Lächeln wirkte plötzlich fratzenhaft und der grausame Schimmer in ihren schönen Augen machte mir zunehmend Angst. »Was deine Nina betrifft, so kannst du beruhigt sein. Sie interessiert uns keinen Deut.« Sie griff nach der Schale mit den Nüsschen, steckte sich eine Mandel in den Mund und sagte ganz nebenbei: »Wir kämen allenfalls auf sie zurück, wenn du über Sachen plaudern würdest, die wir unter Verschluss halten möchten.«

Ich war stark angeschlagen und musste von einem imaginären Ringrichter angezählt werden. Doris stellte das natürlich auch fest und verzichtete auf weitere Liebkosungen. Sie stand auf und kam nach einer Weile mit meinem Reiseköfferchen und den im Schlafzimmer deponierten Kleidungsstücken zurück.

»Du ziehst dich am besten wieder an.« Sie lachte ordinär. »Meine Fähigkeiten zur erotischen Stimulierung von Männern mit einem grösseren physischen oder psychischen Handicap sind begrenzt. Und zudem bin ich müde.«

Der Abschied war kurz. Doris teilte mir an der Tür noch kurz mit, sie würde sich periodisch mit mir in Verbindung setzen: »Pass gut auf, was du tust, Marc.«

Ich fand ein Zimmer im nahe gelegenen Hotel Ambassador und verbrachte eine unruhige kurze Nacht mit Schweissausbrüchen und Albträumen.

7

Am Freitag war ich zeitig in Bern zurück. Ich lenkte mich im Studio mit administrativem Kleinkram ab und kündigte den Bezug von zwei Ferientagen am kommenden Montag und Dienstag an. Das ermöglichte einen längeren Aufenthalt in Ascona: ich hatte viel mit Nina zu besprechen.

Ich rief von Gunten an, erzählte ihm von meinen Erlebnissen in Zürich und informierte ihn über die Drohungen von Doris. Dass meine Freundin von meinen Kontakten zu Nina und dem Kommissär wusste, erstaunte ihn offenbar wenig. Ich hörte von ihm nur ein zustimmendes Grunzen: »Sag deiner Nina, sie solle ihren Telefonanschluss auf unerwünschte Mithörer checken lassen. Und frage sie, ob bei ihr in letzter Zeit ein Telefoninstallateur aufgetaucht sei.«

Am Abend nahm ich wieder einmal am Journalistenstammtisch im Della Casa teil.

Hans Indermühle von der Berner Tageszeitung lehnte sich zu mir hinüber und fragte: »Du hast längere Zeit nichts mehr im Fall Bürgi verlauten lassen. Was sagst du zu den Informationen der Kantonspolizei? Sind wirklich neue Spuren entdeckt worden und wie geht es deiner Ansicht nach weiter?«

»Ich weiss nicht mehr als du. Natürlich bleiben wir dran. Mit dem Ausschluss der Unfall- und Selbstmordthesen steht die Dritteinwirkung im Vordergrund.«

»Wer kommt infrage?« Indermühle drehte nachdenklich an seinem Bierglas. »Der Fall Bürgi wird immer geheimnisvoller. Was sagt Kommissär von Gunten?«

»Nichts.«

»Es geht das Gerücht um, dass die Bürgi einen Liebhaber hatte, den sie enttäuschte. Entweder weil sie als Bundesrätin in höhere Sphären entschwebte oder weil sie seiner überdrüssig wurde.«

Arnold Zigerli vom Berner Gratisanzeiger hatte unser Gespräch mitgehört. »Da sie so gut bewacht wurde im Bellevue, müsste man den Täter wahrscheinlich unter den Gästen oder den Angestellten suchen.«

»Auf diese Idee ist die Polizei sicher auch gekommen.« Indermühle brummte: »Man sollte halt die speziellen Vorlieben der Verstorbenen kennen.«

Ich hätte mehr dazu sagen können, liess es aber wohlweislich sein.

Nach zehn Uhr verflachte wie üblich das Gespräch und ich machte mich auf ins Bellevue zu meinem Freitagsschlummertrunk.

In der Bellevue-Bar setzte ich mich an den einzigen noch freien Tisch. Jack hatte keine Zeit für eine Plauderei, und so stellte ich mich darauf ein, meinen Gin Tonic inmitten der lärmigen Betriebsamkeit alleine zu geniessen. Ich malte aus einigen vergossenen Tropfen kleine Kringel auf die polierte Tischplatte.

»Darf ich mich zu Ihnen setzen, Herr Dubach?« Die höfliche Stimme neben mir liess mich aufblicken.

Es war Bellevue-Dauergast Enrico Bartali. Diesmal ohne seine Leibgarde. Der mysteriöse Tessiner sah heute etwas mitgenommen aus. Aber vielleicht übertrug ich auch nur meinen Seelenzustand auf den Tessiner.

Er bestellte sich seinen Whisky und fragte: »Haben Sie kürzlich in irgendein Wespennest gestochen? Heute rumorte es regelrecht in gewissen Kreisen. Man fürchtet, Sie wüssten zu viel.« Er lächelte dünn: »Das ist nicht gut. Für die Kreise, aber vor allem für Sie.«

Ich erwähnte kurz den Streit mit meiner Freundin und fragte nach: »Welche Kreise meinen Sie?«

Er wollte nicht so recht mit der Sprache heraus. Nach einiger Zeit hatte er sein Glas geleert, und anstatt einen zweiten Whisky zu bestellen, erhob er sich und liess bei der Verabschiedung die Bemerkung fallen: »Die Forster hat Ihretwegen eins aufs Dach gekriegt. Sie muss fuchsteufelswild sein. Halten Sie sich besser fern von ihr.«

Nach diesen Worten ging es mir natürlich nicht besser. Bevor ich meinen Kummer in Alkohol ertränken konnte, brach ich ebenfalls auf.

*

Am Samstag kam ich gegen Mittag in Ascona an. Ich bummelte mit meinem Ziehköfferchen von der Post durch die engen gepflasterten Gassen und genoss die spätsommerliche Luft der Schweizer Sonnenstube.

Nina erwartete mich bereits. Sie sass an einem Tisch vor dem kleinen Hotel, sprang auf, als sie mich sah, und verpasste mir einige glühende Küsse. Dabei flüsterte sie mir ihr Marco-Schatzeli ins Ohr.

Dann musterte sie mich eingehend von oben bis unten, schüttelte bedauernd ihr reizendes Köpfchen und meinte scherzend: »Ich hatte einen Neffen, der kam mal aus der Fremdenlegion zurück. Er sah ähnlich aus wie du jetzt.«

Antonio servierte uns im Gartenrestaurant einen herrlichen Tessiner Imbiss. Mein Brasato rutschte wie von selber den Hals hinunter und hinterliess im Gaumen eine unbeschreibliche Symphonie von Gewürzen, Trauben und merlotgeedeltem Fleischsaft. Als ich mir den Mund abwischte, hatte sich meine Stimmung bereits deutlich verbessert.

Nina sagte, ihr Cousin Giacomo komme erst gegen fünf Uhr vorbei. So hätten wir Zeit für einen Bummel.

Sie hakte bei mir ein, und wir schlenderten zwei Stunden am See entlang in Richtung Locarno, gönnten uns im Lido-Restaurant einen Espresso und sahen später amüsiert zu, wie sich Anfänger im Golfsport übten.

Ich erzählte Nina das Wichtigste über den Fall Bürgi und meine Recherchen. Natürlich tauchte dabei auch eine gewisse Doris Forster auf. Ich bemühte mich nach Kräften um eine emotionale Distanzierung, was Nina selbstverständlich nicht entging. Sie unterbrach meine weitschweifigen Erläuterungen mit der lapidaren Feststellung: »Sie hat sich wohl sehr um dich bemüht und deine Standhaftigkeit hat bekanntlich ihre Grenzen. Lassen wir es dabei.« Ihrem Blick war aber zu entnehmen, dass sie später noch darauf zurückkommen würde.

Nina und ich nahmen die Drohungen von Doris ernst. Wir überlegten lange, wie wir uns vor Übergriffen der dunklen Kräfte schützen konnten, und kamen entmutigt zu dem Schluss, dass wir dem Horrorszenario recht hilflos ausgeliefert waren. Nina umschrieb unsere Situation anschaulich: »Du scheinst zwar den Fängen der Forster entkommen zu sein, aber sie hat dir einen Maulkorb verpasst, der es in sich hat.«

Cousin Giacomo kam schon um halb fünf Uhr und spülte sofort eine grosse Portion fein geschnittenen Rohessspeck mit drei, vier Boccalini Merlot hinunter. Er war in entsprechend guter Stimmung, als wir uns zu ihm setzten, und klopfte mir auf die Schulter: »Tschau Marco. Endlich. Nina erzählt so viel von dir. Wie geht es dir?« Giacomo wartete meine Antwort nicht ab, sondern widmete sich sofort mit grösster Aufmerksamkeit einem vierten Boccalino.

Kurz vor sechs Uhr konnten wir Giacomo endlich fragen, wie es sich mit der Villa Favorita verhielt. Der Cousin Ninas war nicht nur Grundbuchverwalter der Gemeinde Ascona, sondern auch Sekretär der Baukommission, die über alle grösseren Umbauten zu entscheiden hat. Er kramte in seiner Mappe und legte einen Plan auf den Tisch.

»Hier, seht, was die neue Besitzerin aus der Villa machen will. Das ist ein grösserer Umbau, der bei der Baukommission lange Diskussionen ausgelöst hat. Es geht vor allem um die Frage, ob die Liegenschaft nach dem Umbau gleich genutzt würde wie bisher, also als Wohnhaus. Mehrere Mitglieder der Baukommission bezweifeln das und meinen, die Villa werde dann gewerblichen Zwecken dienen und das sei nicht zonenkonform. Zudem gibt es mehrere Einsprachen von Nachbarn. Der Entscheid der Kommission ist in etwa ein bis zwei Monaten zu erwarten.«

Ich erkundigte mich nach der neuen Besitzerin. Es handle sich um eine gewisse Doris Forster aus Zürich. Die Übertragung der Villa auf sie sei vor vier Monaten im Grundbuch eingetragen worden.

Wir stürzten uns auf den Umbauplan. Mehrere kleine Zimmer wurden zusammengelegt: Im Erdgeschoss entstanden so ein halbes Dutzend ovale Räume mit ausgebauter Infrastruktur. Alle wurden durch neue breite Korridore verbunden und wiesen keine Fenster auf. Komplexe Verkabelungen führten zu einem grösseren Saal in der Mitte des Erdgeschosses. Es sah aus wie eine Art Überwachungszentrale.

Eigenartig.

Wir rätselten eine Weile über den künftigen Zweck der Villa, als mir etwas in den Sinn kam: der Hinweis von Anton Hofmann, die Diva habe in letzter Zeit Kontakte zu einer internationalen Organisation gepflegt, die illegale Spielcasinos betreibt. Damit war alles klar.

Giacomo durfte ich nichts sagen. Aber Nina würde ich natürlich informieren.

»Kann man die Villa besichtigen?«, fragte ich.

»Von aussen ja. Der Park ist seit Beginn der Umbauplanung

allgemein zugänglich. Aber ins Haus kann man nicht. Das ist abgeschlossen.«

Damit war das Ziel des Sonntagsspaziergangs festgelegt, und wir versuchten gemeinsam, Giacomo bald loszuwerden. Es gelang uns allerdings erst gegen halb neun Uhr, den Redeschwall des kontaktfreudigen Cousins einzudämmen und ihn nach Hause zu komplimentieren. Giacomo schaffte bis dahin spielend das volle Dutzend Boccalini Merlot. Wie viele Portionen Delikatessspeck er verspeiste, war nicht zu ermitteln, da er sich in der Küche selber bediente.

Ende September ist noch Hochsaison in Ascona. Nina musste sich am Abend also um Hotelgäste kümmern, und auch das Restaurant war noch voll besetzt. Ich half an der Rezeption und in der Küche mit und gegen elf Uhr setzte ich mich mit Nina erschöpft an einen frei gewordenen Tisch in der Taverne.

Antonio brachte uns etwas Rotwein und eine geräucherte Wurst aus der Gegend.

»Du wolltest mir noch etwas sagen. Wegen dem Umbau der Villa Favorita.« Nina hatte bemerkt, dass mir beim Studium des Umbauplans etwas eingefallen war. »Was hat deine Doris mit dem Haus vor?«

Ich überhörte geflissentlich das ›deine‹, um nicht in unliebsame Diskussionen verwickelt zu werden, und sagte: »Kollege Hofmann von der Frankfurter Allgemeinen hat entdeckt, dass die Forster in letzter Zeit mit illegalen Spielcasinos zu tun hatte. Was liegt da näher als anzunehmen, dass sie Ascona ebenfalls mit einem solchen Etablissement beglücken will.«

Nina stimmte zu: »Das würde gut passen, denn in dieser vornehmen Gegend am Monte Verità logieren sehr reiche Leute, die sich ab und zu ein Spielchen leisten können. Die Spielbanken in Locarno und Lugano sind bei ihnen nicht so beliebt, da sie als Spieler gerne inkognito bleiben möchten.

Und das grosse Casino im italienischen Campione ist relativ weit weg von hier.«

»Sollten wir das nicht den zuständigen Behörden melden?«

»Denk an den Rat deiner Doris und höre auf deinen Trieb. Ich meine damit den Selbsterhaltungswillen, du Lüstling.« Nina boxte mich energisch in die Seite. »Aber zur Beruhigung deines Gewissens: du kannst ja nächste Woche Paul von Gunten von unserer Vermutung erzählen.«

»Aber nicht über dein Telefon.« Mir war ein Hinweis des Kommissärs eingefallen: »Von Gunten empfiehlt dir, deinen Anschluss von einem Fachmann überprüfen zu lassen. Er glaubt, dass deine Telefongespräche abgehört werden. Hattest du in letzter Zeit unangemeldeten Besuch eines Installateurs?«

»Ja, vor etwa zwei Wochen kam ein Techniker ins Hotel. Er sagte, er müsse den zentralen Anschlusskasten im Keller kontrollieren. Ich hörte nichts mehr von ihm.«

Wir eilten in den Keller. Nina öffnete den Anschlusskasten und ich leuchtete mit einer Taschenlampe in das Gewirr der Schalter und Drähte. Beim Privatanschluss von Nina war ein kleiner grauer Kasten mit einer ausgezogenen Antenne montiert, der regelmässig blinkte.

»Ein Funkgerät. Jemand in einem Umkreis von etwa drei Kilometern hört deine Telefongespräche ab. Nur eine professionelle Peilung könnte den Empfänger ermitteln.« Ich überlegte und fügte bei: »Wenn wir den Sender entfernen, sind die Gauner gewarnt.«

»Lassen wir es also, wie es ist.« Nina lachte verschmitzt: »Wir haben schon lange keine Intimitäten mehr ausgetauscht. So können wir auch in den nächsten Tagen darauf verzichten. Natürlich nur beim Telefonieren.«

*

Am Sonntagnachmittag spazierten Nina und ich auf den Hausberg von Ascona, den Monte Verità. Ich habe die Leute immer bewundert, die vor hundert Jahren auf diesem Hügel alle Konventionen über Bord warfen und gesellschaftliche, wirtschaftliche und kulturelle Ideen späterer Generationen in absoluter Unverfrorenheit vorauslebten.

Nina wusste von meinen Sympathien und konnte sich auch diesmal ihren Kommentar nicht verkneifen: »Das wäre was für dich gewesen. Ich sehe dich durch die Gärten und Wiesen tanzen, barfuss bis zum blumenbekränzten Kopf. Und wenn du einen Freudensprung machst oder zum Spagat ansetzest, wirbeln deine Körperteile nur so durch die Luft.« Sie grinste: »Ein wahrhaft herrlicher Anblick.«

Ich konnte dem nicht widersprechen, lenkte aber trotzdem ab: »Nicht weit von hier ist die Villa Favorita. Ich schlage vor, dass wir einen Rundgang durchs Anwesen machen.«

Die Villa lag an einer vornehmen Seitenstrasse, neben anderen Herrschaftshäusern. Eines glich einem orientalischen Sultanspalast, ein anderes einem Geschützbunker an der Maginotlinie. Man sah auf den ersten Blick, dass hier sehr reiche Leute wohnten, die als exzentrische Individualisten erkannt werden wollten.

Die Parkanlage vor dem Haus war mit Baumaterial übersät und das Tor stand offen. Wir schlenderten durch die weitläufige Anlage und umrundeten die Villa. Bei einem Verandafenster waren die Vorhänge zurückgezogen. Ich drückte meine Nase an die hohe Fensterscheibe und spähte ins Innere. Möbel waren keine zu sehen. Nur Baugeräte und Schutt. Es machte den Anschein, als ob der Umbau schon weit fortgeschritten sei. Trotzdem die Baubewilligung noch gar nicht erteilt worden war, wie Giacomo gestern beteuerte. Seltsam.

Plötzlich nahm ich eine Bewegung wahr. Im Hintergrund des grossen Raumes huschten Schatten vorbei. War die Villa bewohnt? Von wem? Ich zupfte Nina, die es sich neben mir auf einem Gartenstuhl gemütlich gemacht hatte, am Ärmel und zog sie durch die Gartenanlage auf die Strasse.

»Nina, irgendetwas stimmt nicht mit der Villa. Ich habe im Innern zwei, drei Gestalten gesehen.« Als Nina fragend ihre Augenbrauen hob, ergänzte ich: »Vielleicht sind es Handwerker des Spielcasinosyndikats, das den Umbau offenbar vorantreiben will. Einige Wände sind schon herausgerissen und überall liegt Baumaterial herum.«

Der Rest des Sonntags verging wie im Flug. Am Abend sassen wir noch lange in der Gartenlaube der Taverne, bis uns der kühle Herbstwind ins Innere vertrieb.

Am nächsten Tag ging ich frühmorgens zur Poststelle, um von Gunten anzurufen. Er nahm meinen Bericht mit mehrmaligem Grunzen, vielen ungeduldigen Jajas und zwei kurzen, aber umso lauteren Ha-Lauten zur Kenntnis. Letztere galten der Entdeckung des Telefonabhörgeräts im Hotel und meiner Vermutung, in Ascona entstehe ein illegales Spielcasino.

Dann blieb es längere Zeit still. Ich überlegte schon, ob der Kommissär eingeschlafen sei, als er sich wieder zu Wort meldete: »Marc, hör jetzt gut zu. In den nächsten Stunden wird euch eine technische Mannschaft der Tessiner Kantonspolizei besuchen und die Installation im Keller überprüfen. Alles soll sehr diskret ablaufen. Macht also bitte keinen Wirbel um unsere Leute, die als Handwerker auftreten.«

Wieder Funkstille. Ich wollte gerade auflegen, als von Gunten sich nochmals meldete: »Dann werden wir uns die Herrschaften in Ascona vorknöpfen.« Nach einer weiteren Pause fügte er noch hinzu: »Ich gebe dir rechtzeitig Bescheid.«

Ich informierte Nina und wir warteten auf die Techniker der Polizei.

Gegen halb zwei Uhr stiegen vier Männer in Servicekleidung aus einem Lieferwagen von Swisscom und verschwanden im Hotel. Die Spezialisten der Kantonspolizei brauchten über eine Stunde, um die Abhörinstallation zu überprüfen und die Funkfrequenz des Geräts zu ermitteln. Ein kurzer Dank, und die Leute waren wieder weg.

Bis zum Abend geschah nichts mehr.

Als sich die Hotelgäste zum Nachtessen versammelten, stand plötzlich Kommissär von Gunten an der Rezeption und fragte: »Was gibt es heute zum Essen?« Er begrüsste Nina mit drei Wangenküssen und boxte mir augenzwinkernd in den Bauch: »Marc, du siehst schon bedeutend besser aus.«

Das Eckzimmer im ersten Stock mit dem schönen Blick auf den Lago Maggiore war zufälligerweise frei. Von Gunten wusch sich nur kurz den Reisestaub aus dem Gesicht und setzte sich dann an unseren Tisch in der Gartenlaube.

»So, meine Lieben. Es läuft alles wie geplant.« Der Kommissär verzichtete ausnahmsweise auf seinen Lieblingswein, den Merlot Selezione d'ottobre, mit der Begründung, es stehe ihm vielleicht eine lange Nacht bevor, widmete sich umso mehr dem Osso bucco cremolato, einer Spezialität des Hauses, und orientierte uns zwischendurch über das weitere Vorgehen.

»Kollege Bindella von der Tessiner Kantonspolizei wird gegen halb zehn Uhr hier eintreffen und die Aktion leiten. Wir haben aufgrund der Funkfrequenz des Abhörgeräts den Standort des Empfängers ermittelt.«

Er spannte uns jetzt natürlich auf die Folter, stocherte lange mit dem Messer im längst leeren Markknochen herum und kostete sein Mineralwasser, als ob es bester Wein wäre, bis er endlich sagte: »Der Empfänger ist in der Villa Favorita. Offenbar halten sich dort einige dunkle Gestalten auf. Die Tessiner Kollegen haben das Anwesen bereits unter Kontrolle.«

»Das Spielcasinosyndikat, mit dem die Forster zusammenarbeitet, ist kein harmloser Pfadfinderverein, sondern eine geheime internationale Organsiation, die zwar mit modernsten technischen Mitteln arbeitet, aber jederzeit bereit ist, auch urzeitliche Brachialgewalt zur Durchsetzung ihrer Interessen einzusetzen. Vorsicht ist also geboten.«

Von Gunten studierte genüsslich die Dessertkarte, verzichtete nach einem Blick auf die Armbanduhr jedoch seufzend auf eine Süssspeise.

Punkt halb zehn Uhr stand der wirblige Commissario Bindella vor uns. Er umarmte nach Tessiner Art seinen Kollegen aus Bern und setzte sich an unseren Tisch: »Die Aktion beginnt um elf Uhr.«

Bindella bestellte einen Liter Merlot aus der Gegend, und bald becherte die Runde frisch-fröhlich vor sich hin, im stillen Einvernehmen, der bevorstehenden Razzia in der Villa Favorita keinen Platz im Bewusstsein einzuräumen. Von Gunten hatte sich von seinem Kollegen überreden lassen, doch ein Glas mit uns zu trinken: »Du kannst dann im nüchternen Bern wieder auf alles verzichten, was das Leben schön macht.«

Eine Stunde später stand der Tessiner Commissario auf. Er lud mich mit einer fast unmerklichen Handbewegung auf mitzukommen, sah dabei aber von Gunten an, der zustimmend nickte.

Wir benutzten ein unauffälliges Fahrzeug, das Bindella mehrere hundert Meter vor der Villa Favorita parkierte. Vor der Liegenschaft war keine Menschenseele zu sehen. Die Polizei hielt sich wohl im Verborgenen, um die schrägen Vögel nicht vorzeitig aufzuscheuchen.

Um elf Uhr näherte sich von Ascona ein grösseres Fahrzeug. Es war ein Mannschaftswagen, der vor der Einfahrt anhielt. Etwa ein Dutzend uniformierte Polizisten stiegen aus und ein Trupp von vier Mann ging zum Haupteingang der Villa.

Im Innern des Hauses regte sich nichts. Die Beamten läuteten und klopften an die Tür. Keine Reaktion.

Bindella hatte sich in eine Art Kampfmontur gestürzt. Mit Helm und schusssicherer Weste. Er ging mit zwei Beamten um das Haus herum, und bald hörte man, wie eine Scheibe eingeschlagen wurde. Dann herrschte wieder Stille.

Nach etwa fünf Minuten öffnete sich die Eingangstür. Bindella stand im Licht der Handscheinwerfer in der Öffnung und winkte: »Finito. Niemand im Haus.«

Die meisten Polizisten versammelten sich zur Rückfahrt in drei Mannschaftswagen. Insgesamt waren über 30 Beamte an der Aktion beteiligt gewesen.

Der Tessiner Commissario bat von Gunten und mich, mit ihm ins Haus zu kommen. Ein Techniker hatte die elektrische Beleuchtung der Villa eingeschaltet, sodass wir in der Eingangshalle auf einer weissen Echtledersitzgruppe Platz nehmen konnten.

»Jemand muss die vier bis fünf Herren gewarnt haben, die längere Zeit in der Villa logierten. Im Untergeschoss hatten sie es sich gemütlich eingerichtet. Mit Kochnische und einem Lebensmittelvorrat für mehrere Tage.« Bindella schnaubte zornig: »Die Vorbereitung der abendlichen Razzia kann es nicht gewesen sein. Wir waren sehr vorsichtig. Die Beamten sahen auch keine Bewegungen im Hause. Die Burschen müssen also schon am frühen Nachmittag abgehauen sein.«

Von Gunten verzog das Gesicht: »Es gibt eigentlich nur eine Erklärung: Die Gauner haben das Hotel von Nina ständig überwacht. Als die Technikertruppe mit dem Swisscom-Wagen vorfuhr, schöpften die Männer in der Villa sofort Verdacht. Das sind Vollprofis. Mit entsprechender Erfahrung und dem nötigen Instinkt.«

Bindella nickte: »So wird es wohl gewesen sein. Kommen Sie mit mir. Ich will Ihnen etwas zeigen.«

Im Untergeschoss hatten den heimlichen Bewohnern der Villa drei Kellerräume zur Verfügung gestanden. Es lag viel Abfall herum. Zwei Polizeibeamte waren daran, weggeworfene Papiere zu sichten.

»Besonders wichtige Unterlagen haben die Burschen mitgenommen oder vernichtet. In einer Ecke des Waschraumes fanden wir Aschenreste. Aber zwei Papiere sind ihnen entgangen. Wahrscheinlich weil sie zu tief im Abfallhaufen steckten.« Der Commissario zeigte uns die zerknitterten Unterlagen. »Auf einem Zettel sind zwei Telefonnummern notiert. Und auf einem zerrissenen Umschlag steht ein schlecht lesbarer Name.«

Während von Gunten gelassen auf weitere Einzelheiten wartete, machte ich einen Schritt vorwärts, um die Nummern und den Namen lesen zu können.

Bindella schmunzelte: »Herr Dubach, die beiden Telefonnummern werden Ihnen bekannt vorkommen. Es sind die Anschlüsse von Ihnen und Ihrer Freundin Nina. Aber der Name auf dem Couvert dürfte Ihnen wenig sagen. Wir vermuten, es handelt sich um einen Ganoven aus Spanien namens Torres, der sich seit Jahren in Europa herumtreibt und wegen Gewalttaten international gesucht wird.« Er musterte mich nachdenklich. »Es ist anzunehmen, dass im Umschlag ein grösserer Barbetrag steckte. Das macht uns echte Sorgen.«

Paul von Gunten erklärte mir, was der Commissario meinte: »Torres ist ein Auftragskiller. Wir wissen nicht, wer sein nächstes Opfer ist. Den Lohn für die Gewalttat hat er jedenfalls bereits erhalten.«

Wieso sahen mich die beiden Polizisten so durchdringend an?

Bindella lenkte ab und führte uns durch weitere Kellerräume. An den Decken hingen Kabelschächte mit zahlreichen Leitungen unterschiedlichster Dimensionen und Farben. In mehreren Räumen standen fertig montierte Schalt- und Verteilkästen.

»So ein Spielcasino ist ein technisches Wunderwerk«, meinte von Gunten, »und die Betreiber wollten offenbar Zeit gewinnen, indem sie im Untergrund der Villa Infrastrukturarbeiten ausführen liessen. Ohne Baubewilligung.«

»Auf diese Bewilligung werden sie jetzt lange warten müssen«, lachte Bindella, »ich nehme kaum an, dass die Baukommission von Ascona das Projekt noch genehmigen wird.«

Gegen ein Uhr kehrten wir ins Hotel zurück, wo Nina auf uns gewartet hatte. Ich informierte sie über die erfolglose Razzia und alle sassen noch eine Weile im Foyer zusammen.

Am Dienstag kehrte ich mit dem Kommissär nach Bern zurück. Unterwegs kamen wir natürlich auf die Vorkommnisse in Ascona zu sprechen. Von Gunten zögerte lange, bis er sagte: »Mein Kollege Bindella und ich sind besorgt wegen Torres. Sein nächster Auftrag dürfte jemanden betreffen, der dem Spielcasinosyndikat einen grösseren Schaden zugefügt hat.«

Endlich machte es bei mir klick. Mir kamen die Drohungen von Doris in den Sinn und ich erbleichte.

»Auch Nina ist jetzt gefährdet«, sagte ich so laut, dass sich die Leute im benachbarten Zugabteil zu mir umdrehten. »Paul, wieso hast du mich nicht in Ascona gewarnt? Ich werde am nächsten Bahnhof aussteigen und zu Nina zurückkehren.«

»Das würde nichts bringen, Marc. Du bist in Bern besser geschützt und für Nina haben wir eine Dauerüberwachung organisiert.« Der Kommissär grübelte vor sich hin. »Torres ist heute Morgen in Zürich gesehen worden. Im Seefeldquartier.« Er fügte auf meinen fragenden Blick bei: »Die Forster wird ständig überwacht.«

Sehr beruhigend war diese Mitteilung nicht.

*

Im Studio war wenig los. Bern döste wieder einmal vor sich hin und lieferte keine nennenswerten News.

Ich rief Nina an und informierte sie über die Hinweise des Kommissärs. Sie blieb scheinbar gelassen, fragte mich aber mehrmals, wann ich wieder nach Ascona käme. Wir turtelten fast wieder so wie früher. Noch nicht ganz, denn meine Affäre mit Doris stand immer noch zwischen uns.

Von Gunten liess nichts von sich hören.

Gegen Mittag kündigte die Nachrichtenagentur für drei Uhr nachmittags eine Medienkonferenz von Bundesrat Lorenz Leutwyler an. Der linke Magistrat werde über seinen Rücktritt orientieren.

Das war eine Sensation. Damit zeichnete sich eine Zweiervakanz im Bundesrat ab, wodurch sich eine äusserst interessante Ausgangslage für die kommenden Wahlen ergab. Der linke Magistrat öffnete mit seinem Rückzug Tür und Tor für mehr oder weniger wilde Spekulationen über die künftige Zusammensetzung der Landesregierung und die Zauberformel stand ernsthaft zur Diskussion.

Ich nahm an der Medienorientierung im Bundeshaus teil. Natürlich ohne Kamerateam.

Bundesrat Leutwyler tänzelte in gewohnt lässiger Weise, also etwas verspätet, in den Konferenzsaal, lächelte die Medienvertreter in jugendlich-naiver Frische an und eröffnete die Orientierung mit den Worten: »Man glaubt es nicht, aber ich bin der amtsälteste Bundesrat. Und ich bitte Sie nicht zu lachen, wenn ich sage, ich möchte meinen Sitz einem jüngeren Politiker überlassen. Es kann natürlich auch eine Politikerin sein.«

Leutwyler beantwortete, wie immer ohne zu zwinkern, eine Unzahl von Fragen der Medienleute sowohl zu seinen persönlichen Absichten als auch zur aktuellen Bundespolitik.

Am nächsten Tag sass ich mit ein paar Kollegen im Café Fédéral vor einem Bier, als ich in einer Ecke der Wirtsstube Nationalrat Andreas Zinsli entdeckte, der lustlos in einer Zeitung blätterte. Ich entschuldigte mich bei meinen Kollegen und setzte mich zum wirbligen Vertreter der Linkspartei. Zinsli freute sich offensichtlich auf einen Plausch mit mir und bestellte uns sofort einen halben Liter Fendant.

Wir waren seit Jahren per Du, und ich sprach ihn sofort auf die Demission von Leutwyler an: »Was sagt denn deine Partei zur bevorstehenden Doppelvakanz, Andreas? Wieso habt ihr eurem Bundesrat grünes Licht für den sofortigen Rücktritt gegeben? Ihr geht doch das Risiko ein, dass ein Gerangel um die beiden Sitze entsteht, das euren bisherigen Doppelanspruch gefährdet. Die Grünen drängen schon lange auf eine eigene Vertretung, und die Zentrumspartei möchte ihren vor acht Jahren verlorenen Sitz zurückgewinnen, ohne das bürgerliche Lager zu schwächen.«

Zinsli schüttelte den Kopf: »Das ist alles nicht neu. Unser Doppelanspruch wurde schon oft zur Diskussion gestellt. Ob der Rücktritt von Leutwyler heute oder erst im nächsten Jahr erfolgt, spielt da keine Rolle. Lorenz hat einfach genug vom schlechten Klima im Bundesrat und auch von der mangelnden Unterstützung im Parlament.« Andreas ereiferte sich: »Alle sprechen von Teamgeist und keiner ist bereit, mannschaftsdienlich zu politisieren. Und da gibt es Parteien, die in der Regierung sind und doch ständig Opposition machen. Das alles geht auf die Dauer nicht auf.«

»Aber das macht ihr doch selber auch«, warf ich ein.

»Das ist etwas ganz anderes«, reagierte Zinsli eher unwirsch.

Ich wies noch darauf hin, dass Leutwyler von den Medien in der Regel gut behandelt wurde. Andreas verzog das Gesicht: »Die Medien behandeln niemanden gut. Sie wollen Konflikte hochstilisieren, das Publikum recht eigentlich mit Politik unterhalten. Das ist vielleicht in Ländern mit Konkurrenzmodellen, also mit Regierung und Opposition, möglich. In der Schweiz geht jedoch die Konkordanz flöten, wenn jeder Parteipräsident in der Arena oder in Zeitungen wacker nach links und rechts oder gegen die Mitte polemisiert und dann erwartet, dass man am nächsten Tag wieder zusammenarbeitet.«

»Die Medien sind der Konkurrenz ausgesetzt. Es geht um Auflagezahlen oder Einschaltquoten. Konkordanz ist halt schlecht zu verkaufen.« Ich füllte uns Fendant nach und erhob mein Glas: »Auf eine angenehmere Zukunft von Lorenz Leutwyler. Bald wird ihm kein Hinterbänkler mehr aus reiner Profilierungssucht in den Rücken fallen können.«

Nach fast anderthalb Stunden Geplauder und zwei weiteren Halblitern Fendant trennten wir uns im stolzen Bewusstsein, die Strukturen der hohen Schweizer Politik fachmännisch analysiert zu haben.

Zurück am Nordring fand ich einen Zettel von Joe auf dem Pult. Nina habe angerufen und mitgeteilt, auf ihr Hotel sei ein Anschlag mit Farbbeuteln verübt worden. Sie müsse die halbe Fassade neu streichen lassen.

Auch von Gunten hatte versucht mich zu erreichen. Ich solle zurückrufen.

Der Kommissär wusste bereits vom Farbbeutelanschlag in Ascona. Er sagte, der beim Hotel postierte Polizeibeamte habe einen Lieferwagen fotografiert, der in schnellem Tempo vorbeifuhr. Der Farbbeutel sei aus dem Beifahrerfenster an die Fassade geschleudert worden. Der Wagen wurde identifiziert. Er war am selben Morgen gestohlen worden. Das Gesicht des Fahrers sei auf dem Foto sehr schlecht erkennbar. Aber es handle sich mit höchster Wahrscheinlichkeit nicht um Torres. Im Übrigen lasse er, von Gunten, die Strasse vor meiner Wohnung ständig überwachen. Zu meiner Sicherheit.

Ich rief Nina an, die unter Schock stand, versuchte sie, so gut es ging, zu trösten und versprach, schon am kommenden Wochenende wieder nach Ascona zu fahren.

8

Am Donnerstag wehte ein rauer Herbstwind. Es nieselte, und ich beschloss, den Abend gemütlich vor meinem Fernseher zu verbringen. Ich kaufte mir einige Lebensmittel in der Stadt ein und fuhr mit dem Bus ins Schosshaldequartier.

Es war fast acht Uhr und es dunkelte bereits. Die wenigen Strassenlampen der kleinen Gasse spendeten kaum Licht und ich quälte mich mit der schweren Einkaufstasche und dem Schirm an den auf dem Trottoir parkierten Fahrzeugen vorbei. Vorne an der Kreuzung stand seit Dienstag ein kleines graues Auto mit zwei Polizeibeamten, welche die Eingangstür zu meiner Wohnung im Auge behielten.

Ich hörte schnelle Schritte hinter mir und trat auf die Seite, hinter ein parkiertes Auto, um den eiligen Passanten vorbeizulassen.

Niemand liess sich sehen.

Gerade als ich den Plastiksack vom Boden aufhob, um meinen Weg fortzusetzen, vernahm ich einen keuchenden Laut direkt hinter mir. Ich konnte mich nicht mehr umdrehen. Ein Schlag auf den Hinterkopf raubte mir das Bewusstsein und ich fiel zu Boden.

*

Als ich erwachte, lag ich in einem Spitalbett. Über mir baumelte ein Handgriff mit einer Klingel.

Ich bewegte mich mühsam, hörte einen Aufschrei und sah, wie sich aus der nebelhaften Umgebung ein kleiner Wuschelkopf herausschälte. Dunkle Augen blickten mich liebevoll an und zwei kleine Hände streichelten meine Wange.

»Marco-Schatzeli. Wie schön, dass du wieder da bist. Wie geht es? Hast du Schmerzen?«, fragte meine Freundin Nina, die sich besorgt über mich beugte.

Nach und nach kehrten meine Lebensgeister zurück.

Ich erfuhr, dass ich mein Leben den beiden Polizeibeamten an der Kreuzung verdankte, die auch die Strasse von der Bushaltestelle im Auge behalten hatten und den Überfall sofort bemerkten. Sie vertrieben den Angreifer, konnte ihn aber nicht fassen, da sie sich zuerst mit mir beschäftigen mussten. Erst als ich mit dem Krankenwagen wegtransportiert worden war, machten sie sich an die Verfolgung des Täters.

Mein Regenschirm hatte wahrscheinlich einen Teil des Schlages aufgefangen. Und da ich mich mit der Tragtasche in der Hand gerade aufrichtete, traf der Angreifer den Kopf nicht mit voller Wucht. Ich hatte Glück. Ausser einer starken Gehirnerschütterung, einer mächtigen Beule am Hinterkopf und mehreren Schürfwunden im Gesicht war ich unverletzt geblieben.

Nach zwei Stunden verliess mich Nina. Ich musste ihr fest versprechen, so bald wie möglich nach Ascona zu kommen.

Später tauchte auch von Gunten im Spital auf. Er sah mich bekümmert an, legte ein paar Süssigkeiten auf den Nachttisch und polterte: »Das musste ja so kommen, Marc. Konntest du nicht die obere, gut beleuchtete Strasse nehmen?« Dann wurde er sanft und sagte: »Wir sind dem Gauner auf der Spur. Ob es sich um Torres handelt, steht noch nicht mit Sicherheit fest. Auf alle Fälle handelt es sich um einen Profi, und er war gerade daran, dich ganz fertigzumachen, als die Beamten ihn mit zwei Schüssen vertreiben konnten. Er liess nur widerwillig von dir ab. Ganz offensichtlich gehört er zur gründlichen Sorte und wollte noch seinen Job erledigen.«

Wir plauderten eine Zeit lang über Nebensächlichkeiten, bis der Kommissär wieder auf den Überfall zu sprechen kam: »Die Forster ist übrigens untergetaucht. Es gelang ihr, wahrscheinlich mithilfe des Portiers, aus ihrer Wohnung in Zürich über einen Hinterausgang zu verschwinden. Wir suchen sie.« Er ergänzte: »Sie ist übrigens in Begleitung eines Mannes. Wahrscheinlich Torres, der sich bei ihr in Zürich meldete, um sie vom Scheitern des Anschlags auf dich zu orientieren. Und vielleicht forderte er von ihr auch mehr Geld. Zur Finanzierung der Flucht, die nun um einiges schwieriger geworden ist.«

Auf meine Frage, weshalb denn Doris gesucht werde, antwortete von Gunten: »Deine Exfreundin verkehrt in den höchsten Kreisen des illegalen Spielbankensyndikats. Da Torres hauptsächlich für diese Leute tätig ist, musste die Forster vom Auftrag, dich zu beseitigen, gewusst haben. Vielleicht war sie sogar selber die Auftraggeberin. Um sich vor dem Syndikat reinzuwaschen. Denn sie war ja der eigentliche Anlass, dass du auf die Casinobosse aufmerksam wurdest. Wegen der Ungereimtheiten beim Umbau ihrer Villa in Ascona. Auch ihre Liaison mit dir, einem Medienmann, passte den Gaunern natürlich überhaupt nicht ins Konzept. Die Forster hätte es bei einer unverbindlichen Liebelei bewenden lassen sollen.« Kurz darauf setzte er hinzu: »Und im Übrigen steht sie unter dringendem Verdacht, am vorgetäuschten Unfall von Frau Oberholzer beteiligt zu sein.«

Bis zur Verhaftung des Angreifers würde ich weiterhin unter Polizeischutz stehen.

Wir rätselten eine Weile, wo Doris im Moment stecken konnte. Als ich das Jagdhaus von Oberholzer im Tirol erwähnte, winkte von Gunten ab. Das sei bereits abgecheckt worden. Er meinte: »Offenbar hat die Forster sich mit Torres zusammengetan, um gemeinsam die Flucht zu planen. Sie braucht den Vollprofi. Der weiss, wie man Haken schlägt und sich nach allen Richtungen sichert.«

Am Samstag wurde ich aus dem Spital entlassen.

In der folgenden Woche arbeitete ich nur halbtags. Ich fühlte mich noch nicht voll einsatzfähig, hatte oft Kopfschmerzen oder Schwindelgefühle und schämte mich überdies vor den Leuten, mit meinem zerschundenen Gesicht und dem Kopfverband.

Am Mittwochabend erhielt ich zu Hause einen Anruf. Die Stimme kam mir unbekannt vor und auch den Namen verstand ich zuerst nicht.

Es war Topbanker Werner Oberholzer, der zunächst wissen wollte, ob ich mich von dem Angriff erholt hatte. Anschliessend bat er mich um ein Rendez-vous: »Herr Dubach. Ich möchte verschiedene Dinge klarstellen. Sie sind nun fast so eng mit der ganzen Problematik, sprich Doris Forster, verbunden wie ich, und wir sollten dringend miteinander reden.«

Ich versuchte, meine Überraschung zu verbergen, und wir vereinbarten, uns am nächsten Tag im Restaurant Obstberg zu einem Nachtessen zu treffen.

Ich orientierte am Morgen Paul von Gunten über den Anruf. Er zeigte sich sehr interessiert: »Oberholzer selber steht zwar nicht mehr unter Verdacht, aber er weiss sehr viel über die Forster. Vielleicht kann er uns einen Anhaltspunkt geben, wo wir die Diva suchen müssen.«

Ein Tiefdruckgebiet über der Schweiz hatte erneut Regen und Wind gebracht. Es war auch kalt an diesem Oktobertag. So konnte ich mich in den Regenmantel hüllen und meine Gesichtsschrammen sowie den Kopfverband unter einem breiten Hut verbergen.

Im Obstberg-Restaurant erwartete mich Oberholzer an einem Nischentisch beim Eingang, wo ich nicht direkt den Blicken der übrigen Gäste ausgesetzt war.

Der mittelgrosse, überaus elegant gekleidete Mann mit einer modisch über die Ohren frisierten hellbraunen Haarpracht, einer randlosen Brille und einem kleinen Schnurrbart, begrüsste mich freundlich, und als wir das Essen bestellt hatten, kam er sofort auf das Thema Doris zu sprechen: »Sie wissen vielleicht bereits, dass ich Doris seit Langem kenne. Wir waren zuerst verliebt, aber dann entwickelte sich ein immer gespannteres Verhältnis zwischen uns. Sie lebt heute in einer völlig isolierten Welt, nur ihren Wünschen und Bedürfnissen ausgeliefert.« Er dachte nach. »Vor etwa sieben Jahren haben wir uns getrennt. Aber Doris hat mich nie in Ruhe gelassen. Sie trat immer wieder mit Forderungen an mich heran. Meistens ging es um Geld, manchmal um die Herstellung von Kontakten zu Geschäftsleuten. Sie fragen sich sicher, wieso ich sie weiter unterstützt habe. Sie erpresste mich mit der Drohung, meiner Frau alles zu erzählen. Lydia wusste zwar von meinen Beziehungen zu Doris. Sie kannte aber natürlich keine Einzelheiten. Und da gibt es einige Sachen, die sie nicht erfahren durfte.« Oberholzer begutachtete den Zustand seiner gepflegten Fingernägel, bevor er fortfuhr zu erzählen: »Vor Kurzem versuchte ich, eine endgültige Ablösung von Doris zu erzielen. Ich liess ihr einen hohen Barbetrag zukommen und vermachte ihr die Villa in Ascona. Gegen ihr Versprechen, mich nie mehr zu belästigen.«

Ich nutzte die Gelegenheit, ihm meine Anteilnahme am Tod seiner Frau auszusprechen. Er nahm davon mit unbewegtem Gesicht Kenntnis. Wahrscheinlich würde er diese Zurückhaltung rasch verloren haben, wenn ich ihn gefragt hätte, ob seine Nacht mit Doris im Hotel Allegro für ihn keine allzu grosse Belästigung gewesen sei. Aber die besondere Begabung der Diva, männliche Begleiter zu moralisch verwerflichen Knie- und Rückfällen zu verleiten, kannte ich ja aus eigener Erfahrung und ausserdem wollte ich Oberholzer nicht unnötig provozieren.

Auf meine Frage, wo sich Doris jetzt aufhalten könnte, meinte er: »Sie kennt natürlich alle Orte, die ich früher häufig besucht habe. Montreux und Ascona fallen weg. Das Jagdhaus im Tirol ist der Polizei bekannt. Es bleibt also nur mein Haus am Zürichsee, und da ist Doris nicht, das kann ich Ihnen versichern.« Oberholzer grübelte in seinen Erinnerungen. »Einmal war ich mit Doris für ein verlängertes Wochenende in einer kleinen Alphütte im Kiental. Die umgebaute Scheune im Berner Oberland gehört mir und wird im Sommer von einem Senn benutzt. Sie ist sehr abgelegen.« Er nahm sein Notizbuch hervor, riss einen Zettel heraus und skizzierte einen Lageplan, den er mir zuschob.

Der Topbanker widmete sich nun einige Zeit dem Essen. Er vergass mich dabei völlig und beantwortete auch zwei weitere Fragen von mir nicht. Offenbar besass er die edle Gabe, sich von der lästigen Umwelt abzuschotten.

Als ich mein letztes Stück Wiener Gulasch zum Mund führen wollte, sagte Oberholzer plötzlich: »Sie sind noch nicht aus der Schusslinie der Ganoven. Es liegt mir daran, Sie vor weiteren Anschlägen zu bewahren. Das ist auch der Grund, warum ich Sie heute treffen wollte. Ich möchte nicht, dass Sie das nächste Opfer der unseligen Machenschaften von Doris werden, und ich habe mir einen kleinen Plan zurechtgelegt, wie Sie mit den dunklen Gesellen einen Burgfrieden schliessen könnten.« Er lächelte erstmals: »In Ihrem Briefkasten finden Sie ein Kuvert mit einem Zettel. Darauf stehen sieben Namen und mehrere Ortsbezeichnungen. Das sind die Mitglieder des obersten Ausschusses der Spielhöllen-Mafia und die nächsten Projekte für illegale Spielbanken.«

Er grinste nun unverhohlen: »Ich weiss natürlich nichts von diesem Zettel. Er weist keine DNA-Spuren oder Fingerabdrücke auf. Die Informationen habe ich mir von meinen Geschäftsfreunden im In- und Ausland beschafft, unter anderem vom CEO einer grossen russischen Privatbank. Die geplanten neuen illegalen Casinos sind nach den EU-Einschränkungen für Internetgeldspiele den Spielbankbossen offenbar besonders wichtig geworden.«

»Was Sie mit dem Zettel machen, überlasse ich Ihnen. Vielleicht eine kleine Erpressung. Dazu zwei Ratschläge. Hinterlassen Sie mindestens zwei Kopien bei absolut zuverlässigen Freunden und versuchen Sie möglichst rasch, mit den Casino-Herren Kontakt aufzunehmen. Herr von Gunten kann Sie auf die Dauer nicht beschützen und Profis geben nie auf, bevor sie ihr Ziel erreicht haben.« Oberholzer gewährte mir einen letzten Tipp: »Sie kennen doch Herrn Bartali. Der ist zwar kein Krimineller, aber er kennt die Szene und ist für solche Kontaktanbahnungen immer gut. Ich habe mich bei ihm erkundigt, wie es mit der Villa Favorita weitergeht. Er orientierte mich über das von Ihnen mitverursachte Scheitern der illegalen Spielbank in Ascona und die Retorsionsabsichten der Casino-Herren.«

Der Banker bestellte zum Abschied zwei Espressi und bezahlte die Rechnung. Bei der Verabschiedung schlug er mir kollegial auf die Schulter und meinte: »Ich hoffe, dass ich Ihre Antipathien mir gegenüber etwas abzubauen vermochte. Und dass Sie einen Ausweg aus dem Konflikt mit den Spielbankleuten finden.«

Er verschwand um die nächste Strassenecke, wo ein Geschäftswagen mit Chauffeur auf ihn wartete.

Der Topbanker war mir zwar nicht gerade sympathisch geworden, aber ich hatte doch gewisse menschliche Züge an ihm entdeckt.

Als ich zu Hause ankam, stieg ein Polizeibeamter aus dem unauffälligen Fahrzeug an der Kreuzung und teilte mir mit, ein Lieferwagen einer privaten Zustellfirma sei vor etwa zwei Stunden vorgefahren. Der Fahrer habe etwas in meinen Briefkasten geworfen. Ich lobte ihn für die gute Arbeit und beruhigte ihn, dass das schon in Ordnung sei.

Es war ein unscheinbares, neutrales Kuvert mit einem ebensolchen Zettel. Die sieben Namen sagten mir wenig und die Projektorte verteilten sich über ganz Europa. Ich machte mit meinem Scanner drei Kopien.

Am nächsten Tag übergab ich eine Kopie Joe mit der strikten Weisung, niemandem etwas davon zu erzählen und das Papier im Notfall an Kommissär von Gunten weiterzuleiten. Mein Kollege erkundigte sich mit gespielter Besorgnis, was ich unter einem Notfall verstehen würde, worauf ich ihn mit einem blöden Witz stehen liess.

Dann rief ich im Bellevue an und erkundigte mich beim Concierge Belorini, ob Bartali im Haus sei. Das war nicht der Fall, aber Belorini wusste, dass der Alleshändler und -wisser übers Wochenende in Bern weilen würde. Ich bat ihn, einen Zettel ins Fach von Bartali zu legen mit der Nachricht, er solle sich mit mir in Verbindung setzen.

Ein weiteres Telefonat galt von Gunten. Ich informierte ihn über das Gespräch mit Oberholzer, sagte ihm aber nichts von dem Zettel mit den Namen und Orten und auch nichts von der Berghütte im Kiental. Diese beiden Informationen wollte ich ihm bei Gelegenheit nachliefern. Es ging mir vor allem darum, freie Hand bei der Planung meiner nächsten Schritte zu haben. Der Kommissär neigte zu überstürzten Reaktionen und mir war an diesem Tag nicht nach einem Ausflug ins Berner Oberland zumute. Ich hatte wieder Kopfschmerzen und fühlte mich elend. Von Gunten nahm von meinem Bericht Kenntnis, ohne einen Laut von sich zu geben. Das entsprach in keiner Weise seinen sonstigen Gewohnheiten.

Ich hoffte nur, die beiden Missetäter würden es einige Tage in der Alphütte aushalten und nicht zu rasch weiterziehen. Sonst würden mich einige Probleme mit von Gunten erwarten.

*

Am Freitagabend ging ich natürlich nicht an den Journalistenstamm im Della Casa. Ich wollte mir die hämischen Kommentare meiner Kollegen über mein ramponiertes Aussehen ersparen. Auch das Bellevue liess ich links liegen.

Zu Hause war eine Message von Bartali auf dem Anrufbeantworter. Er wollte mich am Samstagabend im Kornhauskeller treffen. Wenn er nichts von mir höre, nehme er an, ich komme.

Am Samstagmorgen wurde mir im Spital der Kopfverband entfernt, sodass ich wieder einigermassen gesellschaftsfähig aussah. Die Schrammen im Gesicht verheilten zwar nur langsam, konnten aber mit Kosmetika etwas verdeckt werden. Ich fand hautfarbenen Puder in einer Dose, die eine meiner Freundinnen vor Jahren bei mir vergessen hatte.

Gegen sieben Uhr stieg ich die Treppe in den Kornhauskeller hinunter.

Enrico Bartali erwartete mich an einem Seitentisch unterhalb der Galerie. Er war von seinen zwei Leibwächtern begleitet, die er sofort an einen Nebentisch verbannte mit der humorvollen Bemerkung: »Wenn ich so gefährliche Leute wie Sie treffe, Herr Dubach, bin ich froh um meine Begleiter.«

Wir bestellten uns einen kleinen Imbiss und tafelten wortlos.

Dann musterte mich Bartali nachdenklich und sagte: »Sie sind gerade noch einmal davongekommen. Eigentlich erstaunlich, denn diese Profis machen sonst nie halbe Sachen.«

»Deswegen möchte ich Sie ja sprechen. Ich möchte einen Kontakt mit den Hintermännern des Anschlags aufnehmen.« Ich suchte nach passenden Worten: »Also zu den Bossen des internationalen Spielcasinosyndikats. Die ich mit meinem Beitrag zur Enttarnung des Casinoprojekts Ascona offenbar so verärgert habe, dass sie mich liquidieren wollen.«

»Da liegen Sie durchaus richtig. Und es wird mit Sicherheit nicht bei diesem misslungenen Anschlag bleiben.« Bartali blickte mich argwöhnisch an: »Es sei denn, Sie hätten etwas im Austausch zu bieten. Etwas, das die Bosse dazu bringt, Sie nachhaltig, ich wiederhole, nachhaltig aus der Schusslinie zu nehmen. Ich kann mir mein besten Willen nicht vorstellen, was das sein könnte.«

Ich schob ihm eine Kopie des Oberholzer-Zettels zu.

Der geheimnisumwitterte Mann las den Zettel. Er las ihn nochmals. Dann schaute er mich an. Verblüfft, ratlos.

»Wo zum Teufel haben Sie das her?«, fragte er atemlos. »Das ist ja hochkonzentriertes Nitroglycerin. Wenn das in falsche Hände kommt!«

Die beiden Begleiter von Bartali waren aufgestanden. Auf einen Wink von ihm setzten sie sich wieder und der reiche Kaufmann aus Locarno flüsterte: »OK, ich werde sehen, was sich machen lässt. Die Bosse des Casinosyndikats treffen sich jeden Monat in einer anderen europäischen Stadt. Das nächste Mal soll es in der Schweiz sein.« Er zog den Kopf ein, wurde noch kleiner: »Versprechen kann ich Ihnen nichts. Aber ich nehme an, dass die Angaben auf dem Zettel ausreichen, das Interesse der Herren zu wecken. Ich rufe Sie an.«

Bartali hatte es plötzlich eilig, zahlte und verschwand mit seinen beiden Gorillas.

Ich trank in aller Ruhe meinen zweiten Kaffee aus und bummelte dann zum Hotel Bellevue-Palace.

An der Rezeption begrüsste mich Belorini, herzlich wie immer, ohne mit einer Wimper wegen meines ramponierten Aussehens zu zucken. Ganz nach Art des erfahrenen Concierge eben. Ich brauchte ihm meinen Zustand nicht zu erklären, denn über den Angriff war in den Berner Medien mehrmals ausführlich berichtet worden.

Als gerade kein Gast in Sicht war, lehnte ich mich über die Brüstung der Rezeption und sagte leise zu Belorini: »Darf ich einen Freundschaftsdienst von dir in Anspruch nehmen, Carlo? Ich habe einen kleinen Briefumschlag, den ich gut verwahrt wissen möchte und der bei einem neuen Unfall von mir an die richtige Adresse weiterzuleiten wäre. An Kommissär von Gunten.«

Der Mann hinter dem Tresen nickte nur und streckte die Hand aus. Ich übergab ihm das mir von Oberholzer zugestellte Kuvert mit dem Zettel-Original, danke ihm herzlich und verzog mich nach Hause. In die Bar gehen mochte ich noch nicht. Jack war nicht so diskret wie Carlo.

Am Sonntag schlief ich aus. Gegen halb zwölf Uhr weckte mich das Telefon.

Es war Bartali, der mir kurz angebunden mitteilte: »Das Treffen findet nächsten Samstag statt. Um sieben Uhr im Hotel Jungfrau-Victoria in Interlaken. Bitte melden Sie sich an der Rezeption und verlangen Sie Herrn Ramirez.« Ehe ich ihm antworten konnte, hatte er schon wieder aufgehängt.

*

Mein schlechtes Gewissen gegenüber von Gunten quälte mich und liess mir keine Ruhe. Vor allem die ihm verschwiegene Information über die Alphütte im Kiental machte mir zu schaffen.

Am Montagmorgen hielt ich es nicht mehr aus. Ich rief den Kommissär an und sagte ihm, übers Wochenende sei mir noch eine Aussage von Oberholzer in den Sinn gekommen, die ihn vielleicht interessieren könnte. Er grunzte nicht. Ein Zeichen, dass er ernstlich verärgert war. Es blieb mucksmäuschenstill in der Leitung. Das machte mir die Sache nicht einfacher. Ich schluckte mehrmals leer und stotterte dann: »Oberholzer war mit Doris vor Jahren einmal in einer Alphütte im Kiental.« Ich wollte noch etwas beifügen, als das Donnerwetter des Kommissärs mir fast den Hörer aus der Hand fegte.

»Wehe, Marc, wenn die beiden Ganoven schon fort sind«, brüllte von Gunten. Bevor er auflegte, konnte ich gerade noch darauf hinweisen, ich hätte einen Lageplan der Hütte. Das war zu viel für den Kommissär. Seine Stimme überschlug sich. Ich verstand nur noch »in zehn Minuten vor dem Studio«.

Kaum stand ich vor dem Redaktionsgebäude am Nordring, als von Gunten bereits heranbrauste. Es gelang mir gerade noch einzusteigen, dann waren wir mit Blaulicht auf der Autobahn Richtung Oberland unterwegs. Ich sass im Fond des Wagens neben dem Kommissär, der mich weder ansah noch ansprach, und fühlte mich entsprechend unbehaglich. Nur einmal gab es auf der Fahrt einen zwischenmenschlichen Kontakt, als von Gunten beim Start in Bern wortlos die Hand nach der Lageskizze der Alphütte ausstreckte. Er studierte den Plan sorgfältig und telefonierte anschliessend mit abgewendetem Kopf, sodass ich nichts verstehen konnte.

In Reichenbach wartete ein Bereitschaftswagen der regionalen Polizei auf uns. Von Gunten wechselte mit dem Mannschaftsleiter einige Worte. Als er wieder ins Auto stieg, brummte er mich erstmals seit Bern an: »Vielleicht hast du Glück, Marc. Unser Mann in Reichenbach hat sich als Tourist verkleidet der Alphütte genähert und festgestellt, dass jemand drin ist.«

Der Postenchef stand in Kiental an der Talstation der Sesselbahn Ramslauenen. Er informierte von Gunten: »Die Alphütte liegt etwa zweihundert Meter über der Talstation direkt an der Seilbahn. Eine geteerte Strasse führt bis auf Ramslauenen. Zur Hütte zweigt ein befahrbarer Feldweg ab.« Der etwas beleibte Polizist wischte sich übers Gesicht. »Vor der Hütte steht ein Kombiwagen. Wahrscheinlich gehört er den Gesuchten. Die Hütte ist offen, und im Inneren hört man eine Frauen- und eine Männerstimme. Das war die Situation vor einer Stunde. Ich habe mich sofort wieder entfernt, um nicht aufzufallen. Der Naturweg zur Hütte wird von Touristen normalerweise nicht benutzt.«

Von Gunten teilte die Beamten in zwei Gruppen auf. Die eine sollte über die Zufahrt zur Hütte gelangen, die andere der Seilbahn entlang aufsteigen. In genau dreissig Minuten wollte man sich bei der Alphütte treffen.

Ich folgte dem Kommissär. Alles klappte vorzüglich. Die Beamten stürmten zeitgleich von zwei Seiten auf die Hütte zu. Von Gunten brüllte: »Polizei! Kommen Sie sofort aus dem Haus! Mit erhobenen Händen!«

Keine Reaktion. Im Haus blieb alles still. Der Kombi stand immer noch vor der Hütte und die massive Holztür war weit offen.

Drei Polizisten drangen ins Haus ein, kamen nach wenigen Minuten wieder ins Freie, schüttelten den Kopf und einer sagte: »Niemand drin.«

Der Kommissär raunzte: »Wo sind die beiden? Sie können sich doch nicht in Luft aufgelöst haben.« Zur Gruppe gewandt, die der Seilbahn entlang aufgestiegen war: »Habt ihr jemanden getroffen?« Die Beamten verneinten und begannen, die ganze Umgebung abzusuchen.

Keine Spur von Torres und der Forster. Der Kommissär nahm an, dass sein Mann aus Reichenbach trotz aller Vorsicht das Paar verscheucht hatte. Vielleicht war er nur einen Moment zu lang vor der Hütte stehen geblieben.

Von Gunten ordnete Passantenkontrollen im Tal an. In Reichenbach, aber auch in Frutigen und Kandersteg, denn es bestand die Möglichkeit, dass die Gesuchten von Ramslauenen aus über den Höhenweg entkommen waren.

Die Alphütte wurde abgeschlossen. Ein Beamter überführte den Kombi nach Bern zur gründlichen Spurensuche. Der Wagen war vor einigen Tagen in Thun gestohlen worden.

Vor der Rückfahrt machte von Gunten im Bären einen Kaffeehalt. Er wartete hier auf die Hundeführer, die sich auf die Verfolgung der Flüchtigen machen sollten.

»So, Marc. Deine Gegner sind auf der Flucht. Und du musst

weiter zittern«, sagte der Kommissär, »dabei hättest du es in der Hand gehabt, die Bedrohung endgültig aus der Welt zu schaffen.«

Das stimmte nicht und ich hatte das Gefühl, dass auch von Gunten das wusste. Denn er sah mich von der Seite an, als ob er Widerspruch von mir erwarte.

Ich tat ihm diesen Gefallen nicht, sondern mimte den Zerknirschten. Was ihn erst recht erboste: »Du bist ein miserabler Schauspieler, Marc. Ein wenig verstehe ich ja, dass du mir nichts über die eigentlichen Drahtzieher des Überfalls sagen willst.« Er brummte: »Du meinst wohl, du könntest dich selber aus dem Schlamassel ziehen. Wenn du dich da nur nicht übernimmst.«

Das Hundeführerdetachement traf ein, wurde durch von Gunten kurz eingewiesen, und wir machten uns auf den Weg nach Bern. Unterwegs herrschte Funkstille. Der Herr Kommissär war offensichtlich wieder verstimmt.

In Bern wurde ich am Nordring aus dem Wagen geworfen. Von Gunten nuschelte ein knappes »Tschau, Marc«, sah mich unwirsch an und zischte, bevor er die Autotür zuknallte, in meine Richtung: »Ich werde am Samstag auch in Interlaken sein.«

Ich fühlte mich wie ein begossener Pudel. Erst nach ein paar Minuten kehrte ich in die Wirklichkeit zurück, verdrängte die überraschende Ankündigung des Kommissärs aus meinen Gedanken und widmete meine Aufmerksamkeit dem Tagesgeschäft. Aus meinem Ausflug ins Kiental war leider nichts für Bären-TV zu verwerten. So standen die heute dem Publikum übergebenen neuen Sitzbänke auf der Grossen Schanze im Mittelpunkt der regionalen Nachrichten.

Entsprechend unzufrieden verliess ich um acht Uhr die Redaktionsräume. Bis Freitag änderte sich wenig an diesem Seelenzustand.

Für Samstagnacht reservierte ich mir ein Zimmer in Interlaken. Die Besprechung mit den Bossen konnte länger dauern und ich wollte in aller Ruhe im Umfeld des mysteriösen Syndikatstreffens etwas recherchieren.

*

Am Wochenende schien wieder einmal die Oktobersonne. Eine Spätsommerperiode kündigte sich an und ich machte mich auf den Weg ins Oberland.

Das Hotel Topic ist bekannt für seine einzigartige Sicht nicht nur auf das Jungfraumassiv, sondern auch auf ein intaktes Ortsbild. Ich bezog ein Zimmer im achten Stock des grossstädtischen Hochhauses und bummelte anschliessend über den Höhenweg, bewunderte das Jungfraumassiv und die herbstlich bunte Blätterpracht der Bäume.

Vor dem Grand'Hotel Jungfrau-Victoria stauten sich die Limousinen. Livrierte Boys verschwanden mit Riesenkoffern im Hotelinnern und vornehme Herrschaften wurden mit Bücklingen durch das noble Eingangsportal geschleust. Anscheinend trafen gerade wichtige Gäste ein. Es waren sicher nicht meine Casino-Bosse, denn die zogen diskrete Hintereingänge vor.

Ich genoss im Schuh-Gartenrestaurant eine Portion Darjeeling-Tee und die milde Spätherbstsonne, beobachtete das aufgeregte Treiben der Touristen und nahm mir vor, mich nicht mehr mit von Gunten zu befassen.

Wo hatte der Kerl nur die Information über das Syndikatstreffen her? Wusste er von meinen Absichten? Was hatte er in Interlaken vor? Ich erinnerte mich an meinen Vorsatz, nicht mehr an den Kommissär zu denken, und versuchte mich abzulenken.

Was geschah mit Doris? Sie war auf der Flucht mit einem Profikiller. Ein schreckliches Ende ihrer Karriere als Model, Abenteurerin und Expertin für undurchsichtige Geschäfte aller Art. Wie sehr hatten mich doch jeweils ihr Crazy-Horse-

Lächeln, ihre einschmeichelnde Stimme und ihr Auftreten beeindruckt. Ich sah die elegante Diva vor mir und fröstelte.

Der goldene Herbsttag hatte plötzlich an Glanz verloren. Ich wurde ungeduldig, sah auf die Uhr und stellte fest, dass mir bis zum Treffen mit den Casino-Leuten noch über drei Stunden blieben. Vor dem Schuh-Restaurant ist eine Haltestelle. Ich stieg in den nächsten Bus und liess mich irgendwohin fahren.

Die endlos lange Fahrt mit unzähligen Haltestellen ging über den Bahnhof Interlaken-Ost und Bönigen nach Iseltwald. Dort bummelte ich den Brienzersee entlang. Wie vor Kurzem mit Doris. Ich machte ebenfalls Halt im Hotel Adler, sass am selben Tisch und hörte dem endlosen Plätschern der Wellen zu.

Martin zeigte sich nicht. Nach einer Stunde regte sich eine kalte Seebrise und ich brach auf. Da niemand vom Service zu sehen war, ging ich die Treppe zum Hotel hinauf an die Rezeption, wo ich meinen Cappuccino bezahlte und mich nach der Herrentoilette umsah.

In diesem Augenblick trat Martin, der ehemaligen Hotelboy vom Bellevue, aus dem Office. Wir stiessen fast zusammen. Der Hoteliersohn trat einen Schritt zurück und sagte lächelnd: »Das ging beinahe schief. Suchen Sie etwas, Herr Dubach?«

Ich wies auf die Tür mit dem Gentlemen-Signet und erwiderte: »Schon gefunden. Wie geht es bei Ihnen? Hatten Sie eine gute Saison?«

»Ja, wir sind durchaus zufrieden. Das Wetter spielte meistens mit und die Wirtschaftskrise hat sich in unserer mittleren Hotelkategorie nicht gross ausgewirkt.« Er sah mich forschend an und sagte zögernd: »Gut, dass ich Sie wieder einmal treffe, Herr Dubach. Ich kenne Sie vom Bellevue her.« Er trat nervös von einem Bein aufs andere. Das passte gar nicht zu dem sonst recht selbstbewussten Auftreten des hübschen jungen Mannes. »Ich hätte Sie gerne um einen Rat gebeten. Könnten Sie noch etwas bleiben?«

Mein Rendez-vous mit den Casino-Bossen rückte näher und ich musste möglichst rasch nach Interlaken zurückfahren.

»Ich bedaure sehr, aber heute ist es mir nicht möglich, Herr Burgener.« Ich hatte im Hotelprospekt gelesen, dass das Haus einer Familie Burgener gehörte. »Ich werde Sie an einem der kommenden Wochenenden besuchen. Dann können wir in aller Ruhe miteinander reden.«

Er nickte zustimmend und bat mich um meine Visitenkarte. »Rufen Sie mich bitte vorher an, damit ich sicher hier bin.«

Ich eilte die Seestrasse entlang zur Haltestelle am Dorfplatz und erreichte gerade noch den nächsten Bus nach Interlaken. Unterwegs kamen mir die Tagespendenzen wieder in den Sinn. Ich hatte in Iseltwald den Kommissär und die Spielhöllengangster völlig vergessen.

Ich zog mich im Hotel Topic für den Besuch im Jungfrau-Victoria um und überlegte, ob ich meinen Mini-Recorder mitnehmen sollte, entschied mich aber dagegen. Es konnte gut sein, dass man mich vor dem Treffen durchsuchen würde, und ich wollte nicht schon zu Beginn der Unterredung unangenehm auffallen.

Punkt sieben Uhr meldete ich mich bei der Rezeption des Grand'Hotels und verlangte einen Herrn Ramirez. Die in Purpurrot gekleidete Empfangsdame bat mich einen Moment Platz zu nehmen und telefonierte.

Drei Minuten später stand ein mittelgrosser, beleibter Mann in dunklem Anzug mit Krawatte vor mir. Ich schätzte ihn auf etwa fünfzig Jahre. Es sah mich durch seine Brille mit getönten Gläsern an und sagte leise: »Mein Name ist Ramirez. Darf ich Sie bitten, Herr Dubach.«

Er ging mir voran in den Bankettteil des Hotels. Vor einem Sitzungszimmer warteten zwei hünenhafte Männer. Sie durchsuchten mich kurz, nickten, und ich konnte eintreten.

Es erwartete mich ein riesiger Raum mit einem dicken dunkelroten Spannteppich. Alle Fensterläden waren geschlossen und die Vorhänge gezogen. Eine schummrige indirekte Beleuchtung liess nur verschwommene Konturen zu. Oben am grossen Konferenztisch sassen zwölf dunkel gekleidete Personen. Man hiess mich am unteren Ende des Tisches Platz nehmen. Der nächste Tischnachbar war mindestens zehn Meter entfernt und ich konnte die Gesichter der Teilnehmer kaum erkennen.

Der Mann mir gegenüber erhob seine linke Hand. Sofort wurde es still im Raum.

»Herr Dubach. Ich begrüsse Sie in unserem Kreis.« Er machte eine Pause. »Ich sage nicht, dass ich mich freue, Sie zu sehen. Ich würde eher sagen, wir sind überaus verärgert, sowohl über Ihre Aktivitäten, die zum Scheitern des Projekts Ascona beitrugen, als auch über Ihr Interesse an unserer Organisation.«

Einige Mitglieder des Gremiums gaben ihrem Unmut Ausdruck. Der Vorsitzende erhob wieder seine linke Hand.

»Wir haben im engsten Kreis über Sie gesprochen und uns dahingehend geeinigt, dass wir Sie stoppen müssen.« Wieder eine Pause. »Stoppen heisst bei uns verhindern, dass ein störendes Element weiterhin aktiv ist. Das kann durch verschiedenste Massnahmen erreicht werden.«

»Leider schlugen erste Abwehrvorkehren fehl. Das ist einerseits vielleicht ein Zufall, anderseits hat sich aber auch ein gewisser Dilettantismus zweier Beauftragter negativ ausgewirkt.« Der Boss der Bosse räusperte sich. »Das kommt bei uns sehr selten vor.«

»Und nun zu Ihnen. Sie haben sich über einen Kontaktmann an uns gewandt mit dem Anliegen, von weiteren Retorsionsmassnahmen verschont zu werden.« Der Mann oben am Tisch lachte auf. Ein äusserst humorloses Lachen. »Wieso sollten wir? Was können Sie uns als Gegenleistung bieten?«

Ich wollte etwas sagen, wurde aber vom Sicherheitsmann hinter mir daran gehindert. Er legte mir seine Pranke auf die Schulter.

»Herr Dubach. Bitte unterbrechen Sie mich nicht. Sie können sich bald äussern.« Ich sah, wie der Vorsitzende sich aufrichtete. »Also. Wir fragen uns, wieso soll der Dubach sich seiner gerechten Strafe entziehen? Er ist mitschuldig am Debakel im Tessin, das uns Millionen kostet. Und, was noch weitaus schlimmer ist: die Aufmerksamkeit feindlicher Kreise auf uns gezogen hat.«

Er räusperte sich erneut. »Zudem haben Sie uns gedroht. Mit einem Zettel voller Namen und Orte.« Der Ton meines Gegenübers wurde schärfer. »Uns droht man nicht.«

Eine Weile herrschte Ruhe im Sitzungsraum. Ich spürte, wie zahlreiche Augen auf mich gerichtet waren und empfand erstmals in meinem Leben Mitgefühl für Angeklagte vor Gericht.

»So, jetzt können Sie Stellung nehmen, Herr Dubach. Dürfen wir Sie bitten, dazu aufzustehen.«

Ich erhob mich, sah in die Runde und liess die Herrschaften eine Weile warten, bevor ich begann, meine Sicht der Dinge darzustellen: »Ich bin beeindruckt. Leider kann ich Sie, Herr Vorsitzender, nicht mit Ihrem Namen ansprechen. Dass ich Sie und die Herren um Sie herum nicht kenne, stört mich aber nicht. Denn ich will gar nicht wissen, wie Sie heissen. Mein Interesse an diesem Kreis entspringt reinem Selbsterhaltungstrieb. Ich will in Ruhe gelassen werden und möglichst nichts mehr von Ihnen hören.« Ich war nervös und musste nach Worten suchen. »Ich will mit Ihnen überhaupt nichts zu tun haben. Nicht ich habe den Kontakt zu Ihnen gesucht. Zuerst war es Frau Forster, die sich in Ihrem Auftrag um mich bemühte. Wahrscheinlich sollte sie herausfinden, ob die seinerzeitigen Beziehungen von Frau Bürgi zu Ihrem Syndikat in Deutschland für die Medien zum Thema wurde. Was nicht der Fall war. Und zum Schluss haben Sie oder Ihre Doris Forster Torres auf mich losgelassen.«

Ich wiederholte: »Lassen Sie mich jetzt in Ruhe. Ich nehme nicht an, dass Sie mit den beiden Todesfällen Bürgi und Oberholzer etwas zu tun haben. Sogar für Sie wäre eine Bundesrätin eine Nummer zu gross. Und der Tod von Frau Oberholzer nützt Ihnen überhaupt nichts. Das war wohl eine Sonderaktion der Forster, die gerne die nächste Frau des Topbankers geworden wäre. Mich interessiert als Medienmann allein der Fenstersturz von Frau Bürgi und ich werde hier weiter recherchieren. Alles andere ist mir absolut egal. Auch Ihre Spielcasinos.«

Es blieb mehrere Minuten still im Raum. Dann streckten die Männer oben am Tisch die Köpfe zusammen und man hörte ein Murmeln.

Der Syndikatsboss hob wieder einmal seine linke Hand.

»Das tönt an sich vernünftig. Es bleibt aber ein Punkt, der uns Sorgen macht. Was wollen Sie mit den Informationen auf dem Zettel anfangen? Woher haben Sie diesen Zettel?«

»Das werde ich Ihnen nicht verraten. Aber ich gebe Ihnen mein Wort, dass ich die Informationen in meinem Sender nicht verwenden werde.« Ich griff in die Westentasche und wedelte mit einer Kopie des Zettels in der Luft herum.

Auf einen Wink des Vorsitzenden nahm der Bewacher hinter mir das Papier an sich und brachte es ans andere Tischende, wo sich einige Herren darauf stürzten.

Nach einer Weile erhob sich der Boss und sagte: »Wir haben uns entschieden, Ihren Fall abzuschliessen, Herr Dubach. Wir lassen Sie in Ruhe, erwarten von Ihnen jedoch absolute Verschwiegenheit.« Er lachte erneut, noch humorloser als vorher. »Die Informationen auf dem Zettel sind zwar sehr unvollständig und teilweise falsch oder überholt, aber wir denken, es sei trotzdem besser, wenn sie in Vergessenheit geraten.« Er senkte seine Stimme: »Was die beiden Versager angeht, so wird sich das Syndikat mit ihnen befassen. Sie haben also auch von dieser Seite nichts mehr zu befürchten.«

Damit war ich entlassen. Ich verabschiedete mich mit einer Handbewegung, die nicht erwidert wurde, und verliess den Raum im Bewusstsein, nochmals knapp davongekommen zu sein.

Im Gang stand eine grössere Kellnerbrigade des Hotels bereit, den Syndikatsherren im Sitzungszimmer ein kaltes und warmes Buffet zu servieren. Die Brigade stand unter dem Kommando von zwei Oberkellnern. Einer der beiden Chefs war beleibt und schon etwas bejahrt. Als ich den Schwarzbefrackten kreuzte, grinste er mich an und steckte mir ein zusammengefaltetes Papier zu.

Es war Kommissär von Gunten.

*

Ich hatte Hunger bekommen vom Anblick des leckeren Buffets für die Casinobosse und verpflegte mich etwas weniger nobel in einem nahe gelegenen Touristenrestaurant.

Auf dem Zettel des Kommissärs stand, er sei um elf Uhr in der Bar vom Hotel Interlaken. Bis dahin hatte ich noch über zwei Stunden Zeit, und ich ging zurück in mein Zimmer, um Nina anzurufen. Und nachzudenken.

Meine liebe Freundin in Ascona drängte wie üblich, ich müsse bald ins Tessin kommen. Im Übrigen turtelten wir fast so wie früher. Die Dorisgeschichte verblasste nach und nach. Ich teilte Nina mit, das Gröbste sei wahrscheinlich vorbei. Das Syndikat werde uns in Ruhe lassen. Aber Doris und Torres waren ja immer noch in Freiheit.

Dann legte ich mich aufs Bett und versuchte es wieder einmal mit einer Standortbestimmung.

Mit dem Syndikat lebte ich von nun an in einer Art Burgfrieden. Wenn ich nichts tat, was den Herren missfiel. Eine berufliche Pendenz war nach wie vor der Fenstersturz von Bundesrätin Bürgi. Hier stand noch erhebliche Recherchierarbeit an. Und völlig offen war das Schicksal von Doris und ihrem selbst gewählten, unheilvollen Begleiter. Das Syndikat würde nicht zögern, die beiden möglichst spurlos von der Bildfläche verschwinden zu lassen.

Doris wusste viel zu viel über die illegalen Spielbanken, wenn sie der Polizei in die Hände fiel. Vor allem mit der publizitätsträchtigen Beseitigung von Frau Oberholzer hatte sie zudem ureigenste Interessen des stets im Hintergrund agierenden, also auf höchste Diskretion angewiesenen Syndikats verletzt. Torres stand auf derselben Abschussliste, weil er der Forster geholfen und in meinem Fall versagt hatte. Bei einer Verhaftung würde er wohl ebenfalls alles ausplaudern. Geld spielte bei den Retorsionsmassnahmen keine Rolle und Berufskiller standen den Bossen wahrscheinlich genügend zur Verfügung.

Um halb elf Uhr bummelte ich über den Höhenweg zum Hotel Interlaken.

Von Gunten war schon in der Bar. Er begrüsste mich freundlich: »So, Marc, hast du die Gerichtsverhandlung hinter dir? Wie ein zum Tode Verurteilter siehst du nicht aus, also ist es gut gegangen.«

Ich erfuhr, dass der Kommissär von Bartali informiert worden war. Der geheimnisvolle Tessiner arbeitete also offenbar ab und zu auch für die Polizei. Von Gunten sicherte mir zu, er werde meine Vereinbarung mit den Syndikatsbossen nicht gefährden. Er habe vom heutigen Anlass viel profitiert: »Was ich da im Anschluss an dein Treffen mit den Chefganoven hörte, ist für mich Gold wert. Die Herren plauderten frisch-fröhlich über ihr Business und ich konnte als Oberkellner überall sein ohne aufzufallen.«

Dann streckte von Gunten die Hand aus. Als ich ihn fragend ansah, sagte er nur: »Den Zettel.« Ich übergab ihm eine weitere Kopie, die er kurz studierte und einsteckte.

Wir becherten längere Zeit still vor uns hin, bis der Kommissär das erholsame Schweigen brach: »Wir sollten nicht vergessen, dass deine schöne Doris und ihr bedeutend weniger attraktiver Begleiter jeden Moment vom Säuberungskommando des Syndikats aufgespürt werden können.« Er verzog das Gesicht zu einer Grimasse: »Die Herren haben sich beim Nachtessen darüber gestritten, ob ihre Politik des Auslagerns von Gewaltaktionen richtig sei oder nicht. Einige ältere Bosse trauerten der Zeit nach, als man die harten Aufgaben noch selber erledigte. Jetzt sei man den Aussenstehenden auf Gedeih und Verderben ausgeliefert und die Kosten für Säuberungsaktionen seien ins Unermessliche gestiegen.«

Von Gunten fügte nach einer Pause noch hinzu: »Die Spielcasino-Herrschaften haben eine auf diskrete Liquidationen spezialisierte Firma in Deutschland namens Execus beigezogen für den Auftrag Forster/Torres. Diese Organisation hat wahrscheinlich einen Ableger in der Schweiz.« Er sinnierte eine Weile. »Wir kennen einige Säuberungsexperten dieser Firma. Aber natürlich nicht alle. Und das macht mir Sorgen.«

Er nahm einen Schluck Rotwein und fuhr fort: »Kurz vor Eröffnung des Dessertbuffets hörte ich den Oberboss sagen, die Gesuchten seien höchstwahrscheinlich im Wallis.« Der Kommssär meinte schadenfroh: »Der Mann täuscht sich. Wir haben herausgefunden, dass die beiden über den Höhenweg von Ramslauenen nach Frutigen marschierten und dort in einen Zug gestiegen sind.« Er grinste: »Nicht ins Wallis, sondern in Richtung Spiez. Torres ist ein alter Hase mit sicherem Instinkt für die richtige Fluchtroute. Die beiden werden also entweder in Spiez, Thun oder Bern ausgestiegen sein.«

Es ging gegen ein Uhr. Ich bestellte den letzten Halbliter Rotwein und bezahlte die Zeche. Als wir zum letzten Mal anstiessen, schnupperte von Gunten in der Luft, als röche er eine Wildfährte: »Mein Instinkt als alter Fahnder sagt mir, dass die Flüchtlinge in Thun sind. Eine grössere Truppe von uns ist dort bereits auf der Jagd.« Er sah mich an: »Ich hoffe, dass wir vor den Execus-Leuten fündig werden. Sonst siehst du deine Diva nie mehr lebend.«

Das war weder originell noch lustig. Ich sagte das dem Kommissär ins Gesicht, worauf er mich harmlos anlächelte: »Du kannst morgen ja mitkommen und versuchen, deine Doris in letzter Minute aus der Aare zu ziehen.«

Ich willigte sofort ein, und wir vereinbarten, dass von Gunten mich um acht Uhr beim Hotel Topic abholen würde. An diesem Sonntag gab's also kein Ausschlafen und ich machte, dass ich ins Bett kam.

9

Es war eine kurze Nacht und entsprechend unausgeschlafen stand ich am Sonntagmorgen vor meinem Hotel in Interlaken.

Der Kommissär hatte Verspätung.

Endlich kam er mit einem unauffälligen Dienstwagen angebraust. Ich musste erneut einen Rekord im raschen Einsteigen aufstellen, schlug mir dabei den Kopf am Autotürrahmen an und war während der Fahrt nach Thun äusserst schlechter Laune.

Auch von Gunten schwieg sich aus. Erst kurz vor Thun brummte er in meine Richtung: »Die Execus-Leute haben offenbar auch gemerkt, dass im Wallis nichts zu holen ist. Ein Trio der Liquidatoren traf heute Morgen sehr früh in Spiez ein, wo sie alle Hotels abklapperten. Sie werden bald merken, dass sie am falschen Ort suchen. Einen der drei Burschen kennen wir. Ein Profi wie Torres. Er heisst Ricardo und stammt aus Neapel. Meine Suchtruppe in Thun hat jedoch eine heisse Spur entdeckt. Wir treffen die Männer in Hünibach.« Bis zu diesem Vorort Thuns am rechten Seeufer herrschte wieder Stille.

In Hünibach parkierte der Kommissär den Wagen bei der Poststelle an der Durchgangsstrasse und eilte eine Seitenstrasse hinauf zu einem kleinen Restaurant, das um diese Zeit noch geschlossen war. Im Garten sassen vier Männer. Einer stand auf, salutierte und sagte: »Die beiden Gesuchten sind im obersten Haus an dieser Strasse. Zwei Mann beobachten die Liegenschaft. Unser Überwachungswagen steht hinter dem Restaurant.«

Von Gunten winkte in meine Richtung. Ich folgte ihm auf den Parkplatz des Restaurants, wo ein grosser grauer Kombi stand. Mit einer Parabolantenne auf dem Dach und einem Wirrwarr von Apparaturen im Innern. Zwei Beamte sassen vor den Bildschirmen.

»Wir kennen die Handynummer der Forster aus Unterlagen in ihrer Zürcher Wohnung und können so ihre Gespräche laufend überwachen. Sie hat während der Flucht mehrmals versucht, mit den Syndikatsbossen in Interlaken Kontakt aufzunehmen. Einmal ist es ihr gelungen.« Der Kommissär schüttelte den Kopf: »Das war eine richtige Abfuhr, sage ich dir. Der Oberboss befahlt ihr, ihn nie mehr mit ihren Anrufen zu belästigen.« Er sah mich vielsagend an, bevor er fortfuhr: »Dann war es still. Bis heute Morgen, als Ricardo anrief und wissen wollte, wo sie sich aufhält. Sie hat ihm natürlich nichts gesagt. Jetzt haben wir auch die Handynummer des Execus-Mannes, der wie wild herumtelefoniert. Wahrscheinlich um Zeit zu sparen, hat er alle Hotels und Zimmervermietungsagenturen in Thun angerufen und sich nach den Flüchtigen erkundigt. Bisher ohne Erfolg. In den Hotels sind die beiden nicht und die meisten Agenturen haben übers Wochenende geschlossen. Eine Zimmerliste gibt es allenfalls im Verkehrsbüro oder beim Bahnschalter.« Von Gunten schmunzelte: »Ich warte jetzt auf die Fotos der drei Killer.«

»Wie kommst du zu den Fotos? Du kennst ja nur den Ricardo«, fragte ich.

»Das Trio wird sich einen Stadtplan beschaffen müssen. Den gibt es am Sonntag nur am Bahnhofskiosk. Ein Mann von uns steht mit einer Handykamera dort und wartet auf die drei Gangster. Die Fotos werden dann hierher übermittelt und vervielfältigt.« Der Kommissär fügte bei: »Wenn's mit der Telefonumfrage nicht klappt, werden die Killer versuchen, die Forster via Handy zu orten. Die Execus-Organisation hat ein Büro in der Schweiz, wahrscheinlich in Zürich, das sicher über die nötige Infrastruktur verfügt. Das braucht aber Zeit, und so können wir uns auf den Empfang der drei Herren vorbereiten.«

In diesem Augenblick summte es im Wagen. Einer der beiden Techniker rief: »Die Kioskfalle ist zugeschnappt. Wir erhalten soeben Handybilder.« Dann herrschte eine Weile lang hektische Betriebsamkeit im Kombi. Etwa drei Minuten später hielten wir einen Streifen mit drei Bildern in der Hand.

»Wir vergleichen die Bilder noch mit dem elektronischen Fotoarchiv in der zentralen Fahndungsstelle«, sagte von Gunten, »bald werden wir das Trio kennen.«

Wieder summte es im Kombi.

»Jemand ruft die Forster an.« Der Techniker im Wagen ergänzte: »Es ist wieder Ricardo, der offenbar den Standort anpeilen lässt und dazu eine längere Verbindung braucht. Er plaudert mit der Forster, um Zeit für die Anpeilung zu gewinnen. Sie bietet ihm einen hohen Geldbetrag an, wenn er den Syndikatsauftrag vergisst.« Nach einer Pause: »Die Forster hat plötzlich aufgehängt. Vielleicht ist ihr in den Sinn gekommen, dass sie via Handy aufgespürt werden kann.«

In den nächsten fünf Minuten versuchte jemand, wahrscheinlich Ricardo, mehrmals Doris anzurufen. Sie nahm nicht mehr ab.

»Hoffentlich genügt das Signal den Execus-Spezialisten, den Standort der Forster zu ermitteln. Sonst warten wir vergeblich auf die drei Killer.« Der Kommissär hatte von Bern Verstärkung angefordert, die jetzt eintraf. Er verteilte die Beamten in Zivil auf die verschiedenen Zufahrtsstrassen zum Haus der beiden Flüchtigen. Jeder Polizist erhielt einen Fotostreifen mit den beiden Flüchtigen und ihren drei Verfolgern.

Das lange Warten begann.

Die Fahndungszentrale teilte mit, die drei fotografierten Männer seien als international bekannte Auftragskiller identifiziert worden.

Von Gunten nahm an einem Gartentisch vor dem Restaurant Platz. »Komm, Marc, lass uns plaudern. Über Gott und die Welt, wenn du willst. Oder über Doris, die dir anscheinend so ans Herz gewachsen ist, dass du dir seit gestern ständig überlegst, wie du ihr helfen könntest.«

Ich wollte mich rechtfertigen, aber der Kommissär winkte ab: »Du brauchst dich nicht zu entschuldigen. Ich kann dich recht gut verstehen.« Er sah mich forschend an: »Ich wäre vielleicht sogar etwas enttäuscht von dir gewesen, wenn du die Forster so ohne Weiteres ins Messer der Killer laufen liessest.« Nun grinste der Kerl unverschämt: »Dazu kennst du sie viel zu nah. Und sie ist unbestritten eine äusserst attraktive Frau. Ich gebe dir trotzdem einen Rat. Werfe dich nicht zwischen deine Doris und die Killer. Das würde der Diva nichts helfen. Und du kämst unweigerlich unter die Räder der Profiwalze.« Von Gunten legte beruhigend seine Hand auf meinen Arm: »Wir werden alles tun, um die Execus-Leute von Doris fernzuhalten.«

*

Gegen elf Uhr summte es wieder im Kombi. Es war Ricardo, der mit der Zürcher Zentrale sprach und sich nach den Ergebnissen der Peilung erkundigte.

Das Gespräch mit Doris war etwas zu kurz für eine definitive Ortung gewesen. Die Techniker von Execus konnten den Männern in Thun nur eine ungefähre Standortbeschreibung geben: Die Gesuchten befänden sich in einem Dreihundert-Meter-Radius um das Ortszentrum von Hünibach.

Von Gunten entsandte zwei unauffällig gekleidete Männer zur Bushaltestelle und gab gleichzeitig Anweisung, die beiden

Flüchtigen rasch, aber diskret zu verhaften und in Sicherheit zu bringen. Er gestattete mir mit einem Kopfnicken mitzukommen.

Nach wenigen Minuten meldete sich einer der Männer von der Haltestelle. Er teilte mit, die drei Execus-Leute seien soeben aus einem Linienbus ausgestiegen. Sie würden sich bei der Poststelle besprechen. Einer habe eine Liste in der Hand. Ein anderer mache Kreuze auf einem Agglomerationsplan von Thun.

Der Kommissär brummte: »Die Gauner haben sich im Bahnhof eine Zimmerliste von Thun und Umgebung beschafft und checken jetzt die Vermieter in Hünibach durch.« Er grunzte: »Es gibt hier nur drei. Wir müssen uns beeilen.«

Das Haus mit den Flüchtigen wurde von allen Seiten umstellt. Es war ein einfaches Zweifamilienhaus mit einem grösseren Umschwung. Im ersten Stock lebten offenbar die Vermieter. Ein ziviler Beamter stieg die Aussentreppe hinauf und läutete . Als die Tür geöffnet wurde, verschwand er sofort in der Wohnung. »Er wird die Leute informieren, beruhigen und allenfalls beschützen«, sagte mir von Gunten.

Zwei Polizisten standen vor der Parterretür. Trotz mehrmaligem Läuten und Klopfen rührte sich nichts in der Wohnung.

Plötzlich gab es Lärm auf der Rückseite des Hauses. Rufe waren zu vernehmen, und auf dem gekiesten Strässchen liefen mehrere Personen. Dann hörte man zwei Schüsse und mehrere Schreie.

Der Kommissär gab zwei Beamten, die uns begleiteten, ein fast unmerkliches Zeichen. Ich fühlte mich von beiden Seiten gepackt, herumgerissen und an den massiven Holzzaun gedrückt. Dann machte es Klick und meine rechte Hand war durch eine Handschelle mit der nächsten Holzlatte verbunden.

So viel ich auch zerrte, ich kam nicht los. Ich fluchte. Mein Repertoire an wüsten Ausdrücken beeindruckte den Polizisten neben mir so sehr, dass er mich erstaunt ansah. »Tüchtig, tüchtig«, sagte er, drückte mich gleichzeitig zu Boden und seine Pranke auf meinen Mund: Nur etwa zehn Meter neben uns waren auf einem schmalen, von zahlreichen Büschen umsäumten Durchgangsweg zwei Gestalten aufgetaucht, die das Haus aufmerksam musterten. Einer flüsterte dem anderen etwas zu.

Die beiden Schatten huschten weiter.

Nicht weit weg waren erneut Schüsse zu hören. Offenbar wehrte sich Torres gegen die Verhaftung. Hatte sich vielleicht sogar Doris als Geisel genommen. Ich zerrte wieder an der Handfessel.

Neue Rufe und Schritte auf dem Strässchen hinter dem Haus. Mehrere Beamte strömten nun in den vor uns liegenden Garten und gingen sofort in Deckung.

Der Fluchtweg zum nahe gelegenen Wald war den beiden Gesuchten offenbar versperrt worden. Sie kehrten also um und wollten sich wahrscheinlich in ihrer Wohnung verbarrikadieren.

Jetzt sah ich Torres um die Hausecke rennen. Er zerrte Doris, die sich nur schwach wehrte, die kurze Terrassentreppe hinauf ins Haus.

In der Wohnung stiess Torres auf die Polizisten, die dort bereits auf ihn warteten. Es kam zu einem lautstarken Gerangel. Wieder fielen ein paar Schüsse.

Schweissgebadet verfluchte ich erneut lauthals den Kommissär, der mich so heimtückisch an die Leine gelegt hatte.

In diesem Moment rannte Doris aus der Parterrewohnung, eilte die Gartentreppe hinunter und lief über den Rasen in meine Richtung. Sie hatte sich von ihrem Begleiter losreissen können und suchte jetzt ihr Heil in einer ziellosen Flucht.

Torres, der offensichtlich den Polizisten entkommen war, erschien auch im Türrahmen. In gebückter Haltung und mit blutverschmiertem Hemd. Er zielte mit seiner Pistole auf die flüchtende Doris.

»Hierher Doris«, rief ich so laut ich konnte, zerrte wie wild an meinen Handschellen und wehrte mich gegen meinen Bewacher, der mich erneut zu Boden ziehen wollte.

»Gehen Sie endlich in Deckung, Dubach«, brüllte er.

Doris hatte meinen Ruf gehört. Sie stutzte einen Moment und rannte dann in meine Richtung.

Der Mann an der Parterretür schoss mehrere Male auf die Flüchtende. Kurz bevor sie den Zaun erreichte, wurde sie getroffen und fiel zu Boden. Aus dem Haus ertönten ebenfalls Schüsse. Torres sackte zusammen und blieb regungslos auf der Terrasse liegen.

Nicht weit entfernt vernahm ich ein mehrmaliges Klicken. Wahrscheinlich von einem der drei Execus-Gangster, der Fotoaufnahmen von der Szene machte. Dann hörte man eilige Schritte, die sich rasch entfernten.

*

Von Gunten befreite mich von der Fessel und liess mit absoluter Gelassenheit meinen Wutausbruch über sich ergehen. Er lächelte mich freundlich an und sagte: »Nina wird mich mindestens zwei Wochen gratis in ihrem Hotel wohnen lassen. Als Dankbarkeit dafür, dass ich dich vor dem Heldentod bewahrte.«

Doris und Torres wurden ins nahe gelegene Thuner Spital gebracht. Beide waren schwer verletzt. Der Spanier verstarb bald nach seiner Einlieferung, konnte aber von der Polizei noch kurz vernommen werden. Doris kam in die Intensivstation.

Ich fuhr mit dem Kommissär ins Spital, wo von Gunten über die letzten Aussagen von Torres in Kenntnis gesetzt wurde. Der Sterbende hatte nur noch wenige Sätze artikulieren können. Aus den paar gehauchten Worten ging aber klar hervor, dass Torres sowohl den Tod von Frau Oberholzer als auch den Überfall auf mich zu verantworten hatte. Den Mord an Frau Oberholzer beging er im Auftrag von Doris Forster, während der Anschlag in der Schosshalde von Execus angeordnet worden war.

Doris kämpfte auf der Intensivstation noch um ihr Leben.

Als ich an ihr Bett trat, hatte sie die Augen geschlossen. Sie schien mich trotzdem wahrzunehmen, denn ihre Hand bewegte sich in meine Richtung. Eine feuchte, kalte, schmale Hand, die für ein paar Sekunden meinen Druck erwiderte und sofort wieder erschlaffte.

Ich sprach sie an. Keine Reaktion. Nur die Augenlider flatterten ein wenig und der Hauch eines Lächelns glitt über ihr fahles Gesicht.

Nach wenigen Minuten schickte mich der Arzt hinaus.

Ich sah sie nie wieder. Als ich in der Cafeteria des Spitals auf den Kommissär wartete, der mich nach Bern zurückbringen wollte, trat der zuständige Arzt an meinen Tisch und sagte: »Frau Forster ist vor wenigen Minuten gestorben. Sie hatte keine Überlebenschance.«

*

Auf der Fahrt nach Bern sagte ich kein Wort. Von Gunten war die Stille offensichtlich unangenehm, denn er plauderte pausenlos vor sich hin.

»Das Duo Forster/Torres verstand sich auf der Flucht zuerst recht gut. Bis Doris merkte, dass ihr Begleiter sie nur als Geldquelle und als Schild benutzte. Ein Paar fällt viel weniger auf als eine Einzelperson. Sie ahnte bald, dass Torres die Flucht alleine beenden, sie als lästige Mitwisserin also früher oder später beseitigen würde, und versuchte mehrmals zu fliehen. Das misslang ihr und sie befand sich schliesslich als Geisel in den Händen des Killers.«

Der Kommisssär legte eine Pause ein und fuhr dann fort: »Was das Execus-Trio betrifft, so sind die Gauner spurlos verschwunden. Als sie Schüsse hörten, machten sich die Profis sofort aus dem Staub. Wir haben keine Handhabe, gegen sie vorzugehen, da sie nicht dazu kamen, ihren Job zu erledigen. Damit sind auch die Casino-Bosse vorderhand aus dem Schneider.«

»Doris war nicht mehr in der Lage auszusagen. Sie wird sich für ihre Taten vor einem höheren Richter verantworten müssen. Sicher ist, dass sie nicht im Auftrag von Werner Oberholzer mit dir Kontakt aufnahm, wie wir zuerst annahmen. Sie wurde von Casinoleuten geschickt, die sich vor Indiskretionen der Bürgi in Sachen Glücksspiel fürchteten. Sie hatte wegen ihrer Spielleidenschaft in Deutschland wahrscheinlich Kontakte zu legalen und illegalen Casinobetreibern. Nach ihrer Rückkehr in die Schweiz brach sie diese Verbindungen aber ab.«

»Der Tod von Frau Bürgi bleibt ein ungelöstes Rätsel.« Von Gunten sah kurz in meine Richtung. »Nachdem weder ein Selbstmord noch ein Unfall infrage kommen und sich der Kreis der Verdächtigen in letzter Zeit stark reduziert hat, kommen wir einfach nicht voran. Hast du eine Idee, wo wir weitersuchen könnten?«

Ich hatte von Gunten kaum zugehört und beantwortete auch seine Frage nicht.

Alles, was ich wollte, war schlafen. Traumlos schlafen und vergessen.

In Bern brachte mich der Kommissär zu meiner Wohnung in der Schosshalde. Er verabschiedete sich mit einem wortlosen Brummen.

Einen Beitrag für Bären-TV über das in Thun Erlebte schaffte ich nicht mehr. Ich legte den Hörer neben die Gabel, warf mich aufs Bett und versank im Nichts.

*

Ich erwachte am Montag erst gegen Mittag, wusste lange nicht, warum ich mit den Kleidern auf dem Bett lag, und brauchte drei starke Espressi, um richtig auf die Beine zu kommen.

Als ich das Telefon wieder in Betrieb setzte, klingelte es sofort. Es war Nina, die unzählige Male versucht hatte, mich zu erreichen.

Ich erzählte ihr das Wichtigste. Sie spürte, dass mir der Tod von Doris naheging, und fragte nicht, was ich im Thuner Spital erlebt hatte. Umso mehr wollte sie über die Aktion in Hünibach wissen. Als ich ihr von der Gemeinheit von Guntens mit den Handschellen berichtete, schrie sie vor Freude auf. Sie werde dem Kommissär dafür ewig dankbar sein.

Nina beharrte darauf, dass ich am nächsten Wochenende nach Ascona käme. Ich bedürfe eines Generalchecks durch sie, und zwar subito.

Gegen ein Uhr traf ich im Studio ein. Joe nahm mich sofort in Beschlag. Er war am Morgen als mein Stellvertreter zu Georg Wenger zitiert worden. Der Grandchef war überaus erbost, dass Bären-TV nichts Eigenes über die Schiesserei in Hünibach gebracht hatte. Die Verhaftung der beiden Flüchtigen war in allen Konkurrenzmedien mit ausführlichen Berichten und Kommentaren gewürdigt worden.

»Wenger meinte, du seiest einmal mehr nicht am Ball gewesen.« Joe nahm zwei Schritte Abstand, als er sagte: »Vielleicht nahm er an, du hättest das Wochenende wie immer mit einer Freundin verbracht, die dir keine Zeit zum Radiohören und TV-Sehen liess. Dass du am Montag erst am Mittag auftauchst, spricht auch für diese These.«

Ich stand auf und Joe vergrösserte die Fluchtdistanz. Für alle Fälle.

Als ich ihn nicht zu packen versuchte, sondern ans Fenster trat und hinausschaute, kam mein Kollege wieder näher und sagte: »Ich habe dich bei Wenger herausgehauen, indem ich ankündigte, Bären-TV werde die Hünibach-Geschichte heute Abend eingehend behandeln. Du seiest zurzeit noch am Recherchieren.« Er sah mich forschend an: »Weisst du etwas über die Sache?«

»Ich war sogar dabei, Joe. Sorge dafür, dass uns der Korrespondent in Thun Bilder vom Ort der Verhaftung übermittelt. Ich werde die Aufnahmen kommentieren.«

Joe war überglücklich, dass die Angelegenheit so gut verlief, und eilte aus dem Büro.

In der Abendsendung berichtete ich in allen Details über die Polizeiaktion in Hünibach, ohne auf die Rolle des Casinosyndikats, das nicht zum Einsatz gelangte Killertrio oder das traurige Ende der Verhafteten im Thuner Spital einzugehen. Die Namen der Flüchtigen wurden zwar verfremdet, aber das Ganze glich dennoch einem Tatsachenbericht und ging also unter die Haut.

Am Dienstag erhielt ich ein kurzes telefonisches Lob von Wenger und ein paar Kollegen aus den Konkurrenzmedien erkundigten sich, wie ich zu den Einzelheiten des Polizeieinsatzes gekommen sei. Ich antwortete ausweichend, ein Bekannter in Hünibach habe mich informiert.

10

Am Mittwochabend brauchte ich dringend frische Luft und bummelte vom Redaktionsgebäude am Nordring nach Hause. Auf dem Weg zur Schosshalde kam ich beim Hotel Allegro vorbei. Gerade hier fühlte ich den nicht ganz unerwarteten Drang, mich einerseits unter die Leute zu mischen und mir anderseits einen Feierabenddrink zu gönnen. Ich betrat die nette Bar des Hotels und wählte einen kleinen Tisch im Hintergrund, wo ich neben der Theke gut geschützt vor fremden Blicken das Kommen und Gehen der Gäste und Passanten beobachten konnte.

Nicht weit entfernt sah ich den runden Stammtisch. Obschon zwei Pflanzenkübel und eine Säule zwischen mir und der für besondere Hotelgäste reservierten Tafel standen, konnte ich doch feststellen, dass noch niemand dort sass.

Nach etwa einer halben Stunde änderte sich das. Eine ganze Schar von laut diskutierenden Herren strömte aus dem angrenzenden Restaurant und setzte sich an den runden Tisch. Soweit ich sehen konnte, waren es alles Parlamentarier der liberalen Wirtschaftspartei. Wahrscheinlich hatte der Vorstand der Liberalen im Hotel getagt. Das leitende Parteigremium war sicher zusammengekommen, um sich, wie die Konservativen, mit den anstehenden Ersatzwahlen in den Bundesrat zu befassen. Als Gast hatte sich später offenbar Rolf Schneeberger vom bürgerlichen Flügel der Zentrumspartei zu ihnen gesellt.

Mich sah niemand, und dank meines Sperrsitzes in der dunklen Ecke konnte ich den schon etwas angeheiterten Politikern unbemerkt zuhören.

Nationalrat Karl Danioth vom rechten Flügel der Wirtschaftspartei skizzierte gerade seinen Plan, wie die Zauberformel für die Zusammensetzung des Bundesrates geknackt werden könnte: »Wir müssen von der Blockadepolitik wegkommen. Hin zu einem minimalen bürgerlichen Programm. Mit einer Regierung, die weiss, was sie will. Das kann nur erreicht werden, wenn wir mittelfristig auf eine Mitte-Rechts-Koalition zusteuern.« Er war sichtlich erkältet und rieb sich die Augen: »Wir wählen bei der nächsten Ersatzwahl einen bürgerlichen Vertreter anstelle des Kandidaten der Linken. Dazu natürlich auch den offiziellen Konservativen.«

Schneeberger war skeptisch: »Es ist doch so, dass wir bei zentralen Fragen nur etwas durchbringen, wenn Linke und Gewerkschaften mitmachen. Wieso dann dieser Affront?«

»Es wäre nur ein Schuss vor den Bug der Linken.« Danioth erläuterte: »Sie haben ja immer noch eine Vertretung im Bundesrat. Wenn sie den zweiten Sitz zurückholen wollen, können wir dafür etwas einhandeln. Vielleicht bei der nachhaltigen Sanierung der Sozialwerke oder bei der Finanzpolitik. Ich erinnere daran: 1943 waren die Linken bereit, für ihren ersten Sitz in der Landesregierung die Armee anzuerkennen.«

»Wenn sich die Linken ganz aus dem Bundesrat zurückziehen würden, wäre das sehr schlecht für die Schweizer Politik«, sagte der liberale Nationalrat Gregor Thaler. »Und falls die Konservativen den Sprengkandidaten stellen, hätten sie drei Sitze. Das will ich auf keinen Fall.«

Danioth konterte: »Gerade das hätte vielleicht etwas Gutes: Die Konservativen müssten endlich die Verantwortung für konstruktive Lösungen übernehmen und die unsinnige Idee einer Opposition wäre bei ihnen vom Tisch.«

Schneeberger erkundigte sich besorgt, ob es im bürgerlichen Lager eine Mehrheit für den Geheimplan gebe.

Er habe mit verschiedenen Cracks der Bürgerlichen gesprochen, sagte Danioth, ohne dabei Namen zu nennen. Eine Mehrheit sei durchaus denkbar. Und er liess weitere Details seiner politischen Vision folgen.

Das waren ja spektakuläre Aussichten für die nächste Wahlrunde. Ich schüttelte den Kopf und fragte mich, was alles noch auf die braven Schweizer zukommen würde an importierten und selbst gemachten Politikproblemen.

Die Stammrunde neben mir hatte sich inzwischen aufgelöst, und ich genoss die relative Ruhe, bis mich eine heisere Stimme ansprach.

»Herr Dubach, gestatten Sie mir, dass ich mich zu Ihnen setze?«

Ich schaute auf und erkannte den verschnupften Danioth, der vor dem Schlafengehen an der Bar einen Rumpunsch bestellt und mich dabei entdeckt hatte. Er wollte jetzt wahrscheinlich wissen, ob ich etwas vom Geheimgespräch am Nebentisch mitbekommen hatte.

»Setzen Sie sich doch, Herr Nationalrat«, sagte ich, »hier ist es bequemer als an der Bartheke. Haben Sie sich erkältet?«

»Ja, ich war in Paris. Auf dem Rückflug zog es erbärmlich im Flugzeug.« Er rieb sich die Nase und sagte dann von sich aus: »Wir haben im Vorstand über die kommenden Wahlen gesprochen. Sie sind doch immer gut informiert, Herr Dubach: Was, glauben Sie, kommt hier auf uns zu?«

»Ich weiss es nicht. Es ist alles so offen nach dem Rücktritt von Bundesrat Leutwyler.« Ich durfte ihn natürlich nicht direkt nach Details zum Geheimplan der Liberalen fragen und erkundigte mich unverbindlich. »Was hat Ihr Vorstand beschlossen?«

Danioth wich aus und meinte: »Im Grunde genommen ist es egal, wer gewählt wird. Was auch immer aus dem Bundesrat kommt, wird durch die Pattsituation im Nationalrat blockiert. Ich meine die unheilige Allianz der Konservativen mit den Linken. Wie wenn man bei einem Fussballspiel gleichzeitig auf zwei Tore spielen würde.« Er wischte sich mit einem zerknüllten Taschentuch über die Augen und setzte hinzu: »Auch jetzt sind wieder solche Spiele angesagt. Jeder will mitspielen und keiner für den zu erwartenden Scherbenhaufen verantwortlich sein.«

Ich reichte Danioth eines meiner Papiertaschentücher und fragte: »Was kann man denn an unserem System verändern, um das zu verhindern?«

»Um unnötige Spielchen wie bei der letzten und der kommenden Ersatzwahl zu vermeiden, sollte während der Legislatur kein Mitglied des Bundesrates zurücktreten können. Ausser aus gesundheitlichen oder gewichtigen politischen Gründen. Jede Bundesrätin und jeder Bundesrat ist schliesslich für die ganze Legislatur von vier Jahren gewählt.«

Danioth ergänzte: »Nach jeder Parlamentswahl kämen Erneuerungswahlen des Bundesrates. Alle sieben Mitglieder würden auf einer gemeinsamen Liste vorgeschlagen. Zu dieser Liste müssten sich die Parteien zusammenraufen. Mit Auswirkungen natürlich auf die Formulierung der Legislaturziele.«

»Wir sind jetzt ja mitten in der Legislatur«, meinte ich, »solche Ideen nützen für die kommende Wahl nichts.«

»Man muss heute bereits beginnen, den gordischen Knoten durchzuschneiden«, sagte mein verschnupfter Tischnachbar geheimnisvoll, »ihr Journalisten werdet bald eine saftige Überraschung erleben.«

Mehr wollte Danioth nicht sagen. Offenbar hatte er den Eindruck gewonnen, ich hätte nichts vom Geheimplan gehört, war also beruhigt und beschloss, sich nun auf sein Zimmer im Hotel Allegro zurückzuziehen: »Ich werde versuchen, die Erkältung auszuschlafen. Drücken wir unserer Landesregierung den Daumen. Möge sie einen raschen Ausweg aus der Misere finden. Gute Nacht, Herr Dubach.«

Er verschwand, und ich machte ebenfalls Anstalten aufzubrechen, als eine neue Gruppe von Politikern auftauchte. Die Damen und Herren hatten wohl in der Stadt diniert und waren anschliessend über die Kornhausbrücke ins Allegro spaziert, um hier den Abend bei einem oder mehreren Drinks abzuschliessen.

Der Raum war nun gut besetzt, sodass die Parlamentarier die Bar in Beschlag nehmen mussten. Ich kannte die meisten von ihnen und wurde sofort entdeckt. Katja Hari, die für ihre besondere Medienaffinität bekannte Nationalrätin vom linken Flügel der Zentrumspartei, sprach mich als erste an: »Das ist aber ein Zufall, Herr Dubach.« Sie setzte sich neben mich und sagte: »Haben Sie sich gut erholt vom Überfall? Ich wollte mich schon lange bei Ihnen melden.«

»Danke, es geht mir gut. Aber von Zeit zu Zeit spüre ich noch Kopfschmerzen. Besonders am späteren Abend. Wie jetzt.« Ich versuchte aufzustehen, als mir die Parlamentarierin beim Barkellner lauthals einen Kamillentee bestellte: »Kamille ist das Beste gegen Kopfweh. Ich trinke fast jeden Abend eine Tasse.«

Ich nippte bald mit Todesverachtung am scheusslich heissen Gebräu und plauderte mit der Politikerin über alles Mögliche. Dabei kamen wir selbstverständlich auch auf das Thema Bundesratswahlen zu sprechen.

Als ich mir zum zweiten Mal den Mund mit dem Kamillentee verbrüht hatte, wurde ich wütend und beschloss, die Tischnachbarin zu reizen: »Es geht das Gerücht um, dass es bei der nächsten Wahl zum Bruch der Zauberformel kommt. Mit einem bürgerlichen Sprengkandidaten gegen den linken Anspruch auf einen Doppelsitz. Was sagen Sie dazu?«

»Ich habe von solchen Plänen gehört und finde sie entsetzlich«, sagte sie, »die vernünftigen Leute im Parlament werden rechtzeitig für einen gehörigen Wirbel sorgen, damit solche Bierideen nicht realisiert werden.«

Nach einer Viertelstunde hielt ich es nicht mehr aus. Ich entschuldigte mich bei der Nationalrätin wortreich mit Nachwirkungen des Überfalls, verabschiedete mich umso kürzer und wollte an die frische Luft eilen.

Das war gar nicht so einfach. Mehrere Parlamentarier an der Bar begrüssten mich lautstark und zogen mich mit Gewalt an die Theke. Ich versuchte es mit ostentativem Schwanken und wies wehleidig auf Kopfschmerzen hin, die mich seit dem Überfall immer um diese Zeit plagten. Alles half nichts. Ein Barstuhl wurde für mich frei gemacht und mehrere Hände drückten mich auf den Hochsitz. Glücklicherweise war er etwas bequemer als die Martergestelle im Bellevue.

So sass ich eng eingeklemmt zwischen zwei schlanken Schwergewichten der eidgenössischen Politik: zwischen Jean Zufferey, dem Präsidenten der Zentrumspartei, und Max Rüegg, dem Fraktionschef der Konservativen. Beide nahmen an einer zweitägigen Sitzung im Bundeshaus teil.

Ich war an diesem Abend müde und meine Konversationsfähigkeit auf höchster Stufe entsprechend reduziert. So kommunizierte ich in unverbindlichem Smalltalk, konnte aber dennoch nicht verhindern, dass man bald auf die bevorstehenden Wahlen zu sprechen kam. In diesem Moment regte sich nach langer Zeit wieder einmal mein verkümmerter Journalisteninstinkt und ich ergriff die Gelegenheit, die hohen Politiker mit einem hochbrisanten Thema zu konfrontieren: »Was halten Sie vom Geheimplan, den traditionellen Doppelsitzanspruch der Linken bei den nächsten Wahlen durch eine bürgerliche Sprengkandidatur zu untergraben? Frau Hari hat mir gesagt, es rege sich Widerstand gegen diese Idee.«

»Wie kommen Sie zu diesem Unsinn?«, fragte mich Zufferey nervös.

»Die geheime Aktion wurde mir von verschiedenen Seiten zugetragen. Vielleicht kommt die Idee dazu von der Partei, die wahrscheinlich den Sprengkandidaten stellen würde und am meisten profitieren könnte, also von den Konservativen.«

Ich hatte diese Worte absichtlich in Richtung Rüegg geäussert. Der tat, als ob er nichts gehört hätte. Zufferey dagegen hing voll an der Angel: »Mir ist davon nichts bekannt. Ich könnte mir auch keine Regierung ohne die Linkspartei vorstellen.«

»Sie hätte ja noch einen Sitz.«

Der Zentrumsparteipräsident schüttelte den Kopf: »Den würden sie vermutlich freiwillig abgeben.«

Ich doppelte nach: »Damit käme es zu einem Mitte-Rechts-Regierungsbündnis.«

»Ich denke nicht, dass wir in unserem Land etwas Wichtiges gegen den Willen der Linken und der Gewerkschaften durchsetzen können.« Zufferey legte eine Pause ein und erklärte dann: »Die Schweiz ist mit dem Konkordanzmodell etwa fünfzig Jahre sehr gut gefahren. Das Einbinden aller wichtigen Kräfte bei der politischen Meinungsbildung erwies sich zwar nicht als besonders spektakuläre, aber als eindeutig effizientere Methode als Konkurrenzmodelle wie in Deutschland oder Österreich. Dort kann jede Regierung Vollgas geben, solange sie am Ruder ist. Dann gelangt die Opposition an die Macht, und alles wird wieder zurückgefahren. Mit der Konkordanz kommt man auf längere Sicht zweifellos weiter.« Er wandte sich zu Rüegg: »Was sagst du zur Idee einer Sprengkandidatur gegen die Linken?«

Der Fraktionschef der Konservativen überlegte sich seine Antwort reiflich. Schliesslich sagte er vorsichtig: »Schön wäre ja eine Mitte-Rechts-Regierung schon. Aber ich kann mir nicht vorstellen, dass die Zentrumspartei und die Liberalen den nötigen Mut dazu haben.«

Ich musste eine klarere Antwort provozieren und sagte:

»Die Konservativen machen also mit? Selbst auf die Gefahr hin, dass bei einem künftigen Konkurrenzsystem die Linken und die Grünen ständig das Referendum ergreifen oder Initiativen starten würden?«

Rüegg meinte: »Ich weiss zwar nichts Konkretes. Aber man könnte sich einen Wechsel von der Konkordanz zum Konkurrenzmodell vorstellen. Und Referenden oder Initiativen verursachen einen sehr grossen Aufwand. Eine Partei kann sich das pro Jahr höchstens zwei Mal leisten.«

Eine Weile lang hingen alle ihren Gedanken nach, bis Rüegg etwas enttäuscht, wie mir schien, feststellte: »Selbst wenn es einen solchen Geheimplan gegeben hätte, wäre er jetzt gestorben. Denn dessen Realisierung würde eine absolute Geheimhaltung bis zur letzten Minute voraussetzen. Und das scheint jetzt ja endgültig vorbei zu sein, nachdem sogar Medienvertreter davon wissen.«

Wir becherten noch eine Weile und vermieden es dabei konsequent, über irgendein politisches Thema zu sprechen. So erfuhr ich vieles über die Ferienpläne der beiden hohen Politiker, aber nichts mehr über die Idee eines zusätzlichen bürgerlichen Bundesratskandidaten oder sonst einen Angriff auf die Zauberformel.

Gegen Mitternacht bildete sich eine Gruppe von Parlamentariern, die über die Kornhausbrücke zurück in ihre Stadthotels gehen wollten. Auch meine beiden Nachbarn an der Bartheke brachen auf und Rüegg sagte mir beim Abschied lachend: »Herr Dubach. Sie würden das Verdienstkreuz der Schweizer Konkordanz erhalten, wenn es ein solches gäbe.«

Vor dem Hotel Allegro musste ich mehrmals tief durchatmen, bis ich wieder einigermassen klar denken konnte. Das war ja ein sensationeller Abend gewesen. Ich hatte mich nur ein wenig entspannen wollen in der Allegro-Bar und war mitten in eine hochpolitische Ausmarchung der Bundesratsparteien geraten. Ein Geheimplan zum Sturz der traditionellen

Zauberformel für die Zusammensetzung des Bundesrats war diskutiert, verabschiedet und gleich wieder begraben worden. Alles in nicht ganz drei Stunden. Und ich hatte einen massgebenden Beitrag zum Schutz des bewährten Konkordanzsystems leisten können, indem ich die Pläne für eine politische Palastrevolution gerade noch rechtzeitig publik machte.

Marc Dubach als Retter der Zauberformel. An der kommenden Bundesratsersatzwahl würden die offiziellen Kandidaten der Konservativen und Linken mit grösster Wahrscheinlichkeit auf keinen nennenswerten Widerstand des gegnerischen Lagers stossen.

Ich pfiff auf dem Heimweg fröhlich vor mich hin, bis mich ein entgegenkommender Rentner mit angeleintem Hund höchst missbilligend ansah.

11

Am späten Freitagabend verreiste ich ins Tessin.

Nina empfing mich wie einen vom Krieg Heimgekehrten und bemutterte mich nach Noten, bis ich sie bat, mich wieder als Normalsterblichen zu behandeln.

Sie nickte beglückt und zog mich sofort in ihr Schlafzimmer, wo sie mich noch intensiv nach verborgenen Verletzungen absuchte, nichts fand und schliesslich zufrieden in meine Arme sank.

Am Samstag meldete sich wieder einmal Cousin Giacomo, Grundbuchverwalter der Gemeinde Ascona und Rekordhalter im Boccalinitrinken. Er ging sofort in die Küche, um sich mit Rohessspeck einzudecken, und setzte sich mit seinem Becher Merlot zu mir an einen Verandatisch.

Wir kamen natürlich auch auf die Villa Favorita zu sprechen.

»Nach der Razzia ging gar nichts mehr in punkto Baubewilligung.« Giacomo hatte ein Problem mit einer kleinen Zahnlücke oben links. Regelmässig verirrten sich Speisereste an diesen ungehörigen Ort. Diesmal war es Rohessspeck.

Endlich hatte Ninas Cousin die Speckfaser entfernt und fuhr fort: »Die neuen Besitzer der Villa, eine deutsche Immobiliengesellschaft, verzichten nun auf den laufenden Umbau. Sie haben ein geändertes Baugesuch eingereicht. Diesmal soll eine sogenannte Wellness-Oase entstehen. Mit einer ärztlichen Praxis für ambulante Chirurgie.«

»Es gibt offenbar kein Körperteil, das nicht verschönert werden kann.« Giacomo grinste. »Von oben bis unten.« Er schüttelte sich: »Ich würde so was nie machen.« Mehrere Chirurgen hätten wohl Jahre gebraucht, ihn auch nur ansatzweise zu verschönern. Aber das sagte ich ihm natürlich nicht.

»Die Nachbarn haben bis heute keine Einsprachen gegen das Vorhaben eingereicht. Damit können die Investoren mit einer baldigen Umbauerlaubnis rechnen.«

»Wer steht eigentlich hinter dem Baugesuch? Mit wem verhandelt die Gemeinde Ascona?« Ich fragte mich, an wen Doris die Villa verkauft hatte. »Weiss man, zu welchem Preis die Liegenschaft vor Kurzem den Besitzer wechselte?«

»Die deutsche Besitzerin wird durch eine Agentur in Locarno vertreten.« Giacomo kratze sich ausgiebig am Kopf. »Sie gehört Enrico Bartali, dem wichtigen Tessiner Immobilienhändler. Was den Preis der Liegenschaft angeht, so wurde im notariellen Verkaufsvertrag ein Betrag von 500 000 Fr. aufgeführt. Eine geradezu lächerliche Summe für diese Prachtvilla. Wahrscheinlich war es ein Notverkauf.«

Auch in der Schweizer Sonnenstube kann es gelegentlich regnen. An diesem Wochenende wurde das Wetter im Tessin von einem Tief über Genua beeinflusst. An Spaziergänge war nicht zu denken, ebenso wenig an Ausflüge. So blieben wir den Rest des Nachmittags in der gedeckten Veranda des Hotels sitzen, plauderten, becherten und suchten vergeblich nach Wolkenlücken im grauen Himmel.

Nina lud mich zum Nachtessen in ein neues In-Lokal von Locarno ein. Es hiess Nico, lag in einer Nebengasse der Piazza Grande und war jeden Abend ausgebucht.

Meine Freundin kannte den Besitzer des Lokals, wurde entsprechend herzlich willkommen geheissen und zu einem der besten Tische geführt.

Der Lokalbesitzer hatte es verstanden, den Charme des alten Tessiner Ristorante zu bewahren. Trotz einiger Modernisierungen ist der Raum gemütlich geblieben. Er strahlt immer noch die heitere Leichtigkeit, die unbeschwerte Lebensfreude der Südschweizer aus und lässt selbst mürrische Zeitgenossen aus nördlichen Gefilden nach einiger Zeit auftauen.

Die Lautstärke entsprach daher auch der einer überfüllten italienischen Bar und ich musste mich mit Nina sehr laut unterhalten, um überhaupt etwas verstehen zu können.

Wir bestellten die Hausspezialität, ein Risotto ai funghi, und einen Liter Merlot del patrone. Wirt Nico pflegt mit viel Liebe und Einsatz einen eigenen Rebberg und ist stolz auf seinen edlen Wein.

Die Stimmung im Lokal wurde immer ausgelassener. Sie erreichte ihren Höhepunkt, als Nico zur Gitarre griff und fröhliche Tessiner Lieder zum Besten gab. Alles schaukelte und sang mit.

Auch Nina und ich freuten uns über den unbeschwerten Abend. Ich vergass die traurigen Erlebnisse der letzten Zeit und war gerade daran, einige optimistische Aspekte meines Lebens wiederzuentdecken, als ich an einem nicht weit entfernten Tisch ein bekanntes Gesicht sah.

Es war der mysteriöse Enrico Bartali, der sich lebhaft mit seiner attraktiven Begleiterin unterhielt, einer leicht molligen Blondine mit einem schwarzen T-Shirt, dessen Ausschnitt sogar auf Distanz zu gewagten Spekulationen über unwahrscheinliche Inhalte verleitete.

Von der Schutzmannschaft des drahtigen kleinen Mannes war nichts zu sehen. Wahrscheinlich hielt er es nicht für angebracht, in seinem Locarno mit zwei Bewachern herumzulaufen. Er war so mit seiner Dame beschäftigt, dass er gar nicht bemerkte, dass neue Gäste an einem Nebentisch Platz nahmen. Die Gruppe von dezent gekleideten Passanten liess sich von Nico eingehend über das Speisenangebot informieren.

Offenbar handelte es sich um eine geführte Touristenschar, die dem In-Lokal ihre Referenz erwies.

Ich überliess den temperamentvollen Tessiner seiner Lieblingsbeschäftigung, dem Hofieren hübscher Damen, und widmete mich wieder voll Nina. Wir sahen uns tief in die Augen und bald war zwischen Bartali und mir in punkto Flirten kein Unterschied mehr festzustellen.

Als ich einmal die Toilette besuchte, musste ich am Tisch von Bartali vorbei. Er sah mich und nickte mir freundlich zu. Winken wäre ihm nicht möglich gewesen, da er beidhändig mit seiner Begleiterin beschäftigt war.

Ich passierte auch den Nebentisch mit der Touristengruppe. Die Leute hatten die Köpfe tief über ihre Teller gesenkt. Nur einer trank gerade aus seinem Glas. So konnte ich sein Gesicht erkennen und ich erschrak zutiefst.

Es war Ricardo, einer der Profikiller aus dem Execus-Team von Hünibach.

Zurück an meinem Platz, informierte ich Nina über meine Entdeckung: »Ich glaube nicht, dass dieser Mensch hier Ferien macht. Er ist sicher wieder im Auftrag seiner mörderischen Organisation unterwegs.« Ich zerbrach mir den Kopf. »Aber wen hat er im Visier? Könnte das Bartali sein oder haben die Spielhöllenbosse ihr Wort gebrochen und er hat es auf uns abgesehen?«

Die gute Stimmung war natürlich wie weggeblasen. Nina beglich die Rechnung und wir brachen auf.

Bartali sass alleine am Tisch. Seine Begleiterin war wahrscheinlich ihre Stupsnase pudern gegangen. Er stand auf und wechselte mit uns einige Worte.

Ich flüsterte ihm ins Ohr, am Nebentisch sitze ein Execus-Mann namens Ricardo.

Er zeigte keine Reaktion, sagte bloss, er würde mich am Sonntag in Ascona anrufen. »Ich nehme an, Sie logieren wieder im Hotel von Nina.«

Enrico Bartali rief nicht an. Er erschien gegen Mittag höchstpersönlich im Hotel, überreichte Nina einen Strauss Rosen und mir das Kompliment, ich passe vorzüglich in das kleine Paradies mit der bella ragazza. Und er wünsche uns beiden eine rosige Zukunft.

Als ich den Mund wieder schliessen konnte, war er bereits zum verspäteten Frühstücksbrunch übergegangen.

Bartali war so wirblig wie eh und je. Entweder hatte er die mollige Blonde von gestern nicht die ganze Nacht pflegen können oder, was wahrscheinlicher war, er verfügte über eine Sonderkondition, um die man ihn beneiden musste.

Wie dem auch sei, er schwatzte über alles, nur nicht über das, was wir von ihm wissen wollten.

Unvermittelt wischte er sich jedoch plötzlich über den Mund und sagte: »Ich habe versucht, die Casinoherren zu erreichen. Das war nicht einfach am Sonntagmorgen. Schliesslich gelang es mir, den Oberboss persönlich zu erreichen.« Enrico der Grosse, wie der kleine Mann von seiner Umgebung genannt wird, verlangte es nach einem weiteren Orangensaft, den er genüsslich schlürfte. Endlich fuhr er fort: »Der hohe Herr war höchst erstaunt über den Execus-Mann in Locarno. Für sein Syndikat sei der Fall Dubach und Konsorten, wie er sich ausdrückte, abgeschlossen. Und ich hätte keinen Anlass zu Retorsionsmassnahmen gegeben. Bisher, sagte er. Er versprach mir, sich bei Execus zu erkundigen, was Ricardo im Tessin macht.«

Bartali hatte zu viel gegessen und brauchte dringend einen grossen Grappa. Er dankte Antonio für den noblen Hochprozenter und meinte: »Die Execus-Zentrale steht offensichtlich auch am Sonntag für Mordaufträge zur Verfügung, denn der Syndikatsboss brauchte nur wenige Minuten für die Nachfrage. Wir sollen uns keine Sorgen machen wegen Ricardo, teilte er mit. Der sei für einen Auftrag unterwegs, der uns absolut nichts angehe.« Er grinste: »Ich werde unsere Tessiner Tageszeitungen in der nächsten Zeit gut studieren. Ich frage mich, wer hier plötzlich einem tragischen Unfall erliegt.«

Da die akute Gefahr vorbei war, genossen wir nun den Herbsttag. Es hatte aufgeklart und die Tessiner Sonne setzte sich rasch durch. Wir sassen lange auf der Veranda vor dem Hotel und schwatzten über alles Mögliche.

Der schräge Vogel Bartali war mir recht sympathisch geworden. Nach einigen Grappas sagte ich ihm das, und er erwiderte höflich: »Herr Dubach, das ist durchaus gegenseitig.« Er bot uns das Du an. Bei Nina war die Verschwesterung natürlich mit einer innigen Umarmung verbunden, aus der sich meine Freundin erst lösen konnte, als sie ihm zufällig auf die Zehen trat.

Gegen drei Uhr verabschiedete sich der geheimnisumwitterte Mensch. Er versprach, Nina laufend Hotelgäste zu schicken, und mich zog er beim Adieusagen kurz zur Seite. »Marco, der Todesfall von Frau Bürgi ist immer noch nicht geklärt. Ich weiss, dass du weiter recherchierst, und gebe dir einen kleinen Tipp.« Bartali flüsterte mir ins Ohr: »Suche in Richtung hübsche Jünglinge. Im Bellevue gibt es einige davon. Stichwort Thomy.«

*

Ich fuhr erst am Morgen zurück, ging in Bern direkt ins Studio und traf im Gang auf Joe.

Er berichtete mir von den üblichen Montagmorgenaktivitäten unseres Verlegers. Georg Wenger hat es sich zur üblen Gewohnheit gemacht, zu Wochenbeginn seine Leute zu wecken, wie er einmal sagte. Diesmal betraf die Alarmübung unseren Bären-TV.

»Wenger schrie natürlich zuerst nach dir, Marc«, lächelte mein Kollege, »und ich entschuldigte dich mit dem Hinweis, du seiest an einer heissen Spur im ungeklärten Todesfall Bürgi.«

Ich gratulierte Joe zu seinem sechsten Sinn, der ihm immer wieder die richtigen Ausreden einfallen liess, setzte mich ans Pult und lagerte die Beine hoch.

In diesem Augenblick stürzte Georg der Schreckliche, wie er von einigen seiner Sklaven genannt wird, ins Büro und zischte: »Herr Dubach, wie ich sehe, gibt es bei Ihnen einen fliessenden Übergang vom Nichtstun am Wochenende zur Untätigkeit am Arbeitsplatz.« Er schnaufte, wurde ganz kühl, also brandgefährlich, und sagte: »Ich erwarte von Ihnen in nächster Zeit einen Knüller, der unsere Einschaltquote wieder auf normale Werte bringt.«

Sagte es und verschwand nach einem giftigen Blick in Richtung Joe.

Joe schüttelte sich wie ein Pudel nach dem Flussbad und schimpfte eine Weile vor sich hin.

Ich schlug ihm vor, sofort eine Kaffeepause einzulegen.

In der Cafeteria des Redaktionsgebäudes war der Rest unseres kleinen Teams bereits versammelt. Auch Cutterin Hanna und Kameramann Hans hatten an diesem Morgen einen Zusammenstoss mit Georg Wenger hinter sich und sahen entsprechend zusammengestaucht aus.

Ich tröstete sie, so gut ich konnte, und versprach ihnen einen baldigen sensationellen Beitrag: »Ich habe am Wochenende einen guten Tipp erhalten, wie wir die Story mit der Bürgi aufwärmen können.«

Nachdem ich die wichtigsten Pendenzen aufgearbeitet hatte, bummelte ich in die Stadt, machte einige Einkäufe und traf einen Bekannten, mit dem ich umgehend ein Bier trinken musste. Zu Hause schaute ich in den Briefkasten. Nichts Wichtiges. Ich telefonierte ausgiebig mit Nina und beschloss, heute nicht mehr ins Studio zu gehen. Als Rache für den Anpfiff durch Wenger.

*

Als es an diesem Montag dunkel wurde, drängte es mich jedoch unter die Menschen. Ich fuhr mit dem Bus zum Zytglogge, wo ich nicht lange überlegte und ins Bellevue pilgerte. Bei der Rezeption fragte ich nach Belorini, aber der kam erst nach acht Uhr zum Dienst.

Die Bar war dieses Mal nur spärlich besetzt. So hatte Jack viel Zeit für mich. Sofern ich mich zu ihm an die Theke gesellte. Denn sich zu einem Gast an einen Tisch zu setzen, das war dem Barmann nicht erlaubt. So erklomm ich einen Marterstuhl und wählte als Sitzpolster die rechte Pobacke. Die linke war mir beim letzten Mal sofort eingeschlafen.

Wir scherzten und palaverten, und ich wartete mit meiner Frage auf den richtigen Moment. Als eine allein sitzende Dame am Fenstertisch mehrmals ihre Bestellung änderte und zuletzt einen Hagebuttentee mit Zimt wünschte, stöhnte der sonst äusserst geduldige Jack leise auf.

Die Küche lieferte rasch eine Dose mit Zimt und die anspruchsvolle Kundin rührte bald emsig in ihrem Tee. Das Klingeln des Löffels an der Porzellantasse verunmöglichte längere Zeit jede Unterhaltung im Umkreis von fünf Metern. Endlich hatte sich der Zimt im Tee aufgelöst und es wurde wohltuend still im Raum.

»In so einem Fall würde dein Thomy Wunder wirken«, sagte ich, »er müsste die Dame nur kurz anlächeln, und alle Sonderwünsche wären vergessen.«

»Da bin ich nicht so sicher, was die Sonderwünsche betrifft.« Jack grinste hinter vorgehaltener Hand. »Thomy ist Spezialist auf diesem Gebiet.«

»Was tut der junge Mann im Bellevue, wenn er dir nicht gerade in der Bar hilft?«, fragte ich.

»Er macht sich bei Banketten und anderen Anlässen nützlich. Sonst wird er als Etagenkellner eingesetzt. Vor allem im Nachtdienst.« Der Barmann wollte etwas beifügen, liess es aber sein.

Gegen elf Uhr machte sich Müdigkeit bemerkbar, und ich stellte freudig fest, dass mir diesmal keine wichtigen Körperteile eingeschlafen waren. Ich tätschelte zum Dank den Barstuhl und fragte an der Rezeption nach Belorini.

Der Concierge hatte mich schon gesehen und kam aus dem Refugium für die Empfangsmitarbeiter, einem kleinen Raum hinter der Rezeption mit getöntem Einwegsichtglas.

Nach Austausch der üblichen Höflichkeiten kam ich auf Thomy zu sprechen: »Was macht Aushilfskellner Thomy? Er fehlte uns heute in der Bar. Jack sagte, der Junge werde oft als Etagenkellner im Nachtdienst eingesetzt. Bist du hier zuständig?«

Carlo Belorini wich aus. Das war mir bei ihm noch nie passiert. Er nickte nur kurz und wies dann auf eine Gruppe von Politikern hin, die aus dem Salon Rouge kamen: »Die Bürgerlichen tun sich offenbar schwer mit der Nachfolge Leutwylers. Das ist in zwei Wochen schon die dritte Sitzung des Parteiausschusses der Liberalen.«

Die Probleme der Wirtschaftspartei waren mir in diesem Moment egal. Ich wollte Informationen über Thomy.

Der Concierge wusste das natürlich auch. Er schrieb etwas auf einen Zettel, den er mir über die Marmorplatte zuschob. Ich steckte das Papier ein und verabschiedete mich bald.

Im Bus las ich die Notiz. Belorini schrieb, er könne vor den anderen Empfangsmitarbeitern nicht offen reden. Er habe morgen Nachmittag frei und sei um drei Uhr im Tearoom Wölfli.

*

Am Dienstag sass Carlo schon vor seinem Cappuccino, als ich im Wölfli eintraf. Er winkte mich neben sich und sagte: »Gestern konnte ich nicht über Thomy sprechen. Das Thema ist für die leitenden Angestellten unseres Hotels tabu.«

»Wieso das denn? Was hat er verbrochen?«

»Du weisst vielleicht: Er ist Eurasier. Das sind oft besonders schöne Leute. Dazu kommt, dass er in einem Milieu aufwuchs, wo die Moral anscheinend keine allzu grosse Rolle spielte. Im Beruf kann ihm nichts vorgeworfen werden. Er hat vorzügliche Zeugnisse aus Schule und Praxis.«

»Ich sehe immer noch keinen Grund für die Aufregung, die offenbar bei euch herrscht wegen Thomy.«

»Er hat sich im Hotel einige Dinge geleistet, die nicht akzeptabel sind. Seit etwa zehn Tagen ist er verschwunden. Niemand weiss, wo er ist.« Belorini tupfte mit dem Finger auf einige Semmelkrumen und entsorgte sie in die leere Kaffeetasse. »Wir haben die Polizei eingeschaltet.«

»Das ist ja sehr interessant. Aber du hast mir nicht gesagt, was Thomy angestellt hat.«

»Er hat sich mit einigen sehr hohen Damen eingelassen, die im Hause logierten. Darunter sind auch Ehefrauen von Promis.« Die vielen Sorgenfalten fanden kaum Platz im Gesicht von Carlo. »Du verstehst, dass wir auf keinen Fall zulassen können, dass das publik wird.« Er fügte grimmig hinzu: »Wir dürfen Thomy nicht einmal fristlos entlassen, weil sonst der ganze Skandal auffliegt.«

Ich bezeugte ihm das nötige Mitgefühl.

»Eines ist seltsam, Marc. Als wir das Verschwinden des Boys der Polizei meldeten, wurden wir an Kommissär von Gunten verwiesen, der sich bereits mit der Angelegenheit befasse. Es scheint, dass Thomy noch andere Probleme hat, von denen wir nichts wissen.«

Wie immer war mir von Gunten eine Nasenlänge voraus. Ich nahm mir vor, möglichst rasch mit dem Kommissär Kontakt aufzunehmen.

Belorini wollte nicht sagen, welche Frauen der hübsche Eurasier bezirzt hatte, obschon ich mehrmals nachbohrte. Das betreffe nun wirklich die höchste Geheimhaltungsstufe.

Ich erfuhr noch, dass Thomy meist während seiner Nachteinsätze als Wohltäter der vornehmen Damen wirkte. Wenn sich alleinstehende weibliche Gäste einsam fühlten oder ein prominenter Ehemann gerade Auswärtsverpflichtungen hatte. Als sich die Nebenbeschäftigung des Aushilfskellners im Hause herumsprach, wurde er nur noch für Tageseinsätze eingeteilt.

Der Fall Thomy bot viel Raum für Spekulationen. Vor allem beim ungeklärten Fenstersturz von Bundesrätin Bürgi waren der Phantasie keine Grenzen gesetzt und ich spürte, wie sich wieder einmal mein Journalisteninstinkt regte.

Ich versprach Carlo Belorini hoch und heilig, seine Informationen vorderhand vertraulich zu behandeln.

Im Studio zurück rief ich sofort von Gunten an. Er war nicht besonders freundlich, was ich als gutes Zeichen wertete. Ich erkundigte mich umso höflicher, wie es ihm denn so gehe, und liess ihm liebe Grüsse von Nina zukommen.

»Was willst du?« Der Kommissär brummte: »Geht es um den Fall Bürgi? Du musst offenbar endlich wieder einmal etwas für deinen Sender tun.«

»Das auch. Aber ich habe vernommen, dass du eine neue Spur hast.«

»Wer sagt das?« Von Gunten polterte los. »Aus welchen dubiosen Quellen hast du dieses Gerücht?« Etwas leiser fügte er bei: »Bei uns gibt's nichts Neues.«

So konnte er mir nicht kommen. Ich sagte nur: »Dong Tschunghui.«

Es blieb einen Moment still in der Leitung. Dann räusperte sich der Kommissär. »Komm am besten heute bei mir vorbei. Ist drei Uhr OK?«

*

Von Gunten empfing mich in seinem Büro inmitten einer für ihn ungewöhnlichen Unordnung. Auf dem Pult und zwei Besucherstühlen stapelten sich Berge von Akten.

»Zügelst du, Paul?« fragte ich ihn.

»Nein, das ist eine Folge der Hünibachgeschichte. Wir wollen mit Interpol endlich einmal die Machenschaften der Execus-Organisation durchleuchten und ich habe mir alle Unterlagen über ungeklärte Todesfälle prominenter Persönlichkeiten in der Deutschschweiz geben lassen. In den letzten zehn Jahren. Das ergibt eine ganze Menge Akten, wie du siehst.«

»Ist die Akte Bürgi auch dabei?«

»Sie war es, Marc, sie war es.« Mehr sagte von Gunten nicht.

Ich half nach: »Sie ist wohl auf dem Stapel gewöhnlicher Kriminalfälle gelandet? Nachdem du einem Einzeltäter auf der Spur bist.«

Der Kommissär dachte einen Moment nach und lachte dann: »OK, Marc. Du hast offenbar einen Tipp erhalten und recherchiert. Legen wir unsere Informationen zusammen. Also: Aushilfskellner Dong Tschunghui alias Thomy hat das Bellevue mit einem Bordell verwechselt und ist seit einiger Zeit spurlos verschwunden. Ich habe eine detaillierte Liste der vermuteten Damenkontakte machen lassen und festgestellt, dass wirklich prominente Leute darunter sind.«

Er sah meine Frage voraus und sagte: »Die Bürgi ist auch darunter. Unser Überwachungsteam hat mehrmals festgehalten, dass Thomy die Bürgi nach zehn Uhr abends in ihrem Zimmer mit Snacks aus der Hotelküche bediente. Ob es bei diesem kulinarischen Service blieb, ist sehr fraglich. Denn der junge Kellner blieb jeweils fast eine halbe Stunde bei der Bundesrätin.«

»Das heisst aber noch lange nicht, dass er mit ihrem Tod etwas zu tun hat«, warf ich ein. »War er am Todestag auch bei der Bürgi?«

»Die Überwachungskamera fiel ausgerechnet an diesem Abend aus. Das letzte Bild mit leerem Korridor blieb einfach stehen. So wissen wir nicht, wen die Bürgi empfing.«

»Wo ist Thomy jetzt?«

Der Kommissär schüttelte den Kopf: »Wir haben noch nichts Konkretes herausfinden können. Aber möglich wäre es schon, dass er sich zu einer seiner vornehmen Damen verkrochen hat. Auf der Liste stehen mehrere Adressen mit Nobelquartieren Berns, die infrage kämen. Alleinstehende oder in getrennter Ehe lebende Frauen. Es gibt auch drei Witwen. Wir arbeiten daran.«

»Wieso hat er sich denn verkrochen?«

»Als im Bellevue die Gerüchte über Thomys Liebesabenteuer zunahmen, wurde er von der Direktion zurechtgewiesen und nur noch zu Tagesarbeiten eingeteilt. Vor einigen Tagen fehlte beim Etagenservice in der Tageskasse ein grösserer Betrag. Der Verdacht fiel natürlich auf Thomy. Man durchsuchte seine Sachen im Personalhaus und fand mehrere tausend Franken, versteckt im Wäschestapel. Zur Rede gestellt, bestritt er den Diebstahl. Über die Herkunft des Geldes im Stapel wollte er sich jedoch auch nicht äussern.« Der Kommissär heftete seinen Blick nachdenklich auf meine Schuhspitzen und fuhr dann fort: »Er riss aus. Niemand weiss, wo er ist. Er hat wenig Freunde im Hotel, da sich seine Kontaktfreudigkeit offenbar auf reiche Damen beschränkt. Gegenüber Kolleginnen und Kollegen ist er eher zurückhaltend.« Von Gunten runzelte die Stirn: »Ich bin mir trotz allem keineswegs sicher, dass Thomy die Servicekasse geplündert hat. Das passt nicht zum Bild, das ich mir von ihm mache.«

Ein Anruf unterbrach den Kommissär. Er hörte aufmerksam zu, legte dann den Hörer auf die Gabel und sagte zu mir: »Wir haben die infrage kommenden Adressen von Gespielinnen des charmanten Jungen in Bern und Umgebung durchgecheckt. Es sind sieben Damen im besten Alter, die immer oder meistens alleine in ihren Wohnungen oder Häusern leben und dem armen Flüchtling Obdach bieten könnten.« Er schmunzelte: »Wir haben ihn wahrscheinlich. Er dürfte bei einer reichen Witwe im Elfenauquartier Unterschlupf gefunden haben. Sie lebt alleine und hat seit Tagen das Haus nicht mehr verlassen. Ein Lieferservice bringt ihr die nötigsten Sachen. Meist genug für zwei Personen.«

Von Gunten grinste: »Wir werden die Dame heute noch besuchen und ihr den jungen Mann wieder wegnehmen. Kommst du mit?«

Natürlich liess ich mir diese Gelegenheit nicht entgehen und schloss mich dem Kommissär unverzüglich an.

Für die Aktion war kein Überfallkommando nötig. Der Kommissär wurde nur von zwei Fahndern in Zivil begleitet. Im Nobelquartier Elefenau liess er das Polizeifahrzeug auf einem öffentlichen Parkplatz stehen und wir gingen zu Fuss zur Villa der Gastgeberin von Thomy. Ein Fahnder lief ums Haus, der andere blieb vor dem Haupteingang stehen.

Von Gunten läutete. Längere Zeit geschah nichts. Endlich öffnete sich die Tür und eine etwa 50-jährige Frau stand vor uns. Sie sah uns fragend an.

Der Kommissär wies sich aus: »Wir suchen einen chinesischen Hotelangestellten. Sie kennen ihn unter dem Namen Thomy. Dürfen wir eintreten?«

Die Dame stand lange regungslos vor uns. Schliesslich sagte sie: »Kommen Sie.«

Hinter dem Haus hörten wir einen scharfen Ruf.

Nach wenigen Minuten tauchte ein Zivilpolizist in der offen gebliebenen Tür auf. Neben ihm stand Thomy in Handschellen.

Der zweite Fahnder stellte der Dame einige Fragen und damit war der ganze Spuk bereits vorbei.

Bei der Vernehmung des jungen Mannes im Polizeipräsidium durfte ich natürlich nicht dabei sein. Von Gunten versprach jedoch, mich bald über die Ergebnisse des Verhörs zu orientieren. Er fügte bei: »Bis auf Weiteres darfst du davon aber nichts verwerten in deinem Sender.«

Es wurde Mittwoch, bis sich der Kommissär meldete.

»So, das hätten wir. Dong Tschunghui können wir abhaken. Der Junge hat nachweisen können, dass er das viele Geld in seinem Wäschestapel in seinem Nebenjob als Tröster einsamer Frauen verdient hat. Den Dieb des Betrages aus der Tagesservicekasse konnten wir auch schon ermitteln. Es ist ein Externer, der regelmässig Waren anliefert und sich im Bellevue gut auskennt.«

»Damit ist aber nur der Diebstahl aufgeklärt. Was ist mit dem Fall Bürgi?«

Von Gunten grunzte enttäuscht: »Auch hier ist Thomy aus dem Schneider. Er hat für die Unfallnacht der Bundesrätin ein unantastbares Alibi. Die distinguierte Ehefrau eines sehr prominenten Wirtschaftsbosses hat sich über Stunden mit dem hübschen Eurasier vergnügt, und sie hat sich bereiterklärt, dies auch unter Eid zu bestätigen. Voraussetzung war allerdings, dass wir ihr absolute Diskretion zusicherten.«

»Wieso hat sich denn Thomy abgesetzt?«

»Eine reine Panikreaktion.« Der Kommissär erklärte: »Thomy ist eigentlich kein schlechter Kerl. Er braucht das Geld aus seinem unmoralischen Nebenjob nicht für sich, sondern für seine Leute in Shanghai. Vor allem für die Mutter. Die ist schwerkrank und kann sich eine dringend nötige Operation nicht leisten.«

Ich strich Dong Tschunghui aus der Liste der Verdächtigen und war höchst beunruhigt. Einerseits hatte sich eine vielversprechende Spur im Fall Bürgi einfach in Luft aufgelöst, und anderseits schwebte über mir das Damoklesschwert von Georg dem Schrecklichen.

Mit übersteigerter Aktivität versuchte ich mich abzulenken. Was natürlich bei meinen Leuten nicht gut ankam. Joe wurde als Parlamentär in mein Büro entsandt und überbrachte mir im Namen des Teams eine kleine Flasche Whisky: »Wir sorgen uns um dich und möchten, dass du auf den Boden der

Realität zurückkehrst. Wir brauchen und schätzen dich als nüchternen Leithammel. Sei bitte wieder normal.«

Ich suchte noch nach einer passenden Entgegnung auf diese infame Insubordination, als mich die Sekretärin meines verehrten Verlegers anrief und mitteilte, Herr Wenger möchte mich am nächsten Dienstag zu einer Aussprache empfangen. Um punkt zehn Uhr.

Das war deutlich. Ich begann in Gedanken, mein Pult aufzuräumen und den weiteren beruflichen Werdegang ausserhalb des Redaktionsgebäudes am Nordring zu planen.

Ich winkte Joe, der es sich auf meinem Besucherstuhl bequem gemacht hatte, zu, den Raum umgehend zu verlassen. Er wollte dabei auch gleich das Geschenk meines Teams, den Seelentröster in Whiskyform, wieder mitnehmen, was ich mit einem wüsten Schimpfwort verhinderte.

*

Am Abend musste ich mich auf eine Pintentour begeben, um auf andere Gedanken zu kommen.

Ich landete natürlich zuletzt in der Bellevue-Bar. Sie war recht gut besetzt für einen Mittwoch. Wahrscheinlich fanden zurzeit wieder Kommissionssitzungen der eidgenössischen Räte statt.

Jack winkte mir zu und deutete auf den hinteren Teil der Bar, wo ein kleiner Tisch frei war, und fragte: »Wie immer?« Ich nickte.

Ich hatte mich kaum niedergelassen und den ersten Schluck Gin Tonic getrunken, als ich angesprochen wurde. Nationalrat Gregor Thaler war von seinem Barstuhl geklettert und fragte, ob er sich an meinen Tisch setzen dürfe: »Marc, mir wird es zu unbequem hier an der Bar und ich würde gerne mit einem vernünftigen Menschen plaudern.«

»Was hat dich so in Rage gebracht, dass du einen simplen

Journalisten wie mich den edlen Damen und Herren der hohen Politik vorziehst?« Ich wollte ihn aus der Reserve locken und sagte mit wissendem Gesichtsausdruck: »Wahrscheinlich hat dich niemand gefragt, ob du bei der nächsten Bundesratswahl kandidieren willst.«

»Blödsinn. Als Kandidat für das höchste Regierungsamt käme ich gar nie infrage. Das weiss ich selber am besten.« Er grinste. »Ich habe ein viel zu lockeres Mundwerk und bin von Hause aus zu wenig konsensfähig. Und damit nicht geeignet für den ständigen Balanceakt der scheinheiligen Konkordanzpolitik auf höchster Ebene.«

»Schade«, meinte ich, »es bräuchte mehr Leute mit eigenwilligem Charakter in der Schweizer Politik. Aber wahrscheinlich wäre das dem traditionellen System nicht zuträglich. Unsere politischen Strukturen verlangen nach Flexibilität und gegenseitiger Rücksichtnahme. Wenigstens nach aussen.«

»Du sagst es. Nach aussen. Innen gelten die Gesetze des Politdschungels. Also fressen und gefressen werden oder Auge um Auge, Zahn um Zahn.« Gregor schmunzelte vergnügt. »Bei den Bundesratswahlen heisst das, ich helfe dir heute, deinen Kandidaten ins Amt zu bringen, wenn du morgen meinen Sitzanspruch unterstützest. Es geht dabei nicht primär um Parteiideologien und schon gar nicht um ein allfälliges Landesinteresse an besonders fähigen Anwärtern.« Thaler hatte offenbar schon einige Beruhigungsschnäpse intus und brüllte: »Es geht immer nur um Macht. Macht der Parteien, vor allem aber der Parteibonzen.«

Der Lärmpegel in der Bar war so hoch, dass der Temperamentsausbruch von Gregor nur in der nächsten Umgebung bemerkt wurde. Aber auch hier senkten sich die Köpfe rasch wieder.

Jack brachte mir den zweiten Gin Tonic und meinem Tischnachbarn ein Silberplateau mit zwei Semmeln. Er sagte in meine Richtung: »Herr Nationalrat Thaler wünscht sich am fortgeschrittenen Abend jeweils diese Unterlage, wie er sich auszudrücken beliebt, für weitere Getränke.«

»Ein Goldjunge, dieser Jack«, lobte Gregor und mampfte einige Zeit still vor sich hin. Ich hatte so Gelegenheit, mit einem Bekannten am nächsten Tisch einige Worte zu wechseln.

Es war ein Kollege aus der Journalistenausbildungszeit im MAZ bei Luzern, Roberto Tettanti, der nun als Bundeshausredaktor tätig war. Er fragte mich: »Gehst du immer noch oft nach Ascona?« Ich bejahte, was uns Anlass gab zu einem kleinen Tessiner Tour-d'Horizon. Dabei erwähnte Roberto unter anderem, Peter Imfeld trete bald als Redaktor der Tessiner Zeitung zurück. Imfeld war mir mehrmals bei Recherchen im Tessin behilflich gewesen.

Thaler hatte inzwischen seine Semmeln verdrückt und meldete sich wieder zu Wort: »Der Bundesrat wird auch mit zwei neuen Mitgliedern nicht besser werden. Und die längst fällige Reorganisation harzt und harzt.« Er brüllte erneut, diesmal nach einem weiteren Whisky, und ergänzte versonnen, also Gott sei Dank wieder leiser: »Die Machtstärkung des Präsidenten stösst seit der Nacht- und Nebelaktion von Schärz auf Widerstand. Und eine Neuaufteilung der Departemente ruft nach neun Bundesräten oder neuen Staatssekretären. Was auch nicht überall zu Begeisterungsstürmen führt.«

Natürlich kam später auch die Zauberformel aufs Tapet. Gregor war sich da im Klaren: »Die nächsten Parlamentswahlen sind das Ende dieser traditionellen Formel. Die Konkordanz als Einbindung aller wichtigen Gruppierungen in die Verantwortung und damit auch die Interessenvertretung der Kantone und Sprachregionen werden in den Hintergrund treten gegenüber den parteipolitischen Ansprüchen. Leider.«

»Gewinnt damit die Idee einer Volkswahl an Terrain?«, fragte ich.

»Kaum, denn damit würde man sowohl die föderalistischen als auch die parteipolitischen Forderungen nach einer ausgewogenen Zusammensetzung der Landesregierung endgültig beerdigen.« Thaler ergänzte in belehrendem Ton: »Und überhaupt, ich denke, dass wir tendenziell auf eine weitere Zersplitterung der Parteienlandschaft zusteuern. Ähnlich wie in Deutschland. Wir werden also noch mehr Parteien als heute haben, was die Bildung einer handlungsfähigen Regierung ohnehin erschweren wird.«

Ich widersprach dem nicht und so sank unser Gesprächsniveau nach und nach hinab zu trivialeren Themen.

Jack brachte die Rechnung, bevor wir in Gefahr gerieten, den geistigen Niveauverlust mit Alkoholprozenten auszugleichen.

12

Der Rest der Woche brachte keine neuen Höhepunkte.

Ich sass brav meine Arbeitszeit im Studio ab, legte die Beine nicht mehr aufs Pult und nuckelte ab und zu an der Whiskyflasche von Joe.

Der goldene Oktober machte seinem Namen alle Ehre. Die Sonne schien fast so warm wie im Spätsommer und in ihrem Licht erstrahlte die ganze Farbenpracht der herbstlichen Bäume. Ich beschloss, am Wochenende ins Oberland zu fahren und dabei mein Versprechen an Martin, den Hoteliersohn in Iseltwald, einzulösen.

Martin Burgener erwartete mich am Samstag zum Nachtessen und schlug vor, dass ich im Hotel Adler übernachtete. Er sagte mir am Telefon: »Wir haben um diese Zeit nur noch wenig Gäste. Nach dem Essen können wir uns so in aller Ruhe unterhalten.«

Am Freitagabend entwendete ich ein Fahrzeug von Bären-TV. Die Fahrt nach Iseltwald konnte ja zur Not als dienstlich gelten, und wenn Wenger nicht dieser Ansicht sein sollte, so war mir das völlig egal.

Ich wollte den schönen Spätherbsttag auskosten und fuhr am Samstag früh los, machte mehrere Zwischenhalte am Thunersee und kam richtig entspannt in Iseltwald an, wo mich Martin willkommen hiess.

Bis zum Nachtessen blieben mir fast zwei Stunden. Ich bummelte durch das reizende Dorf am Brienzersee und genoss die Ruhe und Abgeschiedenheit des Ortes wie eine psychotherapeutische Behandlung.

Um sieben Uhr fand ich mich im Speisesaal des kleinen Hotels ein. Martin empfing mich mit einem professionellen Lächeln und sagte: »Wir werden in der Gaststube nebenan essen. Um diese Zeit ist wenig los und wir können unter uns sein. Ich komme in ein paar Minuten nach.«

In der Gaststube war es in der Tat gemütlicher als im Speisesaal. Der holzgetäferte Raum und die klobigen Möbel samt Stammtisch in der Ecke liessen eine behagliche, fast schläfrige Stimmung aufkommen. Ein Tisch am Fenster war fürs Nachtessen gedeckt. Für vier Personen.

Ich setzte mich und bestellte bei der etwas ältlichen Serviererin ein kleines Bier. Der Spaziergang hatte mich durstig gemacht.

Nach gut zehn Minuten kam Martin. Er entschuldigte sich für die Verspätung. Es seien neue Gäste gekommen, die er einweisen musste. »Ich habe mir erlaubt, fürs Nachtessen meine Eltern an unseren Tisch zu bitten. Sie möchten Sie gerne kennenlernen.«

»Das freut mich sehr«, sagte ich, »ich habe im Prospekt gelesen, dass das Hotel Adler seit Generationen im Besitz Ihrer Familie ist. Werden Sie die Tradition weiterführen?«

»Es war an sich vorgesehen«, erwiderte Martin, »aber in letzter Zeit ist so viel passiert, dass meine Zukunft völlig offen ist.«

Wahrscheinlich hatte der junge Mann eine Freundin, die sich nicht für das Hotelgewerbe interessierte.

»Schade. Ich könnte Sie mir als Hotelier gut vorstellen. Und im Bellevue war man äusserst zufrieden mit Ihnen. Steht Ihnen noch ein Jahr an der Hotelfachschule bevor?«

»Zwei bis zum Abschluss. Aber eben: Ich weiss nicht, wie

es weitergeht.« Martin setzte sich mir gegenüber. »Vielleicht sollten wir jetzt das Nachtessen bestellen. Im Menü gibt es gemischten Salat, eine Gemüsesuppe, Kalbsragout mit Kartoffelstock und ein Dessert. Ist das für Sie in Ordnung?«

Ich nickte begeistert.

Der Hoteliersohn wandte sich zur Serviceangestellten: »Marta, vier Menüs. Sagen Sie bitte meinen Eltern, wir seien bereit. Und holen Sie zwei Flaschen Aigle rouge. Sind Sie damit einverstanden, Herr Dubach?«

Natürlich war ich das. Als ich mit dem Smalltalk weiterfahren wollte, unterbrach mich Martin mit einer Handbewegung: »Bevor meine Eltern kommen, eine kleine Bitte. Wie ich Ihnen beim letzten Besuch sagte, möchte ich Ihren Rat zu einem persönlichen Problem einholen. Meine Eltern wissen nichts davon. Deshalb schlage ich vor, dass wir uns erst nach dem Essen unter vier Augen darüber unterhalten.«

Bald trafen die Eltern von Martin ein. Der Vater war ein grosser, fülliger Mann um die 70 Jahre, mit einem verwitterten Gesicht, aus dem mich helle, kluge Augen musterten. Die etwa gleich alte Mutter war von kleinerer, aber ebenfalls molliger Statur mit liebenswürdigem, leicht naivem Blick und einer altmodischen Frisur.

Das Essen verlief friedlich und harmonisch. Der Vater wollte vieles über den Beruf eines Journalisten wissen und die Mutter stellte eher private Fragen. Als ich von meiner fast zweijährigen Tätigkeit im Hotel von Nina erzählte, schaute sie mich verträumt an und fragte: »Wann gehen Sie für immer nach Ascona?« Ich wusste keine Antwort und wechselte das Thema.

Nach neun Uhr standen die Eltern von Martin auf und verabschiedeten sich mit einem herzlichen »Kommen Sie bald wieder vorbei«.

Der Hoteliersohn und ich waren nun alleine in der Gaststube. Martin schickte die Serviceangestellte in einen offenbar vorgezogenen Feierabend, schloss die Eingangstür, nachdem er draussen das Schild »Geschlossen« angebracht hatte, und setzte sich wieder zu mir.

Längere Zeit geschah nichts. Wir nippten regelmässig an unseren Gläsern mit Aigle rouge, sahen irgendwohin und fühlten die Stille in uns aufsteigen. Auch eine gewisse Kälte. Die Wirtstube verlor zusehends an Behaglichkeit.

Plötzlich sagte Martin: »Ich wollte es nicht. Ich schwöre es Ihnen.«

»Was wollten Sie nicht?«

»Die Bürgi umbringen. Es kam über mich wie ein Anfall von Irrsinn.« Der junge Mann stöhnte auf: »Sie war meine erste richtige Liebe. Wieso musste gerade mir das passieren. Ich habe mich immer so gefreut auf diesen Moment, liess sogar Jugendliebeleien aus, um meine Gefühle für die wirklich grosse Liebe aufzusparen. Und dann das!«

Er erzählte mir die ganze Geschichte. Frau Bürgi hatte mit dem attraktiven Hotelboy angebändelt, ihn mit viel List und noch mehr Erfahrung in ihren Bann gezogen und schliesslich zum willfährigen Sexspielzeug gemacht. Sie zitierte ihn regelmässig zu amourösen Treffen in ihr Zimmer.

Nach ihrer Wahl wurden diese Rendez-vous rarer. Einerseits störten die polizeilichen Sicherheitsmassnahmen, und anderseits fand die Bundesrätin ihren jungen Liebhaber zunehmend langweilig und einfallslos, wie sie sich ihm gegenüber ausdrückte. Er war verzweifelt und versuchte mit allen Mitteln, ihre Leidenschaft wieder zu entfachen. Erfolglos.

Am Tag vor ihrem Sturz bat Martin die Magistratin um ein Schäferstündchen. Er habe gebettelt, sie angefleht. Sie sei zwar geschmeichelt gewesen und habe ihm freundlich zugelächelt, aber dann erklärt, sie habe einen neuen Lover gefunden. Der sei ein wahres Genie in der Liebe. So etwas habe sie noch nie erlebt. Nach einem freundschaftlichen Schulterklopfen liess sie Martin einfach stehen.

Der Hoteliersohn machte erschöpft eine Pause. Er war kreideweiss im Gesicht und wischte sich Schweissperlen von der Stirn.

Wir schwiegen längere Zeit.

»Am nächsten Tag führte ich abends Resi wie immer Gassi. Als ich mit ihr zurückkam, war die Tür der Bürgi weit offen. Wie wenn sie jemanden erwarten würde. Der Zivilpolizist beim Aufzug sagte mir, die Überwachungsanlage sei defekt, und er warte jetzt hier auf die Reparaturmannschaft und sorge dafür, dass keine Unbefugten den Gang beträten. Wir haben oft miteinander geplaudert.«

Erschöpft lehnte er sich zurück, bevor er weitersprach: »Als ich Resi bei Herrn von Wartburg abgeliefert hatte und beim Zimmer der Bürgi vorbeikam, stand sie in der Türöffnung. Sie winkte mich ins Zimmer, sagte aber kein Wort, schloss nur die Tür hinter mir und ging rückwärts zum Fenster, das sie offenbar schliessen wollte. Sie öffnete zuerst ihren Morgenmantel, dann ihr Negligé, und als sie meine Erregung sah, lachte sie laut auf und sagte: ›Da siehst du, was du alles verpassest wegen deiner Fantasielosigkeit‹.«

Wieder eine Pause.

Mit monotoner Stimme und gesenktem Kopf fuhr er fort: »Ich wollte sie umarmen. Sie trat weiter zurück. Bis auf den kleinen Balkon vor dem Fenster. Ich folgte ihr mit zunehmender Erregung, fasste nach ihr und liebkoste ihre Brüste. Sie stand nun ganz an der Brüstung und lehnte sich weit zurück, um mir die Küsse zu erleichtern.« Martin musste tief Luft holen. »Plötzlich stiess sie mich grob zurück. Gab mir eine Ohrfeige. Lachte wiederum laut auf und sagte: ›Hau ab, du Langweiler‹.«

»Da spürte ich mich nicht mehr. Ich fasste die Frau um die Oberschenkel, hob sie in die Höhe und stiess sie über die Brüstung in die Tiefe.« Der junge Mann sah auf und schrie: »Ich habe das nicht gewollt. Glauben Sie mir.«

Ich stand auf, trat zu Martin, der auf seinem Stuhl zusammengesunken war, und legte ihm beruhigend die Hand auf die Schulter. Er schluchzte leise vor sich hin.

Nach einer Weile fasste er sich: »Ich floh aus dem Zimmer, schloss die Tür hinter mir. Der Fahnder beim Aufzug war nicht zu sehen. Vielleicht hatte er kurz austreten müssen. Mein Dienst war bald zu Ende und ich verkroch mich in meine Kammer.«

Als ich ihn fragte, wieso er mir das alles erzählte, obschon er nicht unter Verdacht stand, überlegte Martin lange. Schliesslich sagte er: »Die Sache macht mir schwer zu schaffen. Auf der einen Seite sage ich mir, dass ich mehr Opfer als Täter war. Auf der anderen Seite steht fest, dass ich die Beherrschung verlor und die Frau tötete. Ich kann nicht mit dieser Belastung weiterleben.« Er sagte traurig: »Meine Eltern tun mir so leid. Sie haben fest damit gerechnet, dass ich einmal das Hotel übernehme. Daraus wird wohl jetzt nichts.«

»Wie geht es weiter?«, fragte ich. »Wollen Sie sich der Polizei stellen?«

»Ja, auf alle Fälle. Ich möchte Sie aber bitten, mir zur Seite zu stehen. So sollen meine Eltern möglichst verschont werden von Recherchen der Massenmedien. Und jemand muss sie über die ganze Geschichte informieren.« Er sah mich dabei flehend an.

Wir tranken die zweite Flasche Aigle rouge leer. Martin zündete sich eine Zigarette an. Es gab zwar in der Gaststube keine Aschenbecher mehr und mehrere Schilder wiesen auf das Rauchverbot hin, aber das war in diesem Moment bedeutungslos.

Nach längerem Nachdenken nickte ich Martin zu: »OK. Ich helfe Ihnen. Aber nur, wenn Sie mir versprechen, keinen Unsinn zu machen. Wie etwa flüchten oder an Selbstmord denken.« Ich ging im Raum hin und her und sagte dann: »Ich werde Kommissär von Gunten bitten, sich persönlich um Sie zu kümmern. Und ich werde morgen mit Ihrem Vater sprechen.«

*

Am Sonntag frühstückte ich wieder mit der Familie Burgener in der Gaststube. Martin sah zwar schlecht aus, aber ein entschlossener Ausdruck in seinem Gesicht zeigte, dass er daran war, die Lebenskrise zu meistern.

Gegen elf Uhr bat ich Herrn Burgener senior, mich bei einem Bummel durch das Dorf zu begleiten. Der Vater von Martin sagte sofort zu. Fast schien mir, als hätte er mit diesem Vorschlag gerechnet.

Es war erneut ein strahlend schöner Herbsttag. Die Sonne wärmte schon am Vormittag die Luft auf spätsommerliche Temperaturen. Ein laues Lüftchen wehte und der stille See lag glitzernd vor uns.

»Was ist mit Martin?«, fragte er mich bereits nach wenigen Metern.

Ich überwand einige innere Hemmungen, erzählte ihm die ganze Geschichte und war froh, ihn dabei nicht ansehen zu müssen.

Der ältere Mann hatte seine Schritte verlangsamt, sodass ich stehen bleiben musste. Als er mich einholte, sagte er: »Das ist schlimm. Sehr schlimm. Wenn Martin das übersteht, wird vielleicht alles wieder gut.« Er wandte sich mir zu: »Was meinen Sie: Hat er die Kraft dazu?«

»Ja. Ich traue ihm das zu.« Ich blickte Vater Burgener an und erschrak. Mir war, als wäre der Mann in wenigen Minuten um Jahre gealtert. Seine Stirn war mit Schweissperlen übersät und sein zerfurchtes Gesicht zeigte einen Ausdruck völliger Hoffnungslosigkeit. Wie bei einem zu Tode Verurteilten, der keine Gnade erwartet und jederzeit mit dem Vollzug des Urteils rechnet. Ich legte meinen Arm um ihn und führte ihn behutsam zurück zum Hotel.

Am Nachmittag spazierte ich mit Martin zum Giessbachhotel. Wir diskutierten über die Möglichkeiten, die dem Hoteliersohn nach einer Verurteilung noch blieben. Vieles war im Ungewissen, aber Martin konnte auf die volle Unterstützung seiner Eltern zählen. Und das war schon einiges.

Nach dem Nachtessen entfernte ich mich etwas vom Hotel, um an der Strandpromenade von Gunten anzurufen. Er war zu Hause und brummte längere Zeit ungehalten vor sich hin, bis ich ihm sagte, um was es ging. Sehr überrascht schien der Kommissär nicht zu sein. Er überlegte nur kurz und befahl: »Bleib in der Nähe von Burgener. Pass auf ihn auf. Ich komme erst morgen früh, damit der Abtransport möglichst unauffällig erfolgen kann. Sei um sieben Uhr mit Burgener auf dem Parkplatz beim Dorfeingang.«

Martin verzog sich frühzeitig in sein Zimmer, um die in der kommenden Haftzeit benötigten Utensilien zu packen. Ich blieb alleine in der Gaststube sitzen und sinnierte vor mich hin.

Die unsichere Zukunft von Burgener ging mir nahe. Der hoffnungsvolle junge Mann hatte sich in den Schlingen der sexgierigen Frau verfangen und sich durch seinen übermässigen Befreiungsschlag selber in den Abgrund gestürzt.

Aber was war mit mir?

Ich stand vor einer Wegscheide. Die Verhaftung von Martin konnte ohne Weiteres medial so aufgebauscht werden, dass ein Superknüller entstand. Mit der Folge eines riesigen Skandals um die verstorbene Bundesrätin Bürgi und nachhaltiger Imageschäden für die Landesregierung. Was sich natürlich auf die kommenden Ersatzwahlen im Bundesrat auswirken müsste.

Auch die Familie Burgener käme dran. Die Boulevardpresse würde sich auf die Eltern Martins stürzen und intensiv nach Gründen für den Gewaltausbruch in der Jugendzeit des

Täters suchen. Das Hotel Adler dürfte von dieser Publizität wenig profitieren und für längere Zeit mit dem Makel versehen sein, mit irgendeinem Gewaltverbrechen im Zusammenhang gestanden zu haben.

Was brächte mir persönlich der Superknüller? Vielleicht eine kurze persönliche Befriedigung als Medienmann, ein knappes Lob von Wenger und eine Bierrunde mit meinem Team. Mehr kaum.

Und wenn ich auf den sensationellen Beitrag verzichtete? Das dürfte das Ende meiner Tätigkeit beim Regionalsender bedeuten. Georg der Schreckliche würde mit grosser Freude ein Exempel statuieren, mich entlassen und einen jüngeren und billigeren Sendeleiter suchen. Leid täten mir Hanna, Joe und Hans, die ohne mich erneut um ihren Job bangen müssten.

Die Zeit drängte. Falls ich den Superknüller durchzog, musste ich morgen früh sofort die nötigen Vorkehren treffen.

Ich trank ein Glas Rotwein zu viel, wankte gegen Mitternacht auf mein Zimmer und schlief miserabel.

*

Am Montag verlief alles nach Plan. Von Gunten erschien pünktlich in Iseltwald, verstaute Martin im Fonds des zivilen Polizeifahrzeugs, ohne ihm Handschellen anzulegen, und verabschiedete sich von mir mit einem trockenen »Tschau Marc«.

Gegen zehn Uhr war ich im Studio zurück, legte kurz die Beine aufs Pult und ging eine halbe Stunde später in die Cafeteria, wo meine Mannschaft friedlich vor ihren Kaffees sass.

Joe sah mich fragend an. Der erfahrene alte Medienfuchs spürte, dass etwas in der Luft lag.

Ich schaute scheinheilig in die Luft und schimpfte über die unerwartete Niederlage von Young Boys am Wochenende.

Nach der Kaffeepause bat ich Joe in mein Büro.

Ich berichtete ihm über meine Erlebnisse in Iseltwald und

schloss mit den Worten: »Ich habe mich entschlossen, auf eine sensationelle Auswertung des Falles zu verzichten. Vor allem wegen Martin und seinen Eltern, aber auch sonst widert mich die Hatz nach dreckigem Sex and Crime als erstes Gebot der kommerziellen Medienwelt immer mehr an.«

Joe sagte lange nichts. Dann stand er auf, trat ganz nahe zu mir und meinte: »Gut, Marc, gut für dich. Und schlecht für uns. Aber wir werden wahrscheinlich auch das überleben.« Er fragte: »Darf ich den Fall selber bearbeiten? Ich werde Iseltwald unerwähnt lassen und die Katrin Bürgi nicht als jünglingvertilgendes Sexmonster darstellen, sondern als Opfer einer ganz alltäglichen leidenschaftlichen Affäre. Ist das OK?«

Ich nickte, und Joe stürzte hinaus.

Am Nachmittag wurde zu einer Medienorientierung des Untersuchungsrichteramts Bern eingeladen, an der von Gunten die Verhaftung von Martin bekannt gab. Der Kommissär vermied jeden Hinweis auf den Ort der Festnahme und nannte auch keine Einzelheiten zum Verhalten der Bürgi vor ihrem Fenstersturz. Er wies lediglich darauf hin, dass bei der zweiten Zimmerdurchsuchung durch die Polizei Spuren einer Handgreiflichkeit auf dem Balkon entdeckt worden waren.

Ich nahm mit Joe an der Orientierung teil, liess meinen Kollegen die Fragen stellen und hielt mich ganz im Hintergrund. Der Kommissär schaute mehrmals nachdenklich in meine Richtung und runzelte dabei erstaunt die Stirn. Als wir den Raum verliessen, nahm mich von Gunten zur Seite und flüsterte: »Bravo, Marc. Das hätte ich dir eigentlich gar nicht zugetraut. Nina wird sich freuen.«

Der Beitrag von Bären-TV, aber auch die Reaktion der anderen Medien auf die Klärung des Falles fielen moderat aus. Man sprach von einem Fehltritt der Bundesrätin mit dem hübschen jungen Hotelboy, einer Auseinandersetzung zweier Verliebter und vom unglücklichen Ende eines Gerangels auf dem Zimmerbalkon.

Ich reichte am Dienstag bei Bären-TV meine Kündigung zum Ende des Jahres ein, wurde von Wenger erwartungsgemäss ab sofort freigestellt und von Nina in Ascona noch in derselben Woche mit einem kleinen Fest willkommen geheissen. Nina kuschelte sich nach dem Fest ganz fest an mich, packte mich besitzergreifend mit beiden Händchen und hauchte mir ins Ohr: »Marco-Schatzeli, bleib jetzt in Ascona. Du gehörst hierher.« Das war auch meine Meinung, und ich lernte in der Folge fleissig Italienisch, was mir leichtfiel, und versuchte es sogar mit dem Tessiner Dialekt, was um einiges schwieriger war. Als ich anfing, auch mit den Händen zu reden, hatte ich mich im schönen Tessiner Dorf endgültig niedergelassen. Damit ich nicht ganz aus der journalistischen Übung kam, bewarb ich mich um die Nachfolge von Peter Imfeld bei der deutschsprachigen Tessiner Zeitung in Locarno.

Martin blieb wie erwartet in Haft und nach drei Monaten wurde ihm der Prozess gemacht. Der Richter berücksichtigte seinen untadeligen Leumund und die absolut positive Prognose für seinen weiteren beruflichen Werdegang und verurteilte ihn wegen Totschlags zu vierzehn Monaten bedingt. Er wurde nicht aus der Hotelfachschule ausgeschlossen, beendete den Lehrgang mit Erfolg und übernahm das Hotel seiner Eltern in Iseltwald.